PODECRER!

romance

MARCELO O. DANTAS

PODECRER!

romance

São Paulo
2007

Copyright © 2007 by Marcelo O. Dantas

Direção Geral: Nilda Campos Vasconcelos
Supervisão Editorial: Silvia Segóvia
Editoração Eletrônica: Fama Editora
Imagem da capa cedida por: Conspiração Filmes Entretenimento Ltda
Composição da capa: Reinaldo Feurhuber
Revisão: Vera Lucia Quintanilha

Dados Internacionais de Catalogação na Publicação (CIP)
(Câmara Brasileira do Livro, SP, Brasil)

Dantas, Marcelo

Podecrer! : romance / Marcelo Dantas. — Osasco, SP : Novo Século Editora, 2007.

1. Romance brasileiro I. Título.

07-8900   CDD-869.93

Índices para catálogo sistemático:
1. Romances : Literatura brasileira 869.93

2007
Proibida a reprodução total ou parcial.
Os infratores serão processados na forma da lei.
Direitos exclusivos para a língua portuguesa cedidos à
Novo Século Editora Ltda.
Rua Aurora Soares Barbosa, 405 – 2º andar
Osasco – SP – CEP 06023-010
Tel. (11) 3699-7107
www.novoseculo.com.br
editor@novoseculo.com.br

"Fazer da queda
Um passo de dança,
Do medo uma escada,
Do sono uma ponte,
Da procura um encontro"

Fernando Sabino –
Encontro Marcado

PRIMEIRA PARTE

1

O melhor contador de histórias que jamais conheci: Marquinho, meu amigo poeta. Ele começava um conto e, de imediato, todo mundo que estivesse por ali embarcava na viagem. Suas narrativas eram cheias de parênteses e bifurcações inesperadas, como se deixasse a história construir a si mesma. Encontrar novos caminhos importava mais que chegar ao fim. Perguntei um dia seu segredo. Ele respondeu:
— Divagar se vai longe.

Visionário. Nos conhecemos faz um bocado de tempo, ainda na época do colégio. Naqueles primórdios, nosso guru e guia espiritual era o Tavico. Um líder nato. O mais velho e enturmado de nós. O mais pintoso e criativo. O cara experiente, o grande namorador. Olhávamos para ele com imenso respeito.

Já no começo do ginásio, o Tavico havia consolidado sua reputação de homem do mundo. A nós quatro, seus imberbes e inexperientes amigos, ele procurava explicar o básico. Sobre aquilo que merecia ser conhecido:
— O segredo é tocar uma bronha por semana.

Receita para evitar acidentes funestos. Dica infalível. Nesse dia, o Tavico fez questão de ser didático. Explicou que porra acumulada sai pelo ladrão:
— Maior roubada...

Um sujeito maduro, sem dúvida alguma. Era muito bom ter um amigo assim, pós-graduado nas coisas da vida. Ele nos ensi-

nava tudo que um adolescente consciente precisava saber. Havia que tomar cuidado com o exagero:
— Punheta demais dá peitinho.
E indicava a si mesmo como exemplo de equilíbrio, moderação e sensatez. Tinha dia certo na semana para fazer serviço de covardia. Se a vontade viesse fora de hora, se distraía pensando em assuntos importantes. Fechava os olhos e contava as coisas que um dia iria comprar quando tivesse grana. Na sexta série, seu sonho era ter uma casa de campo em Nogueira, uma Push e um título de sócio do Campestre. Mais tarde, passou a incluir no devaneio uma casa de praia na Ferradura, um veleiro, uma prancha de wind-surf e uma moto cinqüentinha. Tudo isso para que um dia pudesse, enfim ocupar seu lugar merecido no Panteão dos fodões do bairro Peixoto.

O Tavico sabia das coisas. Cedinho na vida logrou alcançar aquilo com que sequer sonhávamos. Amigo fiel que era, fez questão de não esconder nada de nós quatro. Contou tudo, com riqueza de detalhes. Sem jamais se avizinhar da vulgaridade. Ele sabia como colocar as coisas na sua forma mais adequada. Não era um fanfarrão inconseqüente. Nada disso. Para ele, assunto sério tinha de ser tratado de modo grave e judicioso:
— Comi sete.

Tavico-come-sete voltou consagrado das férias na casa de um tio exilado no Rio Grande do Sul. Amarrou seu obelisco nas poldras de lá, elevando em glória o nome da nação carioca. Quatorze anos. Prodígio! Eu, Marquinho, Alex e PP nos reunimos naquela tarde, para deliberar sobre a voracidade de nosso companheiro. Houve, contudo, quem questionasse sua veracidade:
— Sete é muito — reclamou o Marquinho.
— Quase duas por semana— contabilizou o PP.
— Trata-se do Tavico, se é que vocês se esqueceram.
— É, Dom Joãozinho — retomou o poeta. — Mas essa história aí não vou engolir. Ele deve ter comido, no máximo, umas cinco. Aposto!

Felizmente, o Alex era um italiano ilustrado. Muitos séculos de macarrão e civilização. Prenhe de sensatez, ponderou que, na certa, nosso mentor e líder havia garroteado algumas gauchinhas mais de uma vez. Tratava-se não de sete meninas, mas de sete comilanças.

Desprovido da sutileza florentina de nosso filósofo, o PP resolveu pegar uma carona desastrada no argumento. Sem nenhum pejo por sua subnutrição mental, abriu a bocarra para zurrar:
— 'Tou achando que o Tavico comeu uma guria só, sete vezes.
Perdi a paciência:
— Larga de ser burro! Comer a mesma menina sete vezes engravida.
O PP era muito criança. Como podia ignorar uma verdade tão sobejamente conhecida. Verdade científica! Tivesse abusado da gauchinha numa quantidade assim tão assídua, àquelas horas o Tavico estaria em delegacia pampeira, vestindo bombacha de chefe de família.
— Tu é mermo um inguinorante, PP!— sentenciou o Marquinho.
Nós tínhamos de ser repreensivos. Era nosso dever. Naquela época, Píter Punk ainda não havia. Nosso amigo se chamava Pedro Paulo. Era grande e bobo. Menino. Inocente demais. A gente tinha de explicar tudo a ele. A metamorfose somente ocorreu anos mais tarde. No início da faculdade. Depois de longa passagem pela Inglaterra.

2

Na época em que o Píter ainda se chamava PP, ele morava em Botafogo, pertinho do colégio. A gente estava sempre por lá, apesar das complicações. O Pedro Paulo era um neguinho muito do manhoso:

— Mamãe eu quero isso...

Ou então:

— Mamãe eu quero aquilo...

Troço altamente sacaneável. Nós não perdoávamos:

— Ui, santa!

— 'Tá sentindo cólica, 'tá?

Ele ficava puto. Se irritava, tinha uns chiliques. Xingava mil nomes. Fazia ameaças. Pagava geral. Pagava pra todos. Pagava a maior comédia.

— Fala, cabrocha!— era nossa resposta mais comum.

Daí o PP não se continha. Punha as mãos nas cadeiras, encavalava a porta-bandeira e saía pomba-girando pela sala. Botava o dedo na cara de todo mundo, gritava que estávamos todos expulsos dali. Dois dias mais tarde, já ninguém se lembrava do faniquito. Acabávamos aceitando outro convite para ir à sua casa. Ou aparecíamos sem convite nem nada. Com o tempo, Dona Janete cansou-se do lance de fazer um monte de sanduíches de queijo quente. Tivemos de ficar só na curtição da música. Havia por lá um aparelho de som bastante maneiro. Importado no mais legítimo contrabando pelo Josias Studio. Invariavelmente, o Tavico comandava:

— Vamos à Marantzlândia!

E lá íamos nós. Eu sempre levava uns discos comigo. Era de lei. Podia estar sem um puto. Na mais negra e megera miséria. Mas em casa minha, ou de amigo meu, ninguém passava fome de boa música.

— Esse Joãozinho é um viciado!

A mais pura verdade. Bastava eu passar em frente à Modern Sound para minhas mãos começarem a tremer. De imediato, sentia a cabeça pesada e latejando. Assolavam-me espasmos nas entranhas. A pele parecia coberta por insetos. Uma aflição incomensurável, uma desesperada vontade de gritar tomava conta de mim. Trôpego, cambaleante, eu atravessava a porta de vidro. Com as últimas forças que me restavam, balbuciava:

— *Cold Turkey / has got me / on the run* [1]

---

1. "A rebordosa me pegou em plena fuga", da canção de John Lennon *Cold Turkey*, cujo título se refere à síndrome de abstinência da heroína.

3

Tavico, Marquinho, Alex, PP, eu. Ficamos os cinco amigos do peito durante o ginásio. Na quinta série, as turmas do primário foram desfeitas e seus antigos membros, lançados na mais cruel diáspora. Havia muitos alunos novos a acomodar, argumentaram os padres. Levei um bom tempo para aceitar essa fatalidade:

— Meleca!

Assim que entrei pela primeira vez na minha nova sala de quinta série, a impressão que tive daquela malta a meu redor foi péssima. Um monte de desconhecidos. Dos meus antigos colegas de primário, continuei a estudar com quatro míseros pernas-de-pau. Nenhum deles servia sequer para esquentar o banco de reservas:

— Me ferraram nessa droga de mistura!— pensei, então.

Nos primeiros meses, ainda tentei manter contato com meus velhos amigos. A linha de frente do nosso time campeão da quarta série: Dedinho, Digão, Nonô, Marcelo. Cracaços! Nem sei dizer por que fomos aos poucos nos separando. Houve alguns incidentes, por certo. O Dedinho cortou com o Digão; o Nonô brigou comigo; e o Marcelo sumiu de todos. Pelos motivos mais pueris. Tão irrelevantes que seria impossível lembrar quais foram eles. Talvez haja influído o fato de cada um de nós ter passado a vestir a camisa de um time diferente. É possível.

Mais para o final do ano, a ruptura foi-se consolidando. Reprovado em cinco matérias, o Digão teve de mudar de colégio. Da noite para o dia, puff, escafedeu-se. Dedinho e eu talvez ainda pudéssemos haver seguido como amigos, porém ele implicava demais com o Tavico. Fui tendo problemas em conciliar as duas amizades. A gota d'água veio por conta do incidente do skate. Eu e Dedinho estávamos realmente empolgados com nossas aventuras no asfalto. Decidimos que era hora de esmerilhar na ladeira assassina da Lopes Quintas. A loucura durou uma semana. Até que apareceu um carro sei lá de onde. Seqüência indigesta: tombo olímpico, braço quebrado, mãe no hospital — esporro geral. Fiquei sem ter como dar as caras na casa dele. Acabou cada um de nós indo pro seu lado.

Sem nem perceber, mudei de galera. O primeiro a chegar foi o Tavico. No correr da quinta série, para minha imensa surpresa, descobri que ele era o único cara do colégio a gostar de música tanto quanto eu. Beatlemaníaco ortodoxo. Assim aconteceu: passei um dia na sua casa, por conta de trabalho em grupo sobre as grandes invenções. Ao entrar no seu quarto, vi colado sobre a cama um poster enorme do Paul McCartney, com a barba grandona, tocando guitarra acústica. Beleza de foto. Grata surpresa. A descoberta nos aproximou.

Engraçado. No primário, o Tavico estudava na minha sala, sob a identidade secreta de Luis Otávio. Eu não curtia muito a cara dele, e permaneci com essa convicção por alguns anos. Tinha para mim que se tratava apenas de um pereba inveterado, CDF de segunda linha. Até o momento em que me vi obrigado a lhe dar o benefício da dúvida.

Estávamos em plena semifinal do campeonato de futebol da quarta série quando sobreveio o extraordinário desastre. Ocorreu assim: depois de desarmar um atacante inepto, o Digão tinha decidido atrasar aquela bola mansinha e tranqüila pro goleiro; num momento de insanidade, o Janjão (nosso papa-frango) ignorou a jogada, e fez que nem era com ele. Resultado: a pelota foi entrando dentro do gol no maior acanhamento, como se estivesse sendo expulsa de campo. Em lugar de prestar atenção ao jogo ou responder aos nossos gritos e insultos, o Janjão permaneceu ali na pequena área, bestificado, apontando para a arquibancada feito um demente. Foi então que olhamos todos naquela direção:

— Putz!!!

O jogo teve de ser interrompido devido às intempéries. Era inacreditável! Lá estava o Luis Otávio passeando de mãos dadas com a Lili! No meio do recreio, em desplante dos mais ostensivos! Ninguém podia acreditar que aquilo estivesse acontecendo. A Lili era a menina mais bonita do colégio. A menina mais bonita do mundo. Mais que do mundo, para ser sincero. Do universo! Eu gaguejava até na hora de dizer bom dia a ela.

Pois assim foi. Nossos queixos caíram no chão com tamanha força, que abriram por ali cratera mais vasta que o Maracanã. Mês do Armagedon: novembro de 1974. A nuvem de fragmentos pairou ameaçadora sobre a cidade do Rio de Janeiro, trazendo aos trópicos inclemente inverno bipolar (o qual, na opinião de diversos estudiosos, contribuiu de modo decisivo para a extinção do Yes, Emerson Lake & Palmer, Genesis, King Crimson, Caravan, Gentle Giant, Focus, Renaissance, Jethro Tull, Rick Wakeman, Mike Oldfield, Moody Blues e outros tantos dinossauros, mas isso é mera curiosidade evolutiva).

Passada uma semana, o universo voltou aos eixos. E também nossos queixos. A Lili caiu em si, largou o Luis Otávio, e começou a namorar o Carlinhos. Aluno da quinta série. Bonitão, espertão, fodão. Melhor camisa 10 que jamais passou pela mão dos padres. Esse sim era um lance que eu podia entender: Lili e Carlinhos. Mas o Luis Otávio! Aquele quatro-olhos, segundo de turma, irremediável comedor da poeira dourada que o Dedinho levantava por onde quer que passasse! Totalmente incompreensível. O cara devia guardar umas tantas cartas na manga da camisa. Com toda certeza. Ele ainda não tinha minha amizade. Porém ganhou meu respeito. Ali, no campão de futebol do colégio, agora desolada paisagem lunar, cabisbaixo e queixo abaixo, tirei o chapéu e me curvei, em reverência fidalga.

4

No caso do Alex, valeu o padrão tradicional. Fui ficando amigo dele por conta do futebol. O cara rapidinho conquistou a camisa 10 do nosso time de quinta série. Bastava tocar na bola para haver perigo de gol. Neguinho petulante. Ou melhor, branquelo petulante. Teve a audácia de sair dos cafundós da Itália com o intuito revanchista de vir aqui no Patropi dar olé na galera tricampeã — um povo sabidamente mais civilizado que o seu em matéria de bola. Desaforo! Simpatizei.
Alex e Marquinho eram amigos xifópagos. Tinham estudado juntos para o exame de admissão. Desde então, nunca mais descolaram. No que ganhei proximidade com o filósofo centroavante, o poeta veio junto. Ele não jogava bola, nem curtia os Beatles. Achava que o mundo havia começado com os Stones. Marquinho Richards, sujeito inteligente a não poder mais. Devoto da Revolução Caraíba, maior que a Francesa. Escrevia como um possuído. Gostava de fazer redações loucas, com o exclusivo objetivo de atazanar os professores de Português. Volta e meia, inventava temas comédia, e passava o plá para toda a turma. Saíam 40 redações sobre a importância psico-semântica dos sapatos cavalo-de-aço. Logo vi que ele era um poeta do cacete. Alguém destinado a se tornar cada vez melhor.
    Começamos nossa quadrilha em formação de quarteto. O PP veio por último. Quinto elemento. Era um moreno grandão. Bem tímido. Ficava ali na sua, quietinho, colecionando boas notas. Goleiro estepe. Conquistou a posição pelo tamanho. Não agarrava nada. Mas as bolas costumavam esbarrar nele.
    Foi já no final da sexta série que o Pedro Paulo passou a ser parte da nossa gang. Um dia, no recreio, eu estava caminhando com o Alex, quando ouvimos aquele ruído inconfundível. Muitas vozes em coro:

— Ih ih ih ih!

Porrada. Havia um círculo de gente em volta dos gladiadores. Chegamos perto para ver o que passava. Lá estava o Pedro, se debatendo no meio das hienas. Assim eu me referia àqueles cinco covardes: Manel, Afonso, Alberto, Satã e Paulão. Vermes com alma de instrutor de jiu-jitsu. Viviam de arrumar briga. Sempre garantindo que a vantagem estivesse do seu lado.

Marquinho já tinha nos contado que vira os putos provocando o Pedro Paulo. Chamavam o cara de preto, diziam que ele fedia, falavam que a mãe dele era a macaca Chita. O sujeito estava agora fazendo o possível, no meio de cinco. Rodava, bufava, mexia 38 braços de moinho. Mais um pouco, ia acabar no chão, exausto. Ele era grande, mas não sabia brigar. Desperdiçava suas energias ao léu. O certo teria sido mirar em um dos cinco filhos-da-puta e matar o escroto de porrada. Bastava acertar um deles bem acertado. Os outros acabavam fugindo. Assim eu tinha feito logo no início da quinta série. Nunca mais folgaram comigo.

Quando eu e Alex vimos a cena das hienas juntando o PP, sentimos de imediato aquela raiva incontrolável. Perdemos a razão. Pulamos direto para o meio da briga, e empatamos a covardia.

Camisa rasgada, olho roxo, joelho sangrando, fomos todos parar na sala do Coordenador. No meio do sermão, "vocês deveriam ser expulsos do colégio" e tal, tocou o telefone. Era o pai do Manel. Presidente da Associação de Ex-alunos. Freqüentador assíduo de encontros de casais com Cristo. Doador benemérito e caridoso. Ladrão. Verme conhecido, ban-ban-ban da Bolsa de Valores. Porco capitalista. Daqueles que fazem a gente compreender o porquê do paredão. Não me perguntem como, mas ele já sabia que o filhinho tinha se metido em confusão. Algum puxa-saco avisou.

Bastou o Coordenador recolocar o aparelho no gancho, e logo mudou seu tom de voz. O infame Manel agarrou a deixa. Explicou que aquilo tudo não passava de uma grande confusão. Eles tinham somente querido saber onde ficava a casa de praia do Pedro. Na maior inocência. Queriam saber como ele tinha ficado tão pretinho de sol. O Afonso garantiu que era isso sim. Um mal-entendido. Eles apenas perguntaram se, por acaso, a tal casa de veraneio ficava no nordeste. Caatinga. Caa.

— Ninguém disse que ele era um nego catinguento.

Escutando aquilo, o Pedro ficou mudo. Eu e Alex tivemos de reconhecer que não sabíamos de nada. Havíamos entrado na porradaria já com a confusão formada. O Coordenador liberou todo mundo, menos nós dois. Disse que ia nos suspender por termos atiçado a briga. Três dias. Engolimos a raiva em seco.

5

Nunca contamos nada aos nossos pais. Falsificamos as assinaturas de ciente. A melhor solução era continuar acordando de manhãzinha, como se nada houvesse acontecido. Assim fizemos. Vestíamos o uniforme bonitinho, já com o calção por baixo, e saíamos de casa direto para as aulas magnas da praia de Ipanema. Nosso ponto de encontro era o Bob's da Garcia D'Ávila. Guardávamos as mochilas com livros e uniformes na portaria do prédio da Luciana, uma colega nossa que morava a uma quadra dali. Com duas cervejas, o severino-porteiro virava um escaninho seguríssimo.

Pisávamos na praia ainda cedinho. Tipo 7:10 — hora de começarem as aulas. Depois de um cochilo na areia, nos púnhamos a filosofar. Quem era a mais gata: a Lili ou a Maria Cristina, a Alessandra ou a Priscila, a Ana Cláudia ou a Luciana? Difícil de saber. Muito difícil demais. A conversa então passava para temas ainda mais sérios. Como o de saber quais os dez discos imortais que um sujeito de bem deveria levar para uma ilha deserta:

— *Rubber soul; Blonde on blonde; Are you experienced; Let it bleed; Wheels of fire; Astral weeks; The piper at the gates of dawn; Déjà vu; L.A. woman; Who's next....*

— Tem anos 60 demais na sua lista — reclamava o italiano futurista.

— Ignorância sua, porra! — eu explicava, sem perder a paciência. — Os dois últimos discos da minha lista saíram em 71.

— Ainda assim não me convence— seguia o filósofo encravado.— Falta nessa sua seleção um sabor mais contemporâneo.

— Então pode anotar: *Blue; Every picture tells a story; Ziggy Stardust; Machine head; Electric warrior; Sabbath bloody Sabbath; Tapestry; Innervisions; What's going on; Amazing grace; Berlin; Horses...*

— Sua lista dos dez-mais já passou dos 20...

Mas nem com tanta encheção eu me alterava. Pausadamente, fazia ver ao meu companheiro de desterro que semelhante apego ao fetichismo dos números era fruto de um estreitamento positivista do intelecto. Em música, dois e dois são cinco. Ou até mais:

— Porque eu ainda nem entrei nos méritos do *Led Zeppelin III*.

— Ah, com esse aí não concordo nem fudendo — interrompia o mal-educado.— O *Led Zeppelin I* é muito mais disco!

— Pode até ser— eu concedia —, mas tem aquele problema incurável de ser uma cópia descarada do *Truth*.

É, não é. Mistério insolúvel. A praia carecia dos apetrechos necessários a um tira-teima com *You shook me*. E então os debates seguiam adiante:

— E a sua lista, além disso, 'tá muito americanizada. Só tem disco estrangeiro!

— Estrangeiro é você, seu merda! Quer que eu vire sambista a uma altura dessas da minha vida? O roque enrou foi pra mim fralda e mamadeira.

— Pois na minha lista dos dez-mais vai ter *Tropicália*; *Expresso 2222*; *Pérola negra*; *Acabou chorare*; *Alucinação*; *Krig-há, bandolo!*; *Secos e Molhados*...

— Que viadaaaaaagem!

E até ele ria da pisada na bola. Mas urgia seguir adiante. Faltavam três. Eu corria em seu auxílio, antes que algum pagodeiro lançasse mão:

— *Jardim elétrico*; *Fruto proibido* e *Construção*.

— E desde quando vale citar o hollandês?

— *Deus lhe pague* é heavy-metal.

O papo brabo durava até dar nove, nove e meia. Daí começavam a chegar na praia os descamisados de sempre. Maneiro, vamos lá bater uma bolinha. Às onze, acabava a pelada. Para fazer um pouco de hora, o lance era pular dentro d'água e ficar pegando onda de peito. Meio-dia. Resgatávamos as mochilas, púnhamos de volta o uniforme e fazíamos um lanche no Bob's, enquanto o cabelo secava. Findas as aulas, voltávamos para casa. Exaustos. Três dias amargando essa punição injusta!

6

Mas meu melhor amigo era mesmo o Tavico. Fazíamos tudo juntos. Nossa primeira prancha foi comprada em sociedade: Moby Dick, saudosa banheira — uma tonelada de puro poliuretano infiltrado. Foi o que deu para descolar. Dinheirinho suado, primeiros dividendos da nossa equipe Transa-som. Um imenso sacrifício. Tínhamos de passar noites a fim pilotando equipamentos diante de uma gente que só queria ouvir Donna Summer e Abba. Eu tentava, sorrateiramente, colocar na dança dos pratos um *Hot buttered soul*, um *Superfly*, um *Otis blue*, um *Let's get it on*, um *Songs in the key of life*! A malta ignara esperneava. Clamavam por Village People e Gloria Gaynor. Idade das trevas.

Eu e Tavico estávamos sempre duros. Nos virávamos do jeito que dava. A gente não tinha grana nenhuma. Nada dessa moleza de filhinho-de-papai dono de financeira. Não, nada disso. Nós dois éramos da classe média de Copa. Você sabe. Essa classe que luta por se manter acima do povo bruto. Uma galera, quando muito, remediada: vida adiada, quase odiada — de funcionários, bancários, professores, contadores, pequenos comerciantes, profissionais libertos, doutores pouco espertos e outras gentes quase imergentes:

— Os merda-pobre!

Expressão pesada essa. Verdadeiramente chula. Culpa do poeta. Num dia desses, ainda na época do colégio, eu estava altopensando:

— Marquinho, acho que esse nosso problema de rebeldia sem causa vem do lance da gente se sentir meio merda, meio... pobre.

— Entendi não esse papo aí de merda-pobre — retrucou o boquirroto.

Saudades do parnasianismo. Elaboro tese sublime e Dom Marcos a transluciferiza mefistofausticamente em substantivo composto, de clara natureza escura: merda-pobre. Demorei um tempão

para explicar a ele, no meu melhor latim mulatim, toda a profundidade daquelas idéias:
— É a questão do pobre relativo. Nós somos uns caras espertos, porém durangos. Daí a revolta. Pesa muito ter de estudar ao lado desses filhinhos-de-papai...
— Que não passam de uns filhinhos-da-mamãe...
— Exatamente! E enquanto eles desfilam de tênis importado, tudo comprado caro pra cacete na Bee de Ipanema, a gente amarga o similar nacional.
— Eles de All-stars, nós de Bamba; eles de Pampero, nós de Conga.
— Isso! O totalmente despossuído é livre. A classe média, sim, vive na escravidão. Da sua auto-imagem, da sua eterna vontade. Do que quer ser e não pode. Eu, Marquinho, Tavico — e até o Alex (caso deveras singular, dado ser ele um merda-pobre importado) — crescemos tendo o insuficiente, ao lado dos que tinham de sobra. Pobreza relativa. Revolta. Classe média, essa condição de angústia.

Não estou esquecendo do PP. Nem poderia deixar de fora alguém que iria mais tarde se tornar o imortal Paladino do Povo, mister Píter Punk. Ele era, no entanto, infinitamente mais afluente que nós quatro. Tinha seu tênis importado quando bem queria. Só não entrava no clube dos boyzinhos por ter nascido com a pele e o espírito irremediavelmente cobertos de morenice. Bola preta entre a negada branquela do Country.
— Pobreza relativa, Marquinho.
— Já saquei. Sujeito meio merda, meio pobre. Merda-pobre!
Desde então, o poeta não parou de usar essa expressão. Tive de aceitar. Colou no meu ouvido.

7

Há, no entanto, que estabelecer certas qualificações a esse respeito. Na falta de carro do ano ou grande limusine com chofer em uniforme de miquinho de realejo, o herói da classe média tem de ser inteligente, divertido, simpático, pintoso, elegante, craque da bola, entendido em música — e o que mais puder! Tais qualidades o transformam num merda-pobre-com-futuro. O merda-pobre que merece um tratamento melhorzinho. Aquele que até descola um convite para a tal festa imperdível.

Nós cinco conseguíamos nos virar numa boa. Cada um a seu modo, dava pra curtir de montão. Eu e Tavico, por exemplo, tínhamos uma equipe de som, um conjunto em formação, e uma sufi-parceria de mar:

— Surfar é preciso! — eu costumava dizer.

O Tavico concordava. Embora tivesse outras paradas em mente. Coisa demente adolescente. Confiava meu amigo galã que surfar causava boa impressão com as menininhas. A grande preocupação do puto: sua imagem.

— Nenhuma gatinha resiste a levar um papo maneiro com um cara assim pintoso, que vem caminhando pela beira do mar com uma prancha debaixo do braço

— O raciocínio vale pra banheira também?

Pois havia que dar um jeito nisso. Depois de três meses com o pranchão, juntamos mais um pouco de grana e compramos a Pepê. Foi um grande avanço. Agora já podíamos cair n'água juntos, bastando apenas alternar quem tinha de aturar a Moby Dick. Ficamos nessa alguns meses. Compramos enfim outra Pepê. A banheira ganhou pés de ferro e virou mesa de estudo do Tavico. Nós agora podíamos surfar em paz. Eu usava a Pepêzinha. O Tavico se apossou da Pepêzona.

Ano e pouco mais tarde, veio o *upgrade*. Vendemos as duas Pepês, pusemos um dinheiro em cima e conseguimos comprar do

Cabana duas biquilhas decentes. Preço camarada. Eram pranchas usadas, mas estavam em excelente estado. Fiquei com a Lipe. Tinha charme: amarela e branca, bonitona. O Tavico quis a Energia. Estava mais nova, dava mais *status*. Prancha da moda. Bah! Deixei estar. Não havia nenhuma diferença entre elas.

Surfar. Nunca chegamos a ser realmente bons naquilo. Fazíamos o básico, com lampejos ocasionais de elegância. Nota sete. Passável com dignidade. Me bastava. Meu jeito de surfar era minimalista, despojado. Para mim, se tratava de um caso de amor: eu e o mar. Não importava muito fazer manobras radicais, ousadas, acrobáticas. O importante era me entregar ao movimento — a cabeça leve, o corpo comandando o pensamento. Deixar-me estar sobre as ondas. Ser com o mar. Apenas.

Já o Tavico curtia a idéia de praticar esporte de nego esperto. Em qualquer roda que sentasse, falava feito fosse grande coisa: Tavico, o fera. Meio constrangedor aquilo. Ele pegava mais ondas que eu. Não necessariamente melhores. Estava sempre contraído, crispado, lutando com o mar. Prancha contra as ondas, agressiva, desbravadora. Força humana desafiando a natureza.

— Isso não é surfe. Pode até ganhar campeonato, mas não é surfe.

Assim eu pensava. O Tavico se preocupava tanto com o resultado do seu surfar que se esquecia de estar ali, apenas pelo prazer de estar ali, vivo vivendo.

— Esse Tavico é meio mané, hein, Johnny— me disse uma vez o Cabana, que era um surfistão dos mais ortodoxos.

Desconversei. Um cara como o Cabana jamais poderia entender. O verdadeiro Tavico aparecia mesmo no mundo da arte. Ele escrevia bem, tinha sempre um milhão de idéias. Imaginava peças de teatro, contos, romances, histórias em quadrinhos — o diabo. E, sobretudo, havia a música. Desde moleque, começou a fazer umas canções. Tinha muita facilidade com aquilo tudo. Me mostrou uma montanha de acordes. Me ensinou a compor. Me explicou os primeiros fundamentos de teoria musical. Um verdadeiro McCartney.

Antes que eu ou Marquinho sequer pensássemos em produzir algo mais a sério, o Tavico já havia saído disparado. Anos-luz na nossa frente. Um talento enorme e precoce. Pergunto-me por que tudo nele foi murchando, por que nada passou da etapa inicial.

8

Já desde o finzinho da quinta série, eu e Tavico nos juntávamos algumas tardes para tocar violão juntos. Foi a música que mudou tudo entre nós. Pelo poder do pôster sagrado, aquele antigo CDF/bunda-mole (o perfeito paradoxo!) havia se tornado uma nova pessoa. Alguém infinitamente maior.

Na segunda metade da oitava série, quando soube que eu tinha comprado do Cabana uma guitarrinha esperta, o Tavico tratou logo de conseguir também a sua Giannini. Segunda ou terceira mão. Grana juntada com muito esforço.

Dona Lídia não gostou nada. Disse ao filho que esse negócio de comprar guitarra era má influência minha. Verdade. Ficou ainda falando que ninguém ganhava a vida com aquilo; que guitarra era troço de sujeito perdido na vida; que rock era invenção de maconheiro. Verdade, verdade, verdade. A mulher clamou e reclamou o dia todo. Ou o Tavico se dedicava a seguir uma carreira responsável, ou ficava brincando de fazer música pelo resto da vida. Curioso. Alguém pode falar um monte de verdades, e ainda assim não ter a mínima noção do que está acontecendo.

E foi mesmo a música que acabou se tornando a essência da nossa parceria. Especialmente depois que o ginásio veio terminando e comecei a fazer outras amizades. Gente que não curtia o Tavico, gente que via nele um poço de falsidade, uma máscara colada ao rosto. Eu não tinha como negar a existência dos sinais de perturbação que maculavam sua reputação. Podia apenas tentar entender o que estava se passando com ele e confiar que o verdadeiro Tavico ainda resistia por trás de toda a pose. Com o tempo — especialmente depois de uma funesta ida em grupo à zona — seu papel de líder do quinteto violador perdeu todo sentido e substância. Ainda assim, justo no momento em que nossa amizade perigava esfriar, veio a música nos unir ainda mais. Nela, nossa amizade ganhou novo foco e se metamorfoseou em poderosa parceria.

Aconteceu no final de 1978, quando enfim terminaram as aulas da oitava série. Nossas recém-adquiridas guitarras clamavam por volume e ação. Era preciso botar aquela energia em movimento:
— *School's out for summer!*[2] — eu gritei.
— *School's out for ever!*[3] — ecoou o Tavico.
Estava chovendo quando ele adentrou a sorveteria Zero, trazendo a tiracolo um cara que havia conhecido dois dias atrás numa loja de discos do Centro Comercial de Copacabana. Guitarrista também.
— Joãozinho, Fernando; Fernando, Joãozinho.
Achei o sujeito bastante esquisito. Estava usando um macacão surrado sem camiseta, que não deixava dúvidas quanto à sua candidatura a lobisomem. Ainda assim, mantive a simpatia de praxe:
— Tudo jóia?
— Tudo. Eu tenho uma Fink Les Paul. A sua guitarra, qual é?
A boa educação havia passado longe dali. Mas pelo menos o monstro sabia ir direto ao ponto:
— Giannini Telesonic— respondi.
Antes que pudesse entrar em maiores detalhes, o Tavico esclareceu:
— Calhou de, na mesma bat-hora, eu entrar na mesma bat-loja que o Fernando, pra pedir o mesmo bat-disco que ele 'tava querendo comprar.
— Qual?
— *Fly like an eagle.*
— Steve Miller, é? Legal.
— Eu sei, mas o ponto não é esse. Conversa vai, conversa vem, eu disse aqui ao Fernando que nós dois 'tamos querendo formar uma banda.
— Fiquei interessado. Vou fazer um estúdio na minha casa — complementou o menino-lobo.
Achei legal a idéia de termos um local fera pra tocar. Combinamos de levar um som no dia seguinte. O Fernando morava também em Copa, na rua Paula Freitas, bem perto do antigo apartamento do Tavico. Chegamos lá com nossa tralha sonora. Depois de um papo curto, sacamos as guitarras, e em três minutos e quinze

---

2. "Acabou-se a escola neste verão!", da canção de Alice Cooper *School's out*.
3. "Acabou-se a escola para sempre!", idem.

segundos havíamos posto o mundo abaixo com uma versão caóticataclísmica de *Baba O'Riley*. Adrenalina a mil. O Mowgli tocava uma barbaridade — nossa química era total. Beleza. Sem sequer pararmos pra tomar fôlego, emendamos de imediato com *Sheena is a punk rocker*, *Pretty vacant* e *I saw her standing there*. Terminamos o último acorde com a voz do destino zumbindo absoluta na microfonia sagrada de um milhão de decibéis. Em três sílabas, resumi tudo o que podia ser dito sobre aquele momento de revelação na *teenage wasteland*:
— Podecrer!

Depois daquele fim de semana radical, os pais do Fernando resolveram desfazer de uma vez o quarto de hóspedes e montar o prometido estúdio a toque de caixa. As paredes foram forradas de cortiça, o chão atapetado, o teto acolchoado com poliuretano, e as portas e janelas vedadas com esponja cinza. Puseram também lá dentro um piano de armário e um aparelho de som. O gravador estéreo era indispensável para que pudéssemos registrar nossas demências. Eu e Tavico contribuímos para o estúdio com nossos amplificadores e guitarras. Ficava tudo lá. Com o tempo, fomos agregando pedais, microfones e um P.A. Eventualmente, também nos emprestavam outros itens vitais, como um baixo, teclados e até uma fabulosa *rhythm box*.

Muita boa música rolou desde o dia em que eu e Tavico entramos pela primeira vez na casa do Fernando. Sempre pintava mais alguém para tocar conosco. Nosso estúdio foi aos poucos virando point da galera rockeira. O grande problema estava na falta de espaço para instalar uma bateria. Isso era realmente uma limitação enorme. De resto, o estúdio nos parecia sensacional. Nosso espaço sagrado. Templo da perdição. Calor dos infernos lá dentro. Ninguém se incomodava. O fundamental era tirar da guitarra aquele som demente. Cantar como se o mundo fosse acabar a qualquer instante. Assim era. Para mim. Desde o início.

9

Durante pouco mais de um ano e meio, ensaiamos três ou quatro vezes por semana na casa do Fernando. Já estávamos ficando realmente bons. Agora, era hora de mergulharmos de cabeça. De uma vez por todas. Tínhamos de comprar um baixão decente para o Tavico e partir em busca de um baterista. Se fosse necessário mais espaço, daríamos um jeito de descolar outro lugar para ensaiar. A casa do Fernando podia ficar como estúdio auxiliar, que a gente usasse durante os dias de semana para ensaios acústicos, trabalho de arranjos ou como espaço de composição.

Justamente nesse momento decisivo, o Fernando roeu a corda. Fiquei putão. Que história mais babaca!

— Desde quando alguém precisa parar de viver por conta de uma porra de vestibular pra Administração de Empresas!?!

Tavico me disse para não esquentar a cabeça. Era só uma fase. Um momento de insegurança. Não ia durar mais que seis meses. Depois dos exames, o Fernando voltaria a pegar na guitarra. A gente precisava compreender.

Eu não tinha essa tolerância do Tavico com as perobices do monte de pêlos. Nunca fomos muito amigos. Achava muito bom tocar com ele, mas desde o princípio ficou claro que éramos demasiado diferentes, quase incompatíveis. A gente discutia. Sempre. De montão. Altas porradarias:

— Não toco música do Peter Frampton nem por um caralho!

Não bastassem tais diferenças, o Fernando implicava com as minhas letras. Dizia que eu pegava pesado demais. Nonsense. Ele tinha vergonha do que seus pais e amigos pudessem pensar dos meus desaforos. Tremenda viagem. Dou um exemplo: foi a maior dor de cabeça convencer o bundinha a parar de implicar com a letra de *Túnel Rebouças*. Ele veio dizendo que a segunda estrofe da música beirava o pornográfico.

— Liga não, filhinha!

Tive de partir para a sacanagem. A opção seria partir-lhe a cara. O Tavico se fez de diplomata. Pediu ao coroinha para me dar um crédito. Era a primeira música que eu tinha feito sozinho. Inteirinha. Do princípio ao fim. Melodia e letra. Estava muito maneira.

— Vai ser impossível convencer o João a mudar qualquer coisa. Palavras extremamente sensatas. Eu não teria posto de modo mais preciso. Estava mesmo orgulhoso daquele rockaço. Era minha definitiva afirmação como compositor. Simplicidade, energia e suingue:

— *Toda noite tenso vejo o tempo passar / Tento tudo tento todas, tento o demo domar / Temo nada e nada tenho, só o que teimo é tomar / O mesmo rumo para o túnel sob o céu do luar/ Túnel Rebouças! / Túnel Rebouças!*

E, apesar da tensão no ar, estava tudo correndo bem. Até demais. Uma boa dose de agressividade sempre ajuda a afiar o espírito rockeiro de uma banda. Reza a lenda que Jimi Hendrix e Dave Mason quase se mataram na gravação de *All along the watchtower*. Deu no que deu.

Eu estava crente que nosso conjunto tinha tudo para um dia explodir. Nossa química musical era absolutamente perfeita. Chegou, porém, o dia em que, sem qualquer aviso prévio, o Fernando decidiu que tinha de entrar na faculdade e virar gente grande. Mané. Se justificou dizendo que era mais velho do que eu e Tavico:

— Não posso ficar de bobeira feito vocês.

Comunicado o desaforo, enfiou a viola no saco e encerrou o papo. O Tavico ainda falou com o doido algumas vezes. Saíram juntos e tal. Eu deixei pra lá. Me emputeci irremediavelmente. Se o cara não estava mais a fim de tocar, que fosse então pro diabo.

10

Justo quando o Fernando cortou nossa onda, e tudo andava na maior lama, surgiu a oportunidade do apartamento da mãe do Tavico. Era um três quartos, de fundos, na rua Barata Ribeiro, quase esquina com Hilário de Gouvêa. Durante o primário e a maior parte do ginásio, o Tavico havia morado ali. Na segunda metade da oitava série, Dona Lídia resolveu se casar com um milico que estava sendo transferido para o Mato Grosso, e se mandou do Rio, levando as filhas. Apenas. O apartamento foi posto para alugar.

O Tavico passou a morar com a avó. Era uma senhora distinta, de boa família, sobrinha dileta de romancista famoso. Em algum momento da juventude havia sonhado ser concertista, mas acabou optando por se tornar uma esposa dedicada. Não deu muito certo. Depois de uns poucos anos de felicidade conjugal, o marido morreu de um enfarto fulminante, e ela se viu obrigada a sustentar três filhos com uma pensão liliputiana, somada a um salário claudicante de funcionária da Secretaria Estadual de Fazenda. Enfim, mais uma história de Copa.

Dona Clarissa gostava muito do neto. Disso não restava dúvida. Além do mais, sempre foi legal com todos nós, seus amigos. Ela curtia muito tocar o seu piano quando aparecíamos por lá. Em algumas ocasiões, eu até me dispunha a colocar uns vocais acanhados a serviço do seu arsenal de canções de época. *Os sonhos mais lindos sonhei...* etc. Obviamente, eu não estava nem aí para os risinhos maliciosos da negada. Esse negócio de avó é assunto dos mais sérios. Merece todo tipo de sacrifício.

A despeito desse ambiente galhardo que imperava na sua nova casa, creio que a mudança não fez nada bem ao Tavico. Ele se sentiu abandonado, desamparado. Completamente indigente. Vale algumas explicações. Fator essencial: seu pai era um bosta. Desses que quando muito vêem os filhos uma vez por mês. Pois melhor seria que não desse as caras nunca. O sujeito só fazia pôr o Tavico para baixo. Desmerecia tudo que ele mostrasse de bom. Era um homem amargurado, incapaz de perdoar a ex-mulher por ter-lhe posto um corno, ou coisa que o valha. Tirava a forra em cima do filho.

Não bastasse viver boa parte da vida sem pai, o Tavico acabou perdendo também a mãe. Dona Lídia nem era lá grande coisa. Mas era a mãe. Com ela se mandando para o Mato Grosso, o Tavico se viu de repente sem casa, sem família, sem lar — sem porra nenhuma.

No lugar dele, eu teria dado vivas e soltado foguetes. Tudo que eu queria na vida era que meus pais sumissem e me deixassem morando feliz com a minha avó. Isso sim teria sido o paraíso. Eu morando com a minha avó... com ela e ninguém mais... sem pais, sem irmão bundão — o fim definitivo de todos os meus problemas. Mas o Tavico não via as coisas dessa forma. Ele se sentiu abandonado. Teve vergonha de si mesmo. Saquei de cara, a despeito da aparente tranqüilidade com que ele me contou a história. Pude ver que estava arrasado, sua auto-estima batendo o fundo do poço. Era como se tivesse sido jogado, completamente nu, em plena avenida Nossa Senhora de Copacabana. Os passantes transeuntosos iriam apontar na sua direção e exclamar, às gargalhadas:

— Merda-pobre!

O trauma deve ter sido grande. Fez que o Tavico começasse a duvidar de si mesmo. Pôs na cabeça dele o medo de dar errado na vida. Esse caminho acidentado teve lá seu preço. O cara inquestionavelmente desenvolveu um certo apego a babaquices lamentáveis. Mas eu fazia vista grossa. Afinal, ele se mantinha firme no que realmente importava.

11

Passados um ano e onze meses, boa parte do impacto parecia ter sido absorvido. O Tavico havia se acostumado à idéia de não ter uma família minimamente decente e já estava até curtindo morar com a avó.

Foi justamente nessa época que vagou o apartamento da Barata Ribeiro. Julho de 1980. Segundo ano científico. Estávamos já no final das férias. Tavico McCartney passou na minha casa, perguntando se eu podia acompanhá-lo até o apê. Precisava da minha opinião.

— Sobre o quê?
— Chegando lá, te digo.

Topei. Fomos andando. Passei o caminho todo lamentando o fato do Fernando ter entrado naquela nóia de vestibular. Era mesmo uma porra ele haver dado um corte geral no conjunto. Merda de situação.

— Como é que a gente vai fazer agora?

Eu parecia estar falando com uma parede. O Tavico não dizia nada. Até que chegamos ao apartamento. Dava pena ver aquele espaço todo vazio.

— E então, o que é que você acha? — perguntou-me enfim o mudinho.
— O que eu acho de quê?
— De montar aqui nosso novo estúdio.

Pensei que o comediante estivesse curtindo com a minha cara. Mas o assunto era sério. Ele tinha feito uma cópia clandestina das chaves do apê. Estava decidido a instalar ali nossa parafernália de som. Era a única saída. O esquema de ensaios na casa do Fernando ia continuar suspenso por pelo menos seis meses. Se nós tivéssemos sorte, o apartamento poderia estar disponível durante boa parte desse tempo.

— O mercado de imóveis anda em baixa.

Acabei gostando da idéia. No dia seguinte, levamos para lá guitarras e amplificadores. Estávamos super-felizes em poder montar nosso pequeno estúdio. Ainda que fosse um arranjo provisório. Não importava. O fundamental era termos conseguido recriar Abbey road.

12

Nosso novo santuário. Não era possível fazer muito barulho por lá. Se os vizinhos decidissem reclamar, seria tudo posto a perder. Isso não chegou a ser um constrangimento. Nós queríamos efetivamente captar o som do silêncio. Fase introspectiva. Duas semanas antes de pintar essa boca, eu havia comprado um violão folk. Similar nacional. O braço não era lá essas coisas. Ainda assim, eu estava felizão. Podia, enfim, levar um som acústico com cordas de aço.
Me sentia orgulhoso. Havia pagado pelo instrumento com o fruto do meu suor. Muitas e muitas horas trabalhando como um negro à beira do fogão de sons.
Em 1979-80, as rádios tupinicariocas seguiam tocando musiquetas palha. As grandes lojas se uniam a essa conspiração contra o meio ambiente, empurrando ao público incauto o mais puro lixo tóxico. Montanhas de porcaria intragável.
Acabei desistindo de respeitar as regras espúrias do sistema. Caí na clandestinidade. João, um guerrilheiro. Minha meta revolucionária: inundar porões, becos, alcovas e quartos zoneados de toda a parte sul da cidade com fitas e mais fitas de rock legítimo.
Consegui chegar lá. Também pudera. Meu preço, de tão camarada, chegava a ser taxado de comunista. Quem comprasse do meu produto garantia seu kit básico de sobrevivência musical. Fitas de rock pesado tinham muita saída. O Cabana entrou de intermediário, abrindo-me as portas do ensolarado mercado surfístico carioca. Atendi aos anseios do público *brother* de forma exemplar, buscando ensinar à galera parafinada que já havia vida inteligente no mundo antes do Van Halen aparecer:
— *You really got me* tem de ser ouvida na versão original dos Kinks.
Ganhei um dinheirinho bom com aquilo, é verdade. Mas acabei enchendo o saco. Não sabia ser capitalista. Chegou um ponto

em que, para expandir a clientela, precisava aguar minhas fitas, entrar na competição com a galera moteleira do "Good times 98" e divulgar a música dos crioulos com alma de branco. Me neguei. Pus o barraco abaixo. Com a grana que sobrou da liquidação do negócio, comprei um violão folk. Novinho.

Momento de descoberta. Saí da Guitarra de Prata direto para a casa do Tavico. Ele babou geral. Passamos em revista umas tantas músicas de mestre Dylan. Só para esquentar. Caímos depois na geléia-geral de um blues, minha mais nova paixão:

— Robert Johnson criou o mundo em 12 compassos!

Não chegamos a improvisar por muito tempo. Sem o Fernando por perto, nossas aventuras solares ficavam limitadas. E não adiantava muito eu insistir nas minhas viagens mississípicas. Doses excessivas de puro blues sempre deixavam o Tavico entediado.

Começamos então a trabalhar em cima de algumas idéias que andavam soltas no ar. Fomos selecionando trechos melódicos e tentamos desenvolvê-los sobre algumas seqüências de acordes. Com o tempo, uma determinada idéia ganhou força e fez que nos dedicássemos exclusivamente a ela. Buscamos palavras que expressassem as cores daqueles sons. Trabalhamos duro. Ao final da noite, já estávamos com mais uma canção pronta.

— *Quero o ato, quero o risco / Quero ação sem pensamento / Pulo pleno no abismo / Pra buscar o firmamento / Eu desejo, eu abuso / Se faz mal, experimento / Tenho um pulso só de impulsos / E uma bússola de vento.*

Nada me alegrava mais que compor — sentir em minhas mãos o poder de transformar sentimentos em canções. Alquimia. Tavico McCartney era meu parceiro filosofal.

13

Foi esse o espírito com que construímos Abbey road: cantar, tocar e criar. Fazer uma música que viesse da alma. Eu levava a base no violão; o Tavico usava a guitarra, sempre de modo suave. Um som puro, sem distorção, sem artificialidades. Às vezes, eu decidia tocar guitarra, para que o Tavico pudesse usar o baixo ou o teclado que havíamos tomado emprestados de um colega que tinha ido fazer intercâmbio em Ohio que o parta. Era sempre bom experimentar.

Começamos a compor com maior freqüência. Se nenhum de nós trazia já de casa alguma idéia prévia, optávamos por fumar unzinho e fazer uma jam-session, até pintar uma linha melódica atraente. Depois disso, eu começava a cantar, imaginando frases absurdas que encaixassem na melodia. O Tavico fazia apenas hum-hum e hã-hã. Concordava com qualquer coisa que eu dissesse, desde que as palavras não chocassem com a construção harmônica.

Ele sempre foi o cérebro musical da nossa parceria. A combinação ótima era aquela em que eu ficava no texto, ele na textura. No entanto, desde o finzinho da nossa época de ensaios na casa do Fernando, minhas idéias musicais vinham ganhando mais espaço. Eu estava ocupando o vácuo deixado pela progressiva queda na sua produção. Em Abbey road, isso ficou cada vez mais claro. Em geral, eu vinha com as sementes; o Tavico se ocupava apenas do trabalho de jardinagem.

Meus progressos como compositor não me subiam à cabeça, no entanto. Eu devia tudo ao Tavico. Me sentia dependente dele. Incapaz de produzir algo de qualidade sem tê-lo por perto. Mesmo que sua contribuição à parceria fosse apenas uma substituição de acordes, a modificação de uma cadência, a sugestão de uma nova frase, ou um mero sorriso de aprovação.

14

Na época em que montamos Abbey road, eu e Tavico estávamos a bordo havia já um tempo. Da canoa furada, quero dizer. Mais uma das expressões eternizadas por Dom Marcos. Ainda que involuntariamente.
    O poeta andava devagar. Tinha lá seus medos. Demorou a desabrochar. Certo dia, quando o terceiro científico já avançava, apareci na sua casa, meio de surpresa, depois da praia. Cheguei justo em tempo de fumarmos o primeiro lado do *Exile on main street*. Depois de um breve papo *on the rocks* (off), Marquinho resolveu tomar um banho.
    Sem nada melhor para fazer, comecei a examinar a seção do armário onde ficava guardada uma antiga cordilheira de Mads, Mafaldas, Isnoguds, Lucky Lukes e outras tantas literaturas. Fucei o quanto pude, na esperança de encontrar algum Tintin. Em vão.
    No meio da zorra, o que achei foi um caderno de anotações. Espécie de diário. Percorri suas folhas rapidamente, passando os olhos por alguns trechos aleatórios. Estupefato, topei com passagem escrita fazia cerca de dois anos. Bem antes de Abbey road surgir:

    "Tavico e Joãozinho andam fumando direto. Maconha. Achei a princípio que se tratava de uma aventura passageira. Parece que não. Já caducou a etapa da mera curiosidade. No último sábado, fomos os três ao show do Joelho de Porco. Logo no início da segunda música, João (que agora anda sendo chamado de "Johnny" por essa negada lamentável da Miguel Lemos) acendeu um baseado e o passou ao Tavico, que por sua vez me ofereceu um tapa. Recusei. Os dois se puseram então a me gozar, repetindo a cada instante, pelo resto da noite:
    — O índiúú / medrosúú / tem medo de andar de avião!
    Contei mais tarde a história ao Alex. Queria lhe perguntar sua opinião sobre essa fase negra por que estão passando nossos ami-

gos. Me preocupo por eles. As respectivas famílias são completamente disfuncionais, cada uma de um modo mais desastroso. A tentação do escapismo é enorme.
Pensei que o Alex fosse entender. Me enganei. Ele apenas comentou que já não se agüentava de vontade de experimentar. Tentou me convencer a comprarmos juntos um desses baseados avulsos que se vende em qualquer esquina da cidade. Fiquei chocado com a proposta, porém não disse nada. Mudei de assunto.
É triste ver meus amigos agindo de forma tão irresponsável com suas próprias vidas. Nem sei como reagir... Mas de uma coisa estou seguro: não vou entrar nessa canoa furada".

Fiquei roxo. Já nem dava pra respirar. Ri de sentir dor. O puto tinha acabado de fazer quinze anos quando escreveu semelhante bobagem! Que mané!
— *Não vou entrar nessa canoa furada.*
Assinado: Marquinho Richards. Me traz aí um copo d'água com açúcar, que eu 'tou rindo de dar soluço!
Quando a bichinha saiu do banho, disparei:
— A boneca caiu da canoa?
Mostrei a ele a prova do crime. E fiquei curtido:
— Bem que eu sabia!
— Sabia o quê, porra!
— Que não era boa coisa você ter sido fã do Bachman Turner Overdrive.
— Vai à merda!
— Como era mesmo que a negada cantava nas festinhas do ginásio?
— 'Se fuder, seu puto!
— *Vou dar porrada! / Porrada vai comer lá fora! / Vou dar porrad...*[4]
— Eu pelo menos nunca dei som em embalos de *disc music*.
— Mas tinha um Querido Diário...
Acabamos rindo juntos daquela história hilária. Canoa furada. Quem diria. O menino assustado, de um momento a outro, se tornou nosso voga. Comandante Marquinho. Descobridor dos sete mares.

---

[4]. Esta é a versão de *Hold back the water*, do BTO, que a meninada cantava nos bailes na década de 1970.

15

Como bem registrou Dom Marcos em suas anotações, comecei a fumar ainda no primeiro científico. Presença oferecida pelo Cabana, assim de modo displicente. Logo em seguida, entrei com ele e outros dois sujeitos da turma da Miguel na divisão de uma parada, das pequenas. Fiquei com pouquinho. O suficiente para dar um alô, e introduzir meu parceiro ao mundo esfumacento das brumas heróicas:

— Acende aí, Tavico — comuniquei — Avalon chama!

Depois disso, passei a comprar umas dolinhas com o Chico Pico. Esse verme fazia ponto na esquina da Constante Ramos com a Domingos Ferreira. Se gabava de ser o único avião de Copa a vender maconha a granel. Sequer embrulhava seu produto. Passava a sujeira direto pra mão da gente. A galera duranga fazia fila na banca dele. No que neguinho chegava à frente do guichê invisível, era preciso dizer assim:

— Quero comprar.

— Quanto é que você tem aí? — perguntava o Chico.

— Seis barão.

— Que merda! Vou te vender porra nenhuma não moleque!

Sempre igual. A gente tinha de levar aquela mijada, fazer cara de coitado, enfiar as mãos nos bolsos, ficar revirando o nada durante cinco minutos, e finalmente capitular:

— Sete barão e quinhentos.

— Que merreca! Abre a mão aí, seu bosta!

A gente passava a grana ao puto. E espichava o braço adiante, palma aberta no ar. Depois de contar e recontar seus honorários, o Chico enfiava a pata numa sacola nojenta, tirando de lá um punhado de morra. Fazia ainda um pouco de cera, antes de passar aquela droga malhada pra nossa mão. Só então se despedia, com sua costumeira cara de nojo:

— Só pinta esfomeado no meu ponto, caralho! Odeio pobre!

Eu achava um saco fazer negócio com aquele ladrão safado, mas não tinha outra opção. Época de vacas magras. O Tavico às vezes contribuía. Não muito. Era tão duro quanto eu. E tinha outras urgências — roupas e perobices do gênero. Candidato a boyzinho. Uma vergonha. Eu relevava isso tudo, porém. Enquanto continuasse a tocar e compor como um iluminado, o cara tinha direito a suas manezadas.

16

Mas nem todos pensavam assim. Diversas pessoas com quem eu me relacionava simplesmente abominavam o Tavico:

— Sai dessa, Johnny. Esse paneleiro só faz queimar o teu filme...

— Pára de implicar, Cabana. Você não conhece ele direito.

— Posso sacar um mané a quilômetros de distância.

Era impossível explicar a um sujeito de poucas sutilezas, como o Cabana, sobre a fase difícil pela qual o Tavico estava passando. Logo no início, tentei aproximar os dois. Não deu certo. Ficou claro que a incompatibilidade era total. Cheguei à conclusão de que, ao menos temporariamente, minhas vidas paralelas teriam de permanecer como vasos incomunicáveis. Paciência. Eu não podia prescindir de nenhum desses dois mundos.

Me explico. Conheci o Cabana no aniversário da Mariana, uma prima dele, que estudava no meu colégio. A festa estava bastante caída. Os caras do som eram ruins demais. Minha humilde equipe teria feito melhor. Mas a Mariana resolveu boicotar o Tavico. Por conta do corno que ele havia posto na sua melhor amiga.

— Canalha!

Resultado: a aniversariante não só deixou meu sócio de fora da lista de convidados, como ainda optou por contratar uma equipe de som carésima:

— Profissionais, viu — ela fez questão de anunciar.

Nem esquentei. Já estava mesmo na hora de eu e Tavico liquidarmos a Transa-som. Se a Mariana queria um som de profissionais na sua festa de 14 anos, melhor para ela. Não me surpreendi ao chegar por lá e constatar o tamanho do mico. Mais parecia um orangotango. Aquela roubada previsível. Aparelhagem poderosa, parafernália de luzes — e muita música polenta.

Quando a festa já estava acabando, uma galera se reuniu na cozinha. Rolou um violãozinho. Depois de ouvir meia dúzia de chatices bem comportadas, pedi licença para tocar. O ar quente da noite me botou num clima todo especial. Com uma voz rouca e triste, mandei ver:

— *Baby / baby, baby / you know / I'm gonna leave you.*[5]

O Cabana se amarrou. Era um surfistão ortodoxo, com o cabelo parafinado em forma de tenda militar. Puxou papo comigo. Com três minutos de conversa, descobrimos que éramos vizinhos de quarteirão. Mais um a também morar em Copa:

— Leopoldo Miguez. Entre a Miguel e a Xavier.

Eu vivia ali ao lado, na Xavier. Entre Leopoldo Miguez e Nossa Senhora de Copacabana. Posto cinco. Copa bacana em sua mais completa tradução.

Por volta das duas da manhã, já não havia o que tirar daquela festa palha. Voltamos juntos para casa. Viemos de 571, batendo um papo arrastado. Consoantes mansas. Vogais longas e sinuosas, feito sucuris. Chegando ao nosso destino, saltamos do ônibus. Assim que começamos a descer a Miguel Lemos, veio aquele estouro. Tapando os ouvidos, reclamei:

— Quem é o babaca que me solta um cabeção-de-nego a uma hora dessas?

Antes que meu companheiro noturno pudesse emitir qualquer comentário desabonador, veio um segundo estouro, e um terceiro, e logo toda uma porrada de estouros. Olhei para trás e vi dois negões sem cabeça (puro capuz) correndo na nossa direção. Atrás deles, vinham outros três negos de uma cor mais clarinha. Todo mundo dando tiro em todo mundo. Não parei para perguntar quem era o sujeito, quem o predicado. Liguei o turbo, e saí correndo. O Cabana já estava disparado lá na frente.

Uma reação burraça, me disseram depois. O pessoal do tiroteio podia ter achado que a gente fazia parte da confusão. Foi por pura sorte que não viramos peneira. Está no manual:

— "Numa situação dessas, o pedestre inocente deve se jogar no chão, entrar debaixo de um carro ou mesmo pular para dentro de um bueiro".

Discordo. Não sou tapete para ficar no chão quando alguém está vindo para cima. Saí desabalado atrás do Cabana, entrei no

---

5. "Meu amor, você sabe, eu vou deixá-la", da canção do Led Zeppelin *Baby, I'm gonna leave you.*

vácuo e dei tudo no retão. Fizemos a curva da Leopoldo Miguez ainda em quinta, com as rodas da esquerda saindo do chão. Já dava para ver o prédio do Cabana. O porteiro, por sorte, estava acordado; reconheceu de longe a silhueta da noviça voadora. Abriu de leve a porta da garagem, esperou que a gente pulasse para dentro, e fechou imediatamente todos os 5 mil ferrolhos. Ficamos algum tempo recuperando o fôlego. O Cabana me chamou para subir e agüentar um tempo, até que o bando terminasse de passar, cantando coisas de amor. Ainda no elevador, ele me perguntou:
— 'Tá errado dizer "pernas para que te quero"?
— Acho que 'tá. Não faz muito sentido. Mas é o que todo mundo diz.
O Cabana andava com medo de levar bomba em Português. Já havia sido reprovado uma vez. Perguntou se eu não queria dar umas aulas particulares a ele. A Mariana tinha comentado na festa que eu era o único bom aluno do nosso ano que sabia pegar onda. Exagero dela, tentei explicar. Na verdade, as únicas matérias em que eu realmente me destacava eram História e Inglês. No resto, ia levando. Tinha como única meta escapar de provas finais e segundas épocas. Não queria perder as férias com aulas requentadas:
— E, além do mais, nem pego onda lá muito bem.
Minha explicação deve ter sido tomada por falsa modéstia. O Cabana pôs na cabeça que eu era um geninho. O único com quem ele jamais tinha conseguido levar um papo. Daí a idéia das aulas. Fiquei um tanto constrangido ao tirar o corpo fora. Meu português era fraco. E meu fraco não era o português. Justificativa:
— Gramática é um lance difícil demais.
Ele meio que entendeu. Assim que o elevador chegou ao sétimo andar, já parecia ter esquecido do assunto. Entramos pela porta da cozinha e fomos direto dar uma incerta na geladeira. Vaziona. Para não perdermos de todo a carreira, decidimos bater o que restava da coca. Litro.
— Senta aí, bró.
Tomei meu lugar na mesa, ou melhor, sobre a mesa. Era bastante sólida, feita de toras de madeira rústica. Nas tardes de sábado, servia de bancada para a oficina de pranchas do Cabana. Ficamos por ali, rolando um lero. Surfe, música, paradas afins. Tinham emprestado ao Cabana o *We're only in it for the money*. Ele não conseguia entender aonde é que aquela porra de som estava querendo chegar. Gostava de Led Zeppelin, Humple Pie, Deep Purple,

Bad Company, Black Sabbath, Alice Cooper, Aerosmith, Lynyrd Skynyrd, Ted Nugent, ZZ Top, Van Halen, AC/DC — era um cara com os pés plantados no bom gosto da sua época. Não conseguia muito se ligar no que tinha vindo atrás, nem no que estava ainda pela frente. Na sua opinião, Deus havia assobiado *Whole lotta love*, e só depois disso composto o resto do mundo.

Expliquei ao Cabana que o Frank Zappa era a mãe de todas as invenções. Alguém que pensava tão rápido e enxergava tão longe, que as pessoas só conseguiam entender o que ele estava querendo dizer uns dez anos mais tarde

— Só pra você ter uma idéia, em 1965, com o *Freak out*, o Zappa inaugurou o psicodelismo. No que juntou muita gente e começaram a aguar o barato, ele sartou fora. Muito antes de Woodstock, o cara já era pós-Altamont.

Estranho um sujeito feito o Cabana gostar dessa minha xaropada. Talvez ele me achasse uma espécie de complemento vitamínico à sua cultura debilitada. Sei lá. Para quebrar a seriedade da aula, comecei a imitar a caricatura groucho-marxista que Don Francesco traçou de um hippie são franciscano no final da letra de *Who needs the peace corps?*.

Minha imitação da voz hilária fez o Cabana rir. Meio alto. Lá pelas tantas, a irmã dele apareceu na entrada da cozinha, reclamando do barulho. Calei a boca. Nem tanto por respeito. Motivos ainda mais nobres. Diante daquela epifania de camisola, perdi a fala por uma semana. Fiquei totalmente embasbacado.

— Abriram as portas do paraíso! — tentei exclamar, em vão.

Cena inesquecível, inigualável: ela adentrou a cozinha, andou até a geladeira, puxou a porta branca, pegou uma garrafa d'água, abriu o armário de fórmica, escolheu um copo bem lavado, fechou o armário, colocou água no copo, bebeu a água do copo, pôs o copo vazio na bancada da pia, devolveu a garrafa à geladeira, fechou a porta da geladeira, mandou de novo a gente fazer silêncio e voltou ao seu quarto. Pensei até em me tornar escritor, para poder um dia descrever esse momento sublime. Em toda sua glória.

Antes de ir embora, falei ao Cabana que, pensando bem, talvez até pudesse fazer alguma coisa com respeito ao seu português. Nada de aulas particulares. Estudo conjunto. Um ajudando o outro. Eu também estava precisando dar uma melhorada:

— E como...

17

Seria necessário um livro à parte para escrever sobre o Cabana, sua irmã Viviane, a turma da Miguel Lemos e toda essa minha vida paralela nas esquinas de Copacabana. Talvez algum dia eu chegue lá, e ponha no papel o punhado de histórias que trago guardadas na memória sobre gangs de rua, brigas épicas, festas penetradas, azarações, surfe, rock, drogas e decadência. Por agora, não quero perder o fio da meada. Um breve interlúdio com o resumo da ópera vai ter que bastar. Mãos ao conto.

Os Olhos Verdes da Cobra

Eu tinha acabado de completar 14 anos. Achava àquelas alturas que já conhecia a verdadeira emoção, chegando mesmo a afirmar que tivera duas ou três grandes paixões. Quanta ingenuidade! Nada do que imaginava haver sentido até então pôde antecipar o tremor que percorreu meu corpo quando vi Viviane pela primeira vez.

A revelação das perturbadoras qualidades da irmã do Cabana me fizeram superar a resistência inicial em aceitar seu pedido de auxílio acadêmico. Me dispus a passar algumas tardes estudando com ele os mistérios daquele idioma arcaico e moribundo. Enfrentaríamos juntos o mundo irreal da gramática lusitana, e tudo faríamos por evitar que os tirânicos mestres da língua lograssem obstacularizar nossa epopéia pela conquista do diploma ginasial. Começou assim uma sólida amizade, que se estenderia por três anos, até ser brutalmente interrompida pela mão opressora do serviço militar.

Incontáveis vezes iria receber aquele telefonema, que invariavelmente repetia o mesmo convite. Polido e irrecusável:

— E aí, Johnny, cualé. Pinta em house!

Eu precisava de pouco incentivo para passar as tardes longe de minha própria casa, que jamais me pareceu um lar. Somente minha avó era capaz de se entender comigo, somente a ela me sentia ligado. Passávamos juntos alguns minutos a cada dia, que bastavam para me acalmar e fazer-me sentir querido. Sabia, contudo, que tais momentos tinham de ser breves. Ao contemplar o final de sua longa vida, aquela alma anciã gostava de se dedicar cada vez mais aos silêncios e às leituras. Após uma breve visita ao seu quarto, eu a deixava entregue à meditação e partia para a conquista de um mundo ainda por mim desconhecido.

Minha amizade com o mais ortodoxo dos surfistas ganhou em pouco tempo raízes profundas. Ele franqueou a entrada de sua casa, e me acolheu como membro da família:

— Abre agora não, Johnny. Fica aí pro rango.

Também para alguns programas de rua e mar, o Cabana começou a me convidar. Foi ele quem me levou pela primeira vez à Prainha. Mal pude acreditar naquela maravilha! A praia mais bonita do mundo. Ali, ao lado da Cidade da Luz. Areia branca abraçada pela montanha. Floresta viva se derramando sobre as águas azuisverdeadas. E um festival das mais deliciosas ondas coroando a incansável redundância de perfeições.

Fui apresentado a esse canto sagrado em outubro de 1978, numa tarde de terça-feira. Após quarenta e cinco minutos de sacolejos na boléia da pick-up de um conhecido do Cabana.

Estávamos enfim chegando. Lá do alto do morro, na extremidade das curvas, já podíamos ver a praia. Analisando rapidamente a dança das águas, Billy, um companheiro de carona, sentenciou que o mar estava apenas razoável. Quando desci do carro e pisei finalmente nas areias do paraíso, dei-me conta do que significava relativismo. Achei as ondas gigantescas. Eu era um pobre menino de quatorze anos, maroleiro do Arpoador. Diante da enormidade descomedida do mar indomável, me vi tomado pelo medo.

Escutando a sugestão do Cabana de que caíssemos antes que o vento mudasse, renunciei por completo a valentias ou bravatas. Sem qualquer pejo, confessei a todos que nunca havia enfrentado ondas daquela altura.

— Prefiro pedir penico de uma vez, a dar vexame dentro d'água.

Galeno, o dono da pick-up e decano dos parafinados, falou que para tudo havia uma primeira vez. Aquele era meu momento de passar por cima de todo receio e entregar-me ao batismo no seio bravio do mar. Qualquer problema que porventura surgisse, ele estaria lá para me ajudar. Pois como dizia o mantra de todo verdadeiro surfista:

— Não temos tempo de temer a morte.

Eu e Cabana ainda tornaríamos a surfar juntos em outras oportunidades, porém nossas diferenças nesse campo eram por demais evidentes. Eu não passava de um surfista limitado, um amador do mar, sem maiores desejos de me aprimorar no domínio das ondas. Ele, em contraste, tinha o sangue contaminado por iodo e sal; havia deitado sobre o solo de fibra das pranchas de surfe as raízes de sua personalidade. Respeitávamos nossas diferenças. Nunca chegamos a pensar que constituíam um real obstáculo à nossa amizade. Seu amor pelo mar era semelhante à minha paixão pela música. E seu gosto pela arte dos sons se aproximava da alegria que me invadia ao descer uma boa onda.

Nossas vidas de jovens habitantes do Posto cinco não se resumiam obviamente ao rock ou ao surfe. Em outros campos nossa proximidade era mais evidente. Passamos a nos encontrar seguidamente na praia e a partilhar das preocupações da turma de rua da Miguel Lemos. Estivemos juntos em muitas festas, e também em algumas memoráveis confrontações de gangs. Nessa época adquiri, logo abaixo da omoplata direita, a marca indelével do encontro com a navalha traiçoeira de um dos membros da matilha do edifício Camões. O golpe rasgou minha jaqueta de couro, e veio enobrecer-me a pele heróica.

Em meus dias vadios nas ruas de Copacabana, aventurei-me a tatuar um sol indígena na parte superior do braço esquerdo, prática ainda pouco difundida àquela época. Acreditava então que o astro-rei xamânico iluminaria minha mão canhota em sua busca insaciável por acordes e linhas melódicas. Eu andava fascinado pelo instrumento que tinha acabado de comprar do meu amigo e principal fornecedor. Através dele iria adquirir não apenas aquela guitarra, mas também duas pranchas, diversos discos importados e outras tantas mercadorias de grande importância.

Foi em um show da banda Flávio y Spiritu Santu no Teatro Thereza Rachel que recebi com naturalidade o baseado que me era oferecido por Jorginho, um velho amigo do Cabana. Enchi os pulmões de futuro, e passei adiante o cachimbo da paz. A ninguém disse que acabava de ser iniciado na confraria do vegetal. Guardei

somente para mim o sabor estranho da descoberta. Algumas semanas mais tarde:
— Eu, Jorginho e Guy vamos descolar um lance com o Chico Pico. Você 'tá a fim de rachar a parada, Johnny?

Sabedor de minhas limitações orçamentárias, o Cabana acabou por me convidar para ajudá-lo na oficina de pranchas que improvisava naquela mesma cozinha onde eu havia conhecido sua irmã. Com tanta assiduidade passei a freqüentar a casa, que me fiz querido pela família. Tal proximidade aumentou ainda mais quando meu amigo conseguiu completar o primeiro grau. Apesar de eu estudar num tradicional colégio de padres e ele dar suas voltas e travoltas na boate do Brasileiro de Almeida, havia semelhanças entre nossos currículos, de modo tal que pudemos com êxito juntar esforços na luta contra a tirania lingüística.

— Verbos defectivos são aqueles que não têm certas formas, como abolir, falir etc. Entre os defectivos costumam os gramáticos incluir os unipessoais, especialmente os impessoais, usados apenas na 3ª Pessoa do singular, como, p. ex., chover. Diz-se apenas: chove!

— Essa merda de verbo defectivo tá errado, Johnny. Ó só: eu chovo no molhado, tu choves no molhado. Todos nós chovemos no molhado. Né não?

E assim íamos prosseguindo em nossos esforços:
— Em certas formas verbais, o acento tônico recai no radical. Em outras, o acento tônico recai na terminação.
— Saquei o lance. Na boa. É façalho. Eu rio, forma rizotônica. Nós não riremos, forma arrizotônica.

O progresso era lento, porém constante e cheio de solidez:
— O futuro do presente e o futuro do pretérito são formados pela aglutinação do infinitivo do verbo principal às formas reduzidas do presente e do imperfeito do indicativo do auxiliar haver. A ver: amar + hei = amarei.

— Massa, Johnny! Amar hei... Me amarrei.

Ao cabo de alguns meses, o surfista dourado já brilhava no manejo do idioma dos Lusíadas:
— Vamo' lá, Cabana. Imperfeito do indicativo. Verbo amar.
— Eu amava, tu amavas, ele e ela se amavam, nós amávamos, vozes amáveis, eles e elas caíam na suruba. Mó sacanage, aí.

Dona Alice ficou maravilhada com os progressos do filho. Começou a entender parte do que ele dizia e, pouco a pouco, pôde perder o medo de perguntar por seus resultados na escola. Ao tomar conhecimento do sete e meio que havia obtido na prova final, não se conteve de alegria. Passou a querer-me como um a genro:

— João, você é o melhor amigo que o Arthurzinho já teve. Muito diferente desses moleques de praia, esses meninos vadios que vivem o dia inteiro na rua. Eu queria mesmo era que a minha filha pudesse arrumar um namorado assim.

Paguei caríssimo por meus vícios de bom moço. Durante bastante tempo, Viviane preferiu me ignorar. Eu era, a seus olhos, tão somente um dos incontáveis e descartáveis conhecidos do irmão; mais um rosto anônimo na fila infinita de seus admiradores. Minha constante presença em sua casa fez, no entanto, que ela ganhasse aos poucos afeição por mim. Desgraçadamente, essa era uma afeição que eu não desejava, uma afeição sem desejo. Passei a ser para ela como um primo, talvez até um meio-irmão; alguém que não tinha lugar na sua longa coleção de amores.

Cabana e Viviane se davam bastante bem e freqüentavam os mesmos ambientes. Ao príncipe das praias alegrava profundamente a majestade com que sua irmã lhe seguia os passos. Ela, por sua vez, ao trocar de namorados, sempre se valia da mesma explicação:

— O único homem perfeito que eu conheço é o meu irmão.

Por onde quer que passasse, Viviane punha em atividade vulcões adormecidos. Nem bem completara quatorze anos, já havia perdido a conta de seus namorados. Nenhum caso durava além de uma ou duas semanas. A jovem deusa das águas escapava entre as mãos de qualquer um que a tentasse reter por mais que um breve instante.

Certo dia, apareci na sua casa, sem haver antes telefonado. Estava ansioso por saber se o Cabana havia conseguido, afinal, a edição importada do *Blow by blow*. A qualidade de som do vinil gringo me parecia indispensável para poder aproveitar jóias como *Cause we ended as lovers* em sua genial totalidade. Para meu desânimo, Dona Alice informou que o filho ainda não havia voltado da praia. Ela me convidou para entrar. Agradecendo a gentileza, expliquei-lhe que tinha marcado um ensaio com minha banda. Quando já me despedia, ouvi a voz que vinha de dentro daquele feliz lar copacabanense:

— Mãe, é o Joãozinho quem 'tá aí?

— É sim, Vivica.

— Pede pra ele entrar! Quero mostrar o meu quarto novo.

Ainda outra vez, fui fraco. Não consegui resistir ao canto da sereia, mesmo sabendo que, a cada troca de intimidades, mais distante ficava de um dia poder tornar-me parte de seus íntimos desejos. Dona Alice me acompanhou até o quarto da filha. Também estava orgulhosa da reforma. Haviam trocado o papel de parede, pintado os armários e as janelas, comprado uma cama nova e encomendado colchas bordadas por costureira de mão cheia.

Ela e a mãe me mostraram as mudanças, explicando todas as alternativas que haviam contemplado antes de optarem pela definitiva. Fui lacônico em meus comentários; nunca cheguei a entender desses assuntos. A certa altura, Viviane me mostrou uma almofada acetinada:

— Olha só, Joãozinho. Foi o Fred quem me deu essa almofada. A gente acabou na semana passada, mas ainda assim ele fez questão de me comprar um presente pela reforma do quarto. Não é o máximo? Acho que vou pedir a cada um dos meus ex-namorados que me dêem uma almofada.

Não cheguei a pensar no que me era dito. Em reação absolutamente espontânea e inconsciente, respondi:

— Não faça isso, Vi! Com tanta almofada, vai ser impossível você entrar dentro do quarto.

Dona Alice ficou estranhamente abalada com minha ponderação. Quase chorou. Suas raízes paraenses conflitavam com a generosidade e inconstância amorosas da filha. Tentava sempre que possível controlar os passos da menina, afastá-la dos namorados mal-intencionados, dos meninos sem futuro. Acalentava a esperança de que ela pudesse um dia encontrar tranqüilidade junto a um moço ajuizado e confiável. Como eu. Talvez por isso minhas impensadas palavras a tenham enchido de desgosto.

— Você 'tá vendo, minha filha, o que os outros pensam de você?! Até o Joãozinho! Até o Joãozinho!

Renunciando a qualquer tentativa de emendar o soneto, tratei de me despedir e parti para o ensaio. Já estava atrasado.

No caminho, fui pensando no que havia acontecido. Aquilo realmente me exasperava. Viviane colecionava namorados, mas nunca parecia chegar o meu momento. Ela certamente sabia dos meus sentimentos — não eram evidentes a todos? Por que, então, tanta ausência de interesse de sua parte? A maioria de suas pequenas aventuras envolvia rapazes com quem eu podia tranqüilamente ombrear-me. Não me sentia de modo algum diminuído diante dos galãs que a cercavam. Pelo contrário, os considerava em sua maioria criaturas aparvalhadas. Dizia a mim mesmo que no dia em que Viviane caísse em si veria que seus pretendentes não passavam de infames pândegos, e eu, que a seus olhos parecera andrajoso, me revelaria então como o único homem capaz de manejar o arco e a lira de Ulisses, provando-me enfim o legítimo soberano da Ítaca de seu amor.

Meu grande erro estava talvez no excesso da minha paixão, em sua inoportuna profundidade. O desejo que sentia por ela transcendia a dimensão meramente carnal. Era vontade de fundir meu espírito ao seu, por toda a eternidade. Eu, que dominava a magia da música, pretendia unir-me para sempre à deusa do mar e do amor. Um desejo tolo e vão, posto no casto peito de um adolescente. Tínhamos ambos tanto a viver... Quão insensato não era o intuito de trancar a indomável fortuna com as pesadas correntes do meu querer! Como poderia esperar que a etérea jovem, recém-desperta-da para a vida, aceitasse a oferta de um amor tão opressivo? Minha paixão exacerbada confrontava as regras da juventude. Houvesse sentido por ela apenas um interesse fugaz e leviano, possivelmente teria permitido ao destino a graça de nos aproximar.

Muito embora entendesse a dimensão profunda de minha falta, eu me sentia tragicamente atado a Viviane. Queria estar perto dela, queria ser parte de sua vida, ainda que com isso afrontasse de modo imperdoável as leis do amor. Recusava-me a ser apenas mais um de seus inúmeros namorados, mesmo sabendo que dessa forma fechava as portas a tornar-me um dia seu real amado. Não quis apostar, e então tudo perdi.

Certa tarde, à semelhança de tantas outras, encontrei-me com ela e algumas de suas amigas na praia de Ipanema, em frente da rua Joana Angélica. Como de costume, sentei-me para conversar. A certa altura, ouvi da menina dos olhos verdes a mais sincera e arrasadora crítica que jamais experimentara em toda vida:

— Ontem sonhei com você, Joãozinho.

Tolo que era, quis ouvir os detalhes. Ainda não sabia que sonhos bons nunca podem ser contados.

— Foi um sonho meio esquisito, na verdade.

A forma como me era anunciado o sonho não permitia antever seu caráter devastador. O dia estava ensolarado, e ela sorria.

Somente mais tarde, me dei conta que seus risos traíam desconcerto e nervosismo.
— Sonhei que a gente 'tava numa igreja e ia se casar. Daí fiquei desesperada. Tentei de todo modo fugir dali. Meu estômago se contraiu com tanta força, que quase gritei de dor. Não estivesse em jejum, teria possivelmente vomitado em convulsões. Ao ver meu rosto lívido, Viviane ainda tentou dizer algo que amenizasse suas implacáveis palavras:
— Não, Joãozinho, não leva a mal o que eu falei. Eu gosto tanto de você, mas... é a idéia de casar que me incomoda, sabe. Acho que não vou casar nunca. Você... você é o cara perfeito pra uma menina que 'tá a fim de se casar. Você é legal, inteligente, confiável, talentoso. Pô, você é super. De repente, foi por isso que era você quem 'tava lá no meu sonho. Representando o marido ideal. Só que namorado é outra coisa. Outro lance. Sei lá. Você não é o tipo de cara que eu namoraria. Quer dizer... eu poderia até casar com você, se fosse o caso. Mas eu não quero casar. E namorar, não dá. Entende? Você e eu — nunca ia funcionar.

A violência daquele cruzado de sinceridade me deixou nocauteado por vários dias. O sonho e as palavras de Viviane me traziam uma clara mensagem: para ela, eu pertencia ao mundo da família, do dever e da ordem; alguém a quem estava vedada a entrada nas paragens sublimes do desejo. Como, partindo de uma paixão tão grande e profunda, pudera eu chegar a tamanho equívoco?

A consciência de um problema nem sempre traz a capacidade de superá-lo. Ao menos não imediatamente. Por quase três anos estive entregue à minha angustiada paixão por Viviane. Dela somente me afastei após fartar-me de sofrer. Cheguei a sair com outras meninas durante essa época, e tentei fazer de conta que havia deixado para trás a desventurada adoração pela irmã do meu amigo. Logo vi que não era assim. Embora houvessem desaparecido os sinais externos de minha fraqueza, a mim mesmo não podia enganar. Os olhos de meu coração enxergavam apenas uma única menina: Viviane, a ninfa. A impossibilidade de tê-la me rasgava o coração. Comecei, então, a entender o espírito do *blues*. Ainda que tivesse ouvido e tocado por diversas vezes essa modalidade de música, jamais a escutara verdadeiramente.

Ao voltar da praia, naquele infausto dia em que Viviane me contou seu sonho, coloquei sobre o prato um dos LPs que havia comprado do Cabana, *Layla*. O disco me pareceu totalmente novo e transformado. *Have you ever loved a woman?*[6] se abriu diante de mim como uma lótus de mil pétalas, anunciando o caminho que teria de seguir pelo resto da vida.

A descoberta do *blues* me deu novas forças, e mudou minha relação com Viviane. Dei seu nome à minha guitarra, e passei a amá-la através da música. Se não podia tê-la, ao menos faria dela minha musa. Aquela decisão me libertou do medo de perdê-la. Seqüestrei para dentro de mim mesmo a Viviane ideal, e deixei que minha atração pela irmã do Cabana retornasse lentamente a sua condição natural. A vida era longa, e surpreendente. Outras lindas fadas poderiam surgir. Não havia por que me deixar trancar em seu palácio de encantamentos, e passar o resto de meus dias no isolamento da floresta, afastado de todo contato com o mundo.

Em 1980, quando ainda cursava o segundo científico, Cabana me convidou para passar o feriado de sete de setembro na casa de praia que seus pais haviam alugado, em Saquarema. Era uma casa bastante simples, porém suficientemente perto da praia. Pensei em recusar o convite. Havia torcido o pé num jogo de futebol, e não poderia me sustentar sobre uma prancha em movimento. Sem fazer caso das minhas desculpas, o anfitrião insistiu que os acompanhasse naquela viagem. Foi sua a sugestão de que levasse meu violão e aproveitasse para tocar e compor, enquanto ele e Guy estivessem no mar.

Apesar de suas excelentes ondas, Saquarema estava longe de ser o mais agradável balneário nos arredores do Rio. Não havia muito o que fazer, ou grandes distrações ao nosso redor. Como Viviane havia decidido trazer uma barraca de sol para a praia, optei por sentar-me à sombra de seu encantamento. A serenidade do dia inspirou minha franqueza:

— Vi, quanto tempo faz que você finge ignorar que eu sou apaixonado por você?

— Pára com isso, Joãozinho. Que conversa!

— 'Tou falando sério. Você nunca sentiu nada por mim?

— Pára! Você sabe perfeitamente o que eu sinto.

— Não, pra ser sincero, já pensei muito nisso, e cheguei à conclusão de que não sei mesmo. Eu vejo que você tem um namorado

---

6. "Você já amou uma mulher?", canção de Billy Myles, tornada famosa na gravação de *Derek and the Dominos* (Eric Clapton).

atrás do outro. Um idiota atrás do outro. E que não se liga em ninguém. É tudo um jogo. Pó e sombras. Alguma hora vai ter de haver uma história real.

— Que papo brabo...

— Pode até ser. Mas sabe o que eu acho disso tudo? Eu acho que só mesmo comigo você ia poder ficar numa boa. Talvez a hora certa não seja agora, talvez eu ainda não esteja pronto. A gente se conheceu cedo demais. Quem sabe daqui a uns dez anos...

— Quando você for famoso, né! Joãozinho Boca de Cantor...

— Vou mostrando como sou, e vou sendo como posso.

Dedilhei alguma coisa ao violão. Uma melodia que havia feito, ainda sem letra. Estava bonita. Decidi intitular aquela canção "Viviane". Somente alguns anos mais tarde, quando já vivia longe da Copacabana de minha juventude, pude encontrar as palavras adequadas.

Naquela noite, fomos todos a um bar. Os alto-falantes tocavam "Sara". Eu adorava aquela canção etérea; a voz rouca e áspera de Stevie Nicks tinha o dom de suavizar-me o coração. Virei-me então para Viviane, e sussurrei a seu ouvido:

— *Wait a minute baby / Stay with me a while...*[7]

Nos olhamos por um tempo que não saberia dizer. Coloquei minha mão direita em seus cabelos, e os acariciei sem qualquer pressa, antes de juntar seu rosto ao meu. Tudo no mundo parece feito de amor, nesse breve momento em que as barreiras da realidade caem por terra e duas bocas se aproximam em direção ao primeiro beijo! Por três dias, fui eternamente feliz.

Acabamos voltando ao Rio. O encanto se rompeu. Viviane me pediu que esquecesse o que acontecera; nada daquilo tinha significado. Fora apenas um sonho na terra do eterno verão; não seria bom que deixássemos semelhante deslize interferir em nossa amizade. Eu e ela éramos família.

Não posso dizer que tenha me surpreendido com sua reação, mas tampouco me dispus a acatar aquele chamado ao fim do sonho. Não podendo permanecer de modo pleno ao lado da menina por quem meu coração clamava, eu preferia afastar-me por completo. E foi assim que deixei Viviane para trás e me lancei à vida, guardando comigo a lembrança dos dias eternos em que a luz de seus olhos verdes me inundou de felicidade.

---

7. "Espere um momento, meu amor. Fique comigo por um instante", da canção do Fleetwood Mac *Sara*.

18

Findo o parêntese, volto à narrativa. Em setembro de 1980, quando já estávamos havia dois meses ensaiando em Abbey road, o Tavico entrou numas de reunir um pessoal por lá. Assunto de montar uma roda de cachimbo da paz. O safado veio com uns papos brabos de que estava na hora de apresentar um bagulhinho limpeza para os iniciantes temerosos.
— Seeeei!!
Fazia já um tempo que o Tavico vinha batalhando em cima de uma menina do Princesa Isabel chamada Diana. Ele estava agora querendo mesmo era uma oportunidade de chegar junto e dar logo uma decisão naquela azaração sem fim. Qual cerimônia de iniciação o quê! A galera ia pintar lá no apartamento só mesmo para fazer figuração. Esfreguei isso na cara do canalha. E topei o lance.
Sábado à noite. Marcamos concentração na casa do Tavico. Estávamos ele, eu e Alex. Apenas. Os dois outros bundinhas arrumaram um jeito de não vir. PP foi passar o fim de semana em Parati. Dom Marcos nem chegou a arrumar uma desculpa decente. Ficamos esperando. E nada dele chegar. Estranho. Resolvi passar a mão no telefone. O puto atendeu. Já tirando o corpo fora:
— Não posso sair. Meu aquário 'tá vazando.
— Larga de ser escroto!— argumentei.
Como toda minha lábia e poder de persuasão não parecessem suficientes, resolvi acrescentar:
— A Diana disse que vai trazer mais três amigas.
— Não dá, Johnny. Senão os peixes vão todos morrer.
— Tu é muito bichona mermo!— esclareci, em nome dos demais canoeiros. E ainda fustiguei a donzela:
— Já te disse que esse negócio de aquário é coisa de viado!
Não houve jeito de convencer o poeta a comparecer ao rito de iniciação da Grã-Maconharia. Aquela deserção nos deixava numa desvantagem de três a quatro. Quem é que estava se importando

com isso! Desliguei o telefone sem perder meu sorriso de alegria. Viva a covardia! Fui logo anunciando:

— Dia bom pra diabão!

Nos encontramos com as meninas na Galeria Menescal. Uma delas morava por lá. Fomos caminhando até Abbey road. Esticadinha de nada. Os olhos do porteiro pularam para fora quando finalmente chegamos ao prédio. Três caras e quatro meninas.

— Maior suruba...

A sacanagem só rolou na cabeça do paraíba. Lá no apartamento, ficou tudo muito sério. Eu ainda demorava uma eternidade para apertar o finório. Saco! Fui perdendo a paciência de estar ali. Nunca tinha visto uma orgia tão caída. Perto de menina dondoca, o Tavico virava um perfeito panaca. Começava a discutir paradas vomitantes, tipo:

— "Quem tem os vendedores mais simpáticos, a Cantão ou a Company?"

— "Por que a piscina do Country é tão suja?"

— "Deve-se ou não asfaltar a estrada Cabo Frio-Búzios?"

— "É mais legal ter um cavalo na Hípica ou no Jockey?"

— "O que dá mais *status*, um veleiro ou um iate?"

Perdi totalmente o interesse na conversa. Tentei pensar em alguma nova letra. Não consegui. Estava muito irritado. Para me acalmar, fiquei recitando baixinho as tríades maiores, menores, diminuídas e aumentadas. Funcionou também não. Noite polenta. Emoção mesmo só pintou quando o Alex resolveu ver o que acontecia se fizesse hiperventilação. Apagou geral. Pimba! Direto no chão. Sustaço. Passamos em cima dele o minuto mais longo de todos os tempos. Deve ter durado umas vinte e quatro horas.

As meninas até que fumaram direitinho. Mas nenhuma delas sabia tragar aquela porra. Ficavam no desperdício, pensando que erva é mato. Expliquei para não tratarem o básico feito cigarro Malboro. Não quiseram prestar muita atenção. Estavam satisfeitas em ganhar seu diploma de maconheiras. Isso lhes bastava. Ninguém ali queria ver de verdade qual era a onda da verdinha.

Depois de muitos papos ridículos; depois de o Tavico me fazer pagar o mico-leão de tocar com ele duas músicas do Bread; depois de toda a putada decidir qual seria o melhor final para a tal novela que eu nunca tinha visto; depois do garanfitrião dar umas beijocas muito das sem graça na Diana; depois do Alex mostrar a uma amiga dela qual era o segredo do macarrão celeste que ele viu enquanto estava desacordado; depois de eu chegar à inevitável conclusão de que as duas outras mocréias calçavam 44 — depois disso tudo, a cerimônia acabou. Dei graças adeus. E sartei fora.

19

Um par de semanas mais tarde, o Tavico tornou a reunir uma galera em Abbey road. Com os mais puros fins espúrios de fumar uma puríssima. Dessa vez, PP estava *in town*. E compareceu. Chegou ao estúdio tirando onda de que já tinha experimentado um *back* durante as férias. Mentira descarada. Relevamos. Todo mundo entendia como era chato para um marmanjo de 16 anos reconhecer sua degradante situação de cabacinho. Mas não houve como evitar de todo o vexame. Bastou o gigante dar uma tragadinha de nada, e começou a tossir. Feito um tuberculoso.

— Parece uma personagem da Montanha Mágica — disse o Alex.

— Mala sem alça! — complementou o Tavico.

Saí em defesa do moreno arrocheado:

— Pelo menos o PP veio — argumentei. — Muito pior é o amarelão do Marquinho. Inventa sempre uma desculpa. Outro dia, foi o aquário. Hoje, tirou da gaveta uma crise de alergia.

— A gente ainda convence esse bundinha a se juntar aos bons.

Assim garantiu o Tavico. Mas de fato ninguém fez muita força para o Marquinho se juntar aos remadores galantes. Ninguém botou pressão em cima dele. Uma sacanagenzinha ou outra. E só. Coisa leve. Deixamos o cara basicamente em paz. Demos tempo ao tempo-demo. No final das contas, o que funcionou mesmo foi a curiosidade. Vontade de também ser um diferente. Favas contadas. Ia acontecer, cedo ou tarde. Como diria, alguns anos depois, o maximalista Píter Punk:

— O inevitável é inevitável!

Assim foi. Meados de novembro. Veio o dia da festa de aniversário da Maria do Carmo. As festas na casa dela eram muito boas. Invariavelmente as melhores, desde a sexta série. No sábado do auê, marcamos de nos encontrar na casa do Marquinho. Todo mundo já havia chegado. Ou quase.

Eu sempre resolvia ouvir um disquinho, enquanto me preparava para sair. O um virava muitos, e os muitos me davam vontade de pegar no violão. Daí eu mandava ver no balacobaco, acabava tendo umas idéias, ficava procurando papel e caneta... Só depois de muito custo achava esses porcarias. Começava então a escrever uns versinhos e selecionava uns acordes, mas nunca gostava de nada. Amassava aquilo tudo, fazia uma enorme bola de papel, ficava brincando de encestar a obra rejeitada e punha na vitrola mais um último disco. Depois um penúltimo, e finalmente um antepenúltimo. Quando me dava conta, já havia passado um tempão.

Mas acabei chegando. Violão folk a tiracolo:

— E aí, putada!

Estavam ouvindo o *Fire and Water*. Fiquei muito orgulhoso da rapaze. Muito bom gosto deles escutarem o disco do Free que eu havia dado de presente ao Marquinho. Tudo que eu desejava na vida era um dia tocar guitarra como o Paul Kossoff. Que o puto tocava uma enormidade não podia haver qualquer dúvida, mas só para causar discussão, resolvi pontificar que o Paul Rodgers era o maior vocalista de todos os tempos. Foi um zun-zun-zun. Todo mundo falando ao mesmo tempo. Quiseram dizer que havia outros caras melhores:

— Robert Plant, Ian Gillan, David Coverdale, Freddie Mercury, Roger Daltrey, Mick Jagger, Rod (the mod), Eric Burdon, Joe Cocker, Steven Tyler...

Chamei a galera todinha de "gentalha ignorante". Falei para largarem mão desse apego acaciano a obviedades. E acrescentei, ainda de pé:

— Vocês tinham era que citar gente de tez retinta e alma pintada na voz.

— Tipo quem?

Iluminei a caverna da bestialidade juvenil:

— Ray Charles, Howlin'Wolf, Muddy Waters, Sam Cooke, Otis Redding, Wilson Pickett, James Brown, Marvin Gaye...

Se emputeceram. Me chamaram de caga-regra, mister-sabe-tudo, dono-da-verdade, madre-sabichona, rádio-relógio, cultura-inútil, palavras-cruzadas, doutor-encircopédia, Johnny-dicionário...

— ...aquele que te comeu no armário — complementei.

E fiquei sorrindo. Satisfeito com tantos elogios. O disco seguia tocando. Interrompi. Na maior gentileza. Tipo aluna do Sion:

— Tira aí essa porra! Vou tocar um pouco.
Ouvi a salva de vaias. Deixei que se cansassem de me xingar de Neil-Young-do-Méier e coisas do estilo. Tinha a intenção de levar algo conhecido. Som esperto. Comecei:
— *Standing on the corner / Suitcase in my hand / Jack is in his corset / Jane is in her vest / And me, I'm in a rock and roll band.*[8]
Lá no meio do refrão, meu violão fez: dum! Perguntaram que porra de barulho era aquele. Falei que o pacote tinha soltado. Ninguém entendeu.
— O pacote do bagulho — expliquei.
Os caras me olharam feito eu tivesse falado o maior disparate. Eu, hein! Pois eles queriam o quê! A maconha estava no violão, sim senhor.
Na minha casa, eu não tinha onde guardar nada. Privacidade zero. Não havia chave. Nem na porta do quarto, nem nas gavetas, nem no cofrinho, nem em lugar algum. A minha família desconhecia as mais primárias regras da boa educação. Viviam remexendo nas minhas coisas, sem a menor cerimônia. Até então, não havia galho. Eu vinha comprando com o Chico Pico umas dolinhas pequenas e malhadaças. Coisas que cabiam no bolso. Acabavam num vapt-vupt. Mas agora tinha conseguido finalmente descolar uma parada de responsa. Do melhor cabrobó sertanejo. Diacho de erva arretada.
— Viva o regionalismo!

---

8. "Estou parado num canto / Com a mala na minha mão / O Jack está de espartilho / A Jane está de colete / E eu estou numa banda de rock", da canção de Lou Reed *Sweet Jane*.

20

Fiz o negócio com o Digão — aquele meu amigo do primário que repetiu a quinta série e foi obrigado a sair do colégio. Nos reencontramos por acaso, fazendo um lanche no Bob's da Domingos Ferreira. Eu tinha acabado de sair da casa do Tavico, ou da avó dele, melhor dizendo. Resolvi traçar um queijo com banana:

— Capricha na canela, meu tio!

Era isso que eu estava falando quando topei com o Digão. Fizemos a maior festa. Lembramos os velhos tempos e tal. Perguntei se a mãe dele ainda fazia aquela goiabada maneira em tacho de cobre. Ê troço viciante!

— Provou uma vez, cria dependência.

No rumo dessa prosa ligeira (sobre drogas pesadas), chegamos ao lance do bagulho. O Digão contou de uma parada esperta, já arrumadinha beleza. Perguntou se eu queria dividir com ele o tijolão. Topei. Estava com uma grana em cima. Dinheiro juntado no serviço de ajudante da oficina de pranchas do Cabana.

No dia seguinte, saí do colégio e rumei São Clemente abaixo, até chegar ao nosso ponto de encontro: praça Corumbá, desembocadura da ladeira do Dona Marta. Avistei o Digão. Nos cumprimentamos sem muita efusão. Estávamos a serviço. Negócio sério. Ele me pediu que ficasse lá mesmo na praça, esperando. Eu era branquinho e lourinho demais. Se subo, morro. Foi o que me disse. Sem pleonasmos.

As instruções estavam a cargo do Digão. Eu tinha de ficar cá em baixo, com a minha metade da grana. Ele ia subir a ladeira, chegar na boca, entregar sua metade do dinheiro, e descer, acompanhado de um esparro do trafica. Se ele e a maconha chegassem inteiros ao asfalto, eu poderia então passar minha metade da grana ao estafeta.

— E se der algo errado?

— Telefona pra minha mãe e sugere a ela que chame imediatamente o Vice-Governador, o Secretário de Segurança Pública ou algum outro desses bandidos com quem o meu pai costuma jogar pôquer.

Sincronizamos nossos relógios. Demos início à contagem regressiva. Cheio de coragem no peito, lá se foi o Digão morro acima. Fiquei esperando. Uma hora. Saco. Hora e meia. Merda. Uma hora e quarenta e cinco minutos. Caralho-buceta! Duas horas inteirinhas. Porraaaaaaaaa!!! Cadê esse filha-da-puta!!! Esperei um total de duas horas e meia. Quando finalmente o Digão apareceu, eu estava a ponto de agarrar o orelhão.

O escrotinho me explicou que o atraso se devia a convite irrecusável para assistir ao tape da final do Brasileiro no vídeo novinho que o trafica tinha acabado de roubar. Quase mato um. Como é que o cara me fazia uma cachorrada dessas! Assistir, na minha ausência, ao jogo histórico em que o Mengão conquistou seu primeiro título nacional, derrotando o timaço do Atlético no 3x2 mais sofrido e chorado da história do Maraca!

— Isso é uma desfeita como eu jamais sofri igual!

Putão da vida, entreguei o restante do dinheiro ao aviãozinho. Tomei então o pacote de papel jornal e guardei a sujeira na mochila, entre livros e cadernos. Negócio concluído.

Pegamos o 522 até a casa do Digão, que morava no comecinho de Ipanema. Já trancados baixo sete chaves na segurança inexpugnável do seu quarto, dividimos o tijolo. Vendo aquela pedrona marrom, fiquei logo de bom humor.

Aproveitamos o resto da tarde para bater um papo, detonar uns tantos cubanos e pôr as coisas em dia. Falamos da vida, falamos de música, falamos de futebol, falamos de política. O Digão tinha uma coleção completa de discos dos Byrds. Tudo importado. Originais da época. Herança do irmão. Babei geral.

Voltei para casa pensando em como o Digão era um cara espertaço. Pena que estivesse se mudando para Brasília. O pai tinha arrumado um emprego importante no Ministério da Justiça. Sacanagem com o meu amigo. Morar em Brasília: no meio da milicada, no meio dos burocratas, no meio dos puxa-saco, no meio dos filhinhos-de-autoridade — no meio do nada! Que pesadelo! Morar em Brasília: longe do mar, longe das montanhas, longe das florestas, longe das calçadas da zona sul — longe de tudo! Isso devia ser a morte.

21

Entrei em casa de fininho. Ouvi logo aquele esporro. O que é que eu estava fazendo na rua até uma hora dessas sem avisar nada a ninguém! Expliquei:
— É, o Digão: aquele que tinha uma fazenda. O próprio. Isso. Era a mãe dele quem fazia a goiabada. É. Não... nunca briguei com ele; quem brigou foi o Dedinho. É... Deixei de sair com o Digão porque ele repetiu de ano. Isso. Teve de sair do colégio sim. Não! Não acho que foi bem feito não — o Digão era um cara legal. Quer dizer, ainda é um cara legal, segue sendo. É! Ixe! Passou por tudo que é colégio já. É! Um monte de colégios. Estilo pagou-passou: Peixoto, Padre Vieira, Princesa, Gimk, Souza Leão, Rio de Janeiro, Divina Providência, Bahiense, Impacto, Plankenstein, Pinheiro Guimarães... Dá mais de um colégio por ano, é? Verdade. Nem tinha me dado conta. Vai ver que a negada já 'tava se livrando do Digão antes do ano acabar. Não! De jeito nenhum! O Digão não virou marginal não. Não! Que história! Imagina! Eu, hein! Isso eu posso jurar por Deus: o Digão nunca injetou maconha na veia. Palavra de honra... Como é que eu vou saber por que o Digão andou mudando tanto de colégio! Vai ver que ele é meio burro. Por que é que eu ando então com esse bando de gente burra? Que bando! O Cabana não é burro não. Vocês nem conhecem ele direito! Só porque alguém fala esquisito no telefone não quer dizer que seja burro... Deixa o cara, aí! Ele é meu amigo. Nada disso! Surfista também ganha a vida honestamente. Não só ganha a vida, como ainda arruma um carro melhor que esse Opala velho de vocês. Não, não 'tou sendo ingrato não. 'Tava só dizendo que... Deixa pra lá. Deixa pra lá. Não, não vou falar mais nada não. Deixa pra lá. É! É isso aí, sim. Ninguém me entende mesmo nesta casa. Não vou falar mais nada nunca mais.....Não.....Não......Não...... Nãooooouuu........ já disse, não é não..... ó só: nãooooo.... ai meu Deus...... nãããooo....... Fiiiiiiiihhhh........ Não....... não sei .... Não

tenho mais nada pra dizer......... Não.......... Posso ir pro meu quarto? ...... Aaaaaaaaaaaaaaaaaaaaa.......... Aaaaaaahhhhhhhh........ Aaaaaahahalalalalalalala........... Blablabla blablabla.........Aonde é que o Digão 'tá estudando agora? Em algum buraco. No Mallet Soares, eu acho. Eu sei que o meu irmão também já estudou no Mallet. Não é um colégio tão mal assim? Então por que vocês tiraram meu irmão de lá? Não, não 'tou sendo desaforado nada; perguntar não ofende. Fez! Fez muito bem sim! Isso! Foi muito melhor a gente ter ido estudar no colégio dos padres. Gosto sim. Gosto muito do meu colégio. Gosto muito dos meus amigos de lá. Justamente por isso foi que demorei tanto — eu 'tava com o Digão. Eu sei que ele já não estuda lá no colégio!!! Fui eu mesmo quem acabou de contar isso. O lance é que, pra mim, quem já estudou lá uma vez, vai ser meu colega pra sempre. Que é que significa lance? Que pergunta!! Todo mundo sabe: o lance... Não estou desaprendendo a falar português não. Gíria também é português. Eu sei que não é português pra usar na prova! É que português de prova só serve mesmo na hora da prova: quando a prova não se prova presente, esse português decente ninguém aprova. 'Tou falando coisa com coisa, sim. Neguinho que quer ser aprovado da forma devida na prova da vida, precisa sacar o lance dessa coisa estranha de que cada lugar tem as suas manhas. Não 'tou fazendo graça com a cara de ninguém não. Posso ir pro meu quarto? Já expliquei que eu 'tava com o Digão. Não é invenção de história não; encontrei com o Digão, sim. Encontrei com ele no ônibus, quando eu 'tava voltando do colégio. Me convidou pra passar na casa dele. Não aceito qualquer convite coisa nenhuma; conheço o Digão faz o maior tempão — já viajei pra fazenda dele mil vezes. Não, nunca disse que gostava mais de ir pra casa dos outros do que ficar com a minha própria família. Nunca disse isso. Dizer assim dito, no verbo alisado, nunca disse não. Fiquei esse tempo todo lá na casa do Digão sim. 'Tava ouvindo música. Eu sei que tenho tudo que é porcaria de música aqui no meu quarto. Mas a diversão da casa dos outros é ser diferente. Por que é que eu nunca chamo ninguém aqui? Porque meu irmão 'tá sempre no quarto disposto a me torrar a paciência, porque essa televisão ligada o tempo todo me dá nos nervos, porque aqui em casa há um permanente concurso de clone vocal do Johnny Weissmuller... Ai, que saco!!!!! Lavo a boca com sabão sim, se me deixarem. Posso ir pro meu quarto? Mas 'tá todo mundo surdo! EU 'TAVA NA CASA DO DIGÃO!!! Não liguei porque o telefone dele 'tava quebrado. Não sei se foi cortado ou não. Como? Deixou de ser. O pai do Digão já não é deputado desde 1975. Não sei direito o que ele faz agora. Vai se mudar pra Brasília. Foi chamado pra trabalhar no Ministério da Justiça. É coisa importante sim. Deve ser. 'Tou com sono, posso ir pro meu quarto? Já, já comi! Lá na casa do Digão. Comida cubana... Posso ir pro meu quarto? Comida cubana é igualzinha à brasileira. Posso... Não, o pai do Digão não era deputado comunista não, muito pelo contrário — era da ARENA. A mãe aprendeu a cozinhar esse tipo de comida em Miami. É. Ela ainda faz goiabada em tacho de cobre sim. Igualzinha. Não!!! Não trouxe goiabada na minha mochila não!!! Quem dera! Essa coisa parecendo tijolo é um dicionário. Prova com consulta... Aí, desculpa gente, tenho de ir ao banheiro.

Teria sido preferível fazer o serviço no meu quarto. Mas até que a idéia do banheiro não foi má. Lá, eu podia trancar a porta e obrar em paz. Estava no maior perrengue. A cada segundo adicional de embromação familiar, minha mochila ficava mais pesada. Chegou um momento em que o pacotão de duzentas e cinqüenta gramas já estava pesando umas dez toneladas. Foi nesse instante crítico que me veio a luz. Eu precisava ocultar a sujeira dentro do meu cofre-forte musical.

Na casa do Digão, a gente tinha colocado o bagulho num pacote decente, feito com papel-alumínio e plastik. Meio caminho andado. Ainda assim, levei um tempão para fazer o serviço completo. Era preciso afrouxar as cordas, enfiar o pacote violão adentro e prendê-lo com esparadrapo. Depois de tudo acertado e acomodado, era ainda necessário apertar as cordas outra vez, e passar meia hora costurando uma afinação decente na viola violada. Cada vez que tinha de parir o pacote lá de dentro, dava a mesma trabalheira. Com tantos obstáculos obstétricos, ficava até difícil fumar. A grande vantagem era poder estar bem servido em qualquer lugar aonde chegasse com o meu instrumento.

22

Naquele dia da festa da Maria do Carmo, o esparadrapo já devia estar perdendo a aderência. Me animei tanto com o suingue, que o pacote da Sweet Jane soltou. Expliquei à galera toda a história, desde o começo. Me chamaram de maluco, irresponsável, piroca-das-idéias. Acharam tudo aquilo o maior barato. O Tavico sugeriu então que déssemos uma chegada em Abbey road, para aliviar a carga do violão. A negada topou. E até o Marquinho, de repente, estava todo animado. Fiz o maior jogo duro com o viadinho. Só de sacanagem. Disse que preferia ir direto para a festa; que a gente já estava atrasado demais; que eu detestava esse lance chegar sempre tarde em todo lugar; que era melhor deixar a viola ali mesmo e passar por ela depois da festa.

— Não, de jeito maneira! — insistiu o Tavico. — Só vamos pra festa depois de passar no estúdio.

— 'Tou a fim não... — encudocei.

Delícia de ensebação. A baba escorria da boca dos infelizes:

— Vamos nessa, Joãozinho — implorou o PP.

— Simbora detonar um Villa-Lobos! — disse o Alex.

Finquei pé. Puxa de cá, puxa de lá. Cedi, enfim. Pareço assim muito autoritário e impositivo, mas sou uma flor-de-pessoa. Sujeito mimoso, de fino-trato. Sei quando é necessário agir em modos de cavalheirismo.

— Viva as Backianas Brasileiras! — ensaiou o poeta.

Chegamos a Abbey road. Sentamos em roda. Apertei a graminha desgramada. Acendi o Jeff Beck. Propus uma mexicana. Dei um tapa, prendi o ar e passei à frente. Não funcionou. No que Dom Marcos deu sua primeira beijoca no finório, não queria mais largar.

O puto ficava na fomeagem. Fumou quase tudo, sozinho. Desencanei. Deixei que ele tirasse seu atraso em paz. Valia uma foto.

Estava lá ele, Marquinho Richards, se rindo todo. Feliz que só. Depois de meia hora, cansei. Os outros igual. Mensageamos:
— 'Tá bom chega suficiente basta!
O fominha fez que não ouvia. Sentou no chão, saiu engatinhando, se arrastou feito cobra, cruzou a sala, deu de cara com os estojos de guitarra, rolou ladeira abaixo, encostou num amplificador, vestiu colar de cabo de microfone, se esparramou estatelado, abriu os braços, abriu a boca, fechou os olhos, se contorceu todo, e falou:
— Ai, que preguiça!
Fato histórico, lavrado em cartório do céu. Desde esse dia, o poeta decidiu, por si só, seu futuro. Desenvolveu paixão desbridada pelo mato caboclo. Era o destino. Estava no sangue, nos órgãos, nas carnes. Nos ossos, nas células dele. O cara nasceu com uns genes de puro LSDNA.

23

Dom Marcos tinha seus medos. Andava devagar. Mas nunca parava de avançar. À medida que o científico foi passando, vi crescer nele a fome de liberdade, o desejo de ser autêntico.

Aí pela segunda metade de 1979, pintou a Anistia. O poeta descobriu que tinha um parente guerrilheiro. A notícia surtiu sobre ele um impacto enorme. Catalisação. O tal "primo Roberto" até então não passava de uma história mal contada sobre um certo retrato encardido. Havia "largado a faculdade", feito "muitas viagens" pelo Brasil, e finalmente decidido "morar na Europa". Reapareceu quase dez anos mais tarde, nos braços da Anistia. Justamente na época em que o Marquinho estava começando a pôr em questão tudo que o cercava.

No correr do ano seguinte, o poeta pôde ir aos poucos redescobrindo o primo. Com o tempo, ficaram bastante próximos. Quase irmãos. O homem da luta armada curtia dar uns toques ao priminho adole. Fez o Marquinho se sentir à vontade para aparecer na sua casa quando bem entendesse, e lhe deu carta branca para vir acompanhado dos bons amigos. Aqueles de alma socialista. Eu e Alex vimos logo que o tal guerrilheiro era um sujeito do cacete.

No início, só pedíamos para ouvir as histórias sobre a grande década. O velho guerreiro já nem estava muito interessado nessas coisas. Mas tinha boa vontade com a pirralhada. Contava um ou outro lance, esclarecia dúvidas, corrigia o relato dos livros.

Aquele coroa rebelde, cheio de velhas histórias e novas idéias, serviu para que as peças do quebra-cabeça começassem a se juntar na mente adole do poeta. Veio o primeiro grande toque: a rejeição do sistema, a adoção do socialismo como ideal. Idéias que Dom Marcos versejou lá do seu modo:

— A dita-dura é brocha! Só há tesão na rêve-revolução!
— Gostei do *slogan* não — confidenciei-lhe. — Tem hífen demais.

— Meio forçado, né?
— Bastante. Parece poesia de paulista.
— Verdade... Então, por enquanto, o jeito é a gente ficar quebrando o galho com os "Abaixo a ditadura!" da vida. Depois encontro algo menos batido.
— De acordo.
Ao longo do segundo científico, um aprofundamento revolucionário foi ganhando raízes. Lembro de quando o Marquinho comprou o *Sandinista!* Passou três dias e três noites ouvindo o disco 1. Gastou então mais quarenta dias vagando pelos discos 2 e 3, como se estivesse a ponto de ascender aos céus. Logo entendi que era tudo uma questão de tempo. A essência estava lá. Antes do fim do ano, vi o poeta cair irremediavelmente na vida de remador. Uma certa noite, em Abbey road.

24

Antes de entrar com mala e cuia na canoa ivre, Dom Marcos já era meu grande companheiro de investidas políticas. No começo do segundo científico, organizamos uma espécie de assembléia estudantil para discutir o aumento das mensalidades. Montão de alunos presentes. A reunião esquentou. Muita gente falava, muita gente queria dar sua opinião. Eu tentava orientar os debates, em busca de alguma objetividade. Vinha tendo razoável sucesso. Até que um descerebrado conhecido como Ricardo Chupeta se levantou.

Numa explosão de ira e saliva, me chamou de radical, comunista, subversivo e mais um monte de coisas amáveis. Comecei a rir daquele imbecil, ali de veias saltadas, pagando a maior comédia. O troglodita decidiu partir para a baixaria. Disse que eu era um socialista de merda:

— Se você fosse uma pessoa coerente com essas nojeiras aí que tanto gosta de pregar, você devia então de dar sua prancha de surfe aos pobres!

Falou assim mesmo, com esse português lindo, a plenos pulmões. O rosto dele estava absolutamente vermelho. Curioso. Todo fascista parece sempre ter a cara vermelha. Deviam ter a cara verde-oliva.

O pessoal ali da reunião prendeu a respiração, na expectativa da minha resposta ao urro. Um murro? Não valia a pena. Falei ao Chupeta que ele devia estar de porre se achava que a minha prancha ia resolver os problemas sociais do país. O fascistão vendido entregalista olhou para os lados com jeito de vitorioso. E fuzilou:

— Revolução é muito bom, se não mexem no que é seu.

Fazer política é essa merda. A gente tem de dialogar com a mais ignara bestialidade, com a mais arrogante estupidez. Cansa. Um desses ricardos da vida entra de gaiato numa assembléia, ouve algumas coisas das quais não gosta, se sente atingido em seus medos. Decide então gritar, desanda a fazer acusações sem pé nem cabeça. O enfurecido quer alvejar a ameaça, fazê-la desaparecer da sua frente. Seja com o argumento que for. Não interessa se faz sentido ou não.

Estávamos numa reunião sobre mensalidades. Eu fiz menção à porra do sistema elitista de ensino. Disse que era uma forma de preservar as estruturas desiguais da sociedade brasileira. O babaca entrou em pânico. Achou que eu estava defendendo a entrada dos pobres no colégio.

Pesadelo instantâneo: uma baita negralhada nos corredores, um monte de tizilzinhos nas salas de aula, centenas de carapinhas tomando o lugar das melenas de outrora, que horror, que asco, é a besta surfeo-comunista subindo do mar com seus dez chifres e sete cabeças, sobre os chifres dez diademas e sobre as cabeças um nome blasfemo: joão — a besta se assemelha a uma pantera negra, mas seus pés são como os de um urso soviético e sua boca como a mandíbula de um leão trotskista, ela é uma ameaça, ela deve ser acorrentada por mil anos e atirada dentro do abismo antes que consiga levar adiante seus diabólicos desígnios anticristãos de admitir favelados no colégio, seria o fim do mundo, o povo fede, o povo é preto, o povo não é gente!!

A raiva que o Ricardo Coração de Fascistão sentiu de mim deve ter sido enorme. Ele me considerava um traidor da classe. Eu não tinha o direito de dizer aquelas coisas subversivas. Eu era um deles. Um filho da elite filha-da-puta. Um privilegiado. Dono proprietário de uma prancha de surfe!

Argumento de fascista. Na prancha residia a prova da minha culpa. De nada adiantava explicar que ela havia sido comprada com um dinheiro suado e contado. Pouco importava o quão merda-pobre minha família fosse. Ainda assim, eu estava mais próximo das casas do Zanine do que das favelas de palafita.

Não podia acender uma vela a Deus e outra ao Demo. Tinha de escolher de que lado estava. Ou aceitava sem reservas a elite, ou passava de vez a ser pobre, perdendo meu direito sequer a ter uma prancha de surfe. Não havia lugar para lealdades imprecisas. No Brasil existe uma guerra.

25

Política. Descoberta tardia. Cresci numa época em que o passado não havia. Anos 70. Existia apenas o futuro. Do Amaral Neto, do Delfim Netto, do Mário Andreazza, da revista *Manchete*, do Jornal Nacional e da rodovia Transamazônica. O futuro do Brasil tricampeão. Rumo ao tetra. Fui ao meu primeiro Fla-Flu em 1972. Jogaço. Taça Guanabara. O Mengão lavou o Pó-de-arroz: 5x2. Naquele dia, o público se levantou para ovacionar o General. Todo mundo aplaudindo de pé. Todo mundo feliz. O homem tinha um radinho. E presidia o Pra Frente (Marche) Brasil Futebol Clube.

Durante minha infância, o Brasil era de fato muito "pra frentex". País tropical, abençoado por Deus e bonito por natureza. Aqui não existia maremoto, nem terremoto, nem ciclone, nem tufão, nem vulcão. Extinto ou em erupção. Em nosso país só havia coisas bonitas: junção das águas, pororoca, floresta amazônica, pico da neblina, pantanal, cataratas do iguaçu, serra da mantiqueira, pico da bandeira, serra do mar, praias-com-coqueiro-que-dá-côco, terras-em-que-se-plantando-tudo-dá. O Brasil era um lugar com oportunidade para todo mundo. O cidadão comum podia comprar seu Fusca usado, sua passagem de ônibus ou seu bilhete de pingente nos trens de subúrbio. Estava livre.

Eu vivia num país muito justo. Muito melhor que todos os outros. Nos Estados Unidos havia racismo; os pretos não podiam morar nas mesmas áreas que os brancos. Um absurdo! Na Rússia, as mulheres eram obrigadas a realizar trabalhos pesados; chegavam mesmo a ser postas para varrer as ruas. Um escândalo! O pior de todos esses países iníquos era a Índia. Lá, os prédios residenciais estavam cheios de grades e eram guardados por vigilantes armados, para impedir a invasão dos miseráveis durante a noite. Foi o que me disseram. Duvidei dessa história. Não podia acreditar que existisse um país assim.

No final de 1974, quando estava terminando a quarta série, muita gente ficou triste. Iam trocar o General. Um certo jornal publicou página inteira, enormezona, mostrando que o Torquemada tinha sido o presidente que mais fez pelo país. Concordo. O homem do radinho fez ponte, fez estrada, fez plantação, fez fábrica, fez dívida, fez vala-comum, fez gente desaparecer, fez milagre. Fezes muitas coisas.

O país inteiro lamentou que ele não pudesse continuar sentado no seu trono. Queremos mais do homem com nome de renascença e alma de contra-reforma! Era um troço muito chato ter de esperar quatro anos para que ele voltasse. Com reeleição, fica tudo muito melhor.

26

De 1975 a 1978, durante meu período de ginásio, as informações que pude obter sobre a real história do país foram ainda desconexas. Quando alguém se metia a falar demais, vinha logo bordoada: lei Falcão, Pacote de abril — censura no quengo bobo da moçada. Foi somente em 1979 que tudo mudou. De repente, o renascimento.

Naquele ano, fui com a Fiorella ao show do Primeiro de maio. Era a primeira vez que estávamos saindo juntos. Dia maneiro. Nem tanto pela música. O legal era toda aquela agitação. Já na chegada, havia um bando de gente com faixas, cartazes, plásticos, bonés, camisetas, *buttons*, tudo que é apetrecho *slogando* em prol da anistia ampla, geral e irrestrita. Um evento lindo, mágico. A volta da era dos festivais. Decretando o já-era dos generais. Perguntei então ao mundo:

— Aonde vais?

E ele me respondeu:

— Aos vendavais.

Decidi que estava na hora de virar socialista de verdade. Saí em pregação. O Tavico não quis saber daquela história. Fiquei sem entender. Um cara inteligentaço como ele! Sabia perfeitamente dos podres do Brasil. Sabia do jogo de cartas marcadas. Sabia disso tudo até melhor do que eu. Ele tinha uma família fudida feito a minha. Sabia, já de berço, que toda autoridade deve ser questionada. Por que então, ao completar 15 anos, eu estava virando um socialista, e ele um conservador?

Pensei que esse vacilo do Tavico não passava de uma fase. Algo relacionado com o fato da mãe tê-lo abandonado para ir viver no Mato Grosso com o novo marido. Nessas horas de instabilidade, uns piram, outros ficam inseguros. Eu tinha plena confiança em que, com o tempo, meu parceiro se acostumaria à sua nova vida. Ia acabar descobrindo que a ruptura com a família tinha sido a melhor coisa que lhe podia haver acontecido. Emancipação, liberdade, alforria! Me enganei.

Quem na verdade se juntou a mim nessa determinação de reagir ao sistema foi o poeta. Depois de me sacanear trezentas horas por eu ter ido com a Fiorella a um show repleto de naturebas, até que pudemos levar um papo mais sério. Ele me contou então sobre o primo que talvez voltasse do exílio, caso a Anistia incluísse a quem pegou em armas. Delirei com a história. Perguntei por que diabos só agora ele estava me revelando aquilo. Sua explicação foi de que nunca tinha entendido direito a história do primo que sumiu e acabou indo morar na Europa:

— A última vez que vi o Roberto, eu tinha quatro anos. Daí, ele sumiu geral. Todo mundo evitava falar no assunto. Se diziam qualquer coisa, a minha tia começava a chorar.

Nos anos que se seguiram, o assunto virou tabu. Passou a ser tratado pela família com evasivas. Até às vésperas da Anistia, o Marquinho só podia identificar o primo como o misterioso jovem daquela foto em branco e preto, na qual aparecia com mais cinco amigos, defronte do Colégio Aplicação.

Passamos algumas horas imaginando todas as perguntas que iríamos fazer ao Roberto. O cara tinha participado de expropriações bancárias, confiscos de dólares, resgate de prisioneiros e outras tantas operações do cacete. Só faltou ele seqüestrar algum diplomata. Mas isso também já era querer demais. Demos grandes vivas ao guerrilheiro. E acabamos chegando à conclusão de que também seríamos grandes líderes socialistas.

O Alex logo se juntou a nós. De um modo diferente, contudo. Era sempre muito cauteloso, devido ao fato de ser estrangeiro. Uma besteira. Todo mundo sabia que ele tinha passaporte carioca. Quem duvidasse, que tomasse as impressões digitais do seu coração:

— Selo de cartório não atesta nacionalidade!

Apesar da nossa insistência, o Alex evitava tomar frente em qualquer ato mais ostensivo e barulhento. Revolucionário teórico. Vivia repetindo que nós precisávamos ler isso e aquilo. Do contrário, jamais seríamos socialistas sérios. Era uma montanha de livros que ele queria despejar sobre nossas cabeças.

Nunca achei que a verdade estivesse nos livros. Livros são como mapas para se chegar a tesouros já descobertos. Os tesouros por descobrir não constam de livro algum. Pedi ao Alex que me recomendasse uma listinha resumida. E ponto final.

O PP também foi contatado. Por educação e dever fraternal. Sabíamos perfeitamente da sua incompatibilidade com o socialismo. Não levava jeito para aquilo. Suas principais atividades intelectuais e fontes de aventuras consistiam em ler revistinha, ver televisão e jogar Atari. Pois dito e feito. Sondado, o Pedro respondeu que ainda não estava na hora de pensar nisso; a gente estava na idade de se divertir. Tamanha sinceridade foi aceita sem críticas. Talvez um dia ele pudesse amadurecer. E mesmo que não o fizesse, continuaria a ser nosso amigo. Sempre. Existiam coisas mais importantes que a derrubada da ditadura.

27

Começamos fazendo força para o colégio voltar a ter um grêmio e outras perobices do gênero. Uma iniciação acanhada no mundo da política. Afinal, ao nosso redor não havia passeatas bíblicas ou organizações de esquerda sendo formadas a cada instante. Não havia luta, armada ou sem armas. A transição política vinha sendo negociata. A estratégia era seguir no embate político-eleitoral e vencer os milicos por meio da redemocratização do país.

Os partidos e grupos de esquerda começavam a sair da ilegalidade e atuar mais livremente. Essas agremiações iam se alinhando com a grande frente do PMDB ou com a seleção seleta do PT. O Partidão e os tradicionalistas favoreciam a aliança com os liberais como melhor forma de derrubar a ditadura. Trotskistas, maoístas, anarquistas e basistas em geral queriam investir no futuro — sua idéia era formar, passo a passo, um grande partido de massas, composto somente por grupos de esquerda.

Eu e Marquinho sabíamos disso apenas em grandes linhas. Não tínhamos clareza sobre como fazer para nos engajarmos no processo. Tudo parecia distante e formal.

— Coisa dessa negada maior de idade.

O jeito era ficar discutindo política pelos corredores, fazer contatos com gente de outros colégios e acumular experiência para quando chegássemos à faculdade. No colégio, havia algumas poucas pessoas com quem era possível contar: Fiorella, Cláudio, Marcelo, André, Tadeu, Magali. Meia dúzia de gatos pingados. A grande e esmagadora maioria de nossos colegas seguia à risca os estereótipos da geração coca-cola: ignorância, alienação e hedonismo. Não queriam nem mortos saber de questões sociais e coisas assim:

— Porre!

Éramos verdadeiramente poucos os que gostávamos de política ali no colégio. E sequer entre nós havia concordância. O Marqui-

nho abominava a Fiorella. Divergências poéticas. Ele não entendia meu lance com a portuguesa. Mais horrorizado ainda ficava com o fato do Alex seguir pelo mesmo caminho. Se queixava de estarmos saindo com uma bicho-grilo da pior espécie:
— Fã da Mercedes Sosa...
Eu respondia ao poeta que ele estava exagerando. A Fiorella era gostosinha. Valia a pena conversar com ela, muito embora eu não costumasse fazê-lo. No verdor da verdade, com a Florzinha, eu discutia. Muito. Vivia quebrando o pau. Depois rolavam uns agarros. Todo aquele movimento estudantil. Dava a maior suadeira.
— Coisa tesuda!
— O que é isso, companheiro!
Me pergunto por que não fiz melhor uso dessas discussões. História de quebrar o pau: desperdício. *Hay que endurecerse, pero sin jamás perder la oportunidad*[9]. Aprendi meio tarde. Aos 15/16 anos, era ainda muito otário.

---

9. "É preciso ser duro, mas sem jamais perder a oportunidade", dizia o irmão mais esperto de Che Guevara.

28

Um dia, lá por meados do segundo científico, eu e Fiorella ficamos à tarde no colégio. Assunto de rodar uns boletins do grêmio. Descolamos um mimeógrafo a álcool, daqueles que faziam cópias azuis. A saleta de reprodução ficava defronte da capela moderna, no terceiro andar do edifício principal.

Nesse edifício estudei da quinta série ao terceiro científico. Era uma construção neoclássica, em forma de "U", postada logo atrás do prédio administrativo, de forma a compor um gigantesco retângulo, em cujo centro florescia um jardim. Três vastos andares guardavam a serenidade daquele espaço com sua harmônica seqüência de arcos e colunas.

As salas de aula estavam, em sua maioria, nas alas laterais do edifício principal. Ao longo das salas havia um corredor bastante largo, sempre iluminado pela claridade que atravessava os arcos abertos ao pátio interno. Os alunos saíam das salas de aula nos intervalos e se debruçavam no parapeito desses arcos para observar o céu ou contemplar o jardim. No centro do espaço verde repousava o sino de bronze da antiga igreja do Morro do Castelo, fazendo as vezes de escultura e memorial. Aquele claustro resguardado do mundo exterior me enchia de tranqüilidade. Era como se nada mais existisse. Muitas vezes, durante a hora do lanche, ao invés de sair para a área de recreação, onde estava o bar, o campão de futebol e as quadras polivalentes, eu preferia ficar por ali mesmo, no andar térreo, sentado às bordas do pátio, absorto em contemplação.

Logo no início do primeiro científico, alguém teve a idéia de perguntar aos padres se podíamos tomar emprestados os violões que eram usados durante as missas. Eles concordaram, com a condição de que nos comprometêssemos a não fazer muita barulheira. Topamos o trato, numa boa.

Veja só que beleza: poder ficar ali durante o recreio, mergulhado no infinito do jardim, tocando uma violinha. Aquilo me dava tanta paz que volta e meia eu chegava a socializar com a galera da seresta. O Marquinho se horrorizava com semelhante transgressão. Eu respondia cantando:

— There are no sins inside the Gates of Eden...[10]

Na extremidade norte do terceiro andar, havia uma capela pequena. Minha preferida. Tinha sido construída em estilo moderno. Nada de imagens de sofrimento ou excessos barrocos. Tudo muito sóbrio.

Logo defronte dessa capela, ficava a sala onde fui rodar os boletins do grêmio com a Fiorella. Saleta pequena, em forma de cunha, construída no espaço onde o corredor fazia curva. Normalmente, essas áreas eram utilizadas como banheiros. Aquele espaço, por motivo que desconheço, havia sido preservado de sorte tão mundana. Decidiram instalar ali um mimeógrafo a álcool. Jóia. Eu e Fiorella precisávamos urgentemente reproduzir. Uns boletins que ninguém iria ler. Pedimos licença para usar a saleta. Nos deram a chave.

Permanecemos no colégio à tarde, depois de já terem acabado as aulas do científico. Quem agora ocupava o prédio eram os alunos do ginásio. Entramos na sala do mimeógrafo por volta das duas da tarde. Espaço reduzido, feito quarto de empregada. Encostamos a porta, para o barulho não incomodar os alunos da sala que havia ali ao lado. Deixamos aberta apenas a pequena janelinha voltada para o pátio interno. O cheiro do mimeógrafo era muito forte. Preparamos tudo. E começamos a rodar os boletins.

Sem aviso prévio ou preliminares de qualquer espécie, a Florzinha se chegou perto de mim, e me lascou um baita beijo. Eu não esperava por aquilo. Já fazia um tempo que não ficávamos juntos. Ela estava namorando um cara mais velho, universitário da Santa Úrsula.

Entre eu e Fiorella acontecia dessas estranhices. A gente sempre batia cabeça, se desentendia, se estranhava, passava uns tempos na frieza. De repente, sei lá por que, vinha aquele fogo outra vez. Ela era muito instável. Podia agir durante alguns dias como a pessoa mais legal do mundo. De uma hora pra outra, virava o capeta. Umas depressões recorrentes. Durante essas crises, não queria

---

10. "Não há pecados no interior dos Portões do Eden", da canção de Bob Dylan *Gates of Eden*.

que ninguém chegasse perto. Chorava, chorava. Dizia que não devia nunca ter se mudado para o Brasil. Falava de Portugal como se fosse o paraíso na terra.
— A menina endoideceu? Depois da depressão, vinha a fase de dizer que éramos muito diferentes. Totalmente incompatíveis. Água e azeite. Ela se considerava uma poeta-escritora-artista-criadora-cabeça. Incapaz de irmanar-se, em carne e espírito, com um surfista-rockeiro-boyzinho-materialista. Eu ficava puto com tanta frescurada. Não me restava outra solução, senão mandá-la pra Portugal de navio:
— Eu quero que você se top, top, top — uuhh!
Em geral, logo depois de eu dar esse corte, a Florzinha começava a sair com o Alex. Ele era europeu como ela, possuía grande sensibilidade artística, já tinha lido toda a obra do Sartre e era um intelectual sério, dono de uma enorme biblioteca desarrumada.
Mesmo sem jamais ter podido avaliar, em toda sua organicidade, a enorme biblioteca desarrumada do Alex, eu não me continha. Acabava sendo levado a destilar aquele veneno:
— O carcamano e a cachopa. Civilização!
Meu veneno não tinha maldade. Puro prazer singelo, gosto desmedido pelo ato de cascavelear. Eu não sentia ciúmes nem nada. Meu coração pertencia à Viviane, irmã do Cabana. Essa sim me tirava do sério. A Fiorella não. Quando muito, havia entre nós um lance de pele. Coisa insuficiente para turbar meu entendimento. O filósofo era meu amigo.
— E nenhuma bicho-grilo d'além-mar vai mudar essa realidade excelsa.
Eu sabia perfeitamente que chegaria o momento de reversão do ciclo. Nossa musa nietzscheana acabava sempre entrando em nova depressão, ao cabo da qual dizia ao Alex que ele era muito sério-cerebral-frio-nórdico-europeu, e que ela precisava de alguém mais porra-louca, mais ligado ao corpo, mais impulsivo, em suma, um animal. Daí, era a vez do filósofo perder a fleuma e sair xingando em nagô:
— Então vai pra tonga da mironga do kabuletê!

29

Naquele dia do mimeógrafo, eu pensava que esse ping-pong do eterno retorno havia acabado. A Florzinha tinha arrumado um sobralpinto universitário. Eu, em contrapartida, andava azarando uma menininha da oitava série. Por conta disso, entrei ali na saleta de reprodução sem nenhuma maldade. A inocência durou pouco. Bastou a Fiorella me surpreender com o beijo, e imediatamente subiu aquela quentura tesa.
— Vem-cá-minha-nega!
Agarrei a Florzinha por trás e beijei, mordi, rocei, esfreguei, amassei tudo quanto pude. Ela entrou em órbita. Deve ter sido a primeira vez em que vi uma menina fora de si. Eu podia ter ido até onde quisesse. E, no entanto, parei. Assim, de repente. Amarelei legal. Bateu a maior paranóia. Alguém podia ouvir, viriam abrir a porta, seríamos pegos no meio do agarro — a maior merda federal. Assim pensei. Veio então o *stop*:
— Não seria melhor se a gente fosse pra outro lugar?
A Fiorella virou pedra de gelo seco. Me olhou na cara por alguns segundos. E disse, enfim:
— Tem lugar nenhum pra gente ir não.
Dura verdade. Eu não tinha carro, não tinha casa de campo, não tinha privacidade nem no meu próprio quarto. Pior de tudo: não tinha culhão suficiente para comer a Fiorella ali mesmo, defronte da capela moderna, ao lado de uma sala de aula com 42 alunos. Pois assim foi: amarelei. Às margens do vasto corredor, onde inspetores iam e vinham. A falar de Michelangelo. E valeria a pena, afinal. Teria valido a pena. Terminamos de rodar os boletins em silêncio.
Não haver pecado — que pecado!

30

A Fiorella, desde que a conheci, falava em política. Sempre com aquele ar de superioridade. Se considerava muito entendida. Ela era mais velha do que eu. Se atrasou quando veio de Portugal. Teve de passar um tempo aprendendo a língua, com certeza. Perdeu um ano. Nem por isso perdeu a pose. Nos conhecemos em 1979. Ela era uma das alunas novas. Muita gente entrou no colégio no começo do científico. Os padres decidiram misturar outra vez a galera estudante.
— Saco!
Eu e Alex continuamos juntos. Os demais membros da gang foram dispersos por outras turmas. Entre meus novos colegas havia um monte de gente desconhecida. Foi necessário deliberar com o filósofo. Eu prezava muito suas opiniões. Lógica impecável:
— Até que o material não saiu tão mal, hein João?
— Como diria o Marquinho, nem tudo é dias de chuva.
— Interessante a tal portuguesinha...
— Por que diabos será que ela tem nome italiano?
— Porque os pais achavam Florzinha meio ridículo, sei lá.
— Coisa de português.
Quando viu que eu me interessava por política, a Fiorella se aproximou. Resolveu me tomar como aprendiz, ao que parece. Não me incomodei com a presunção. Deixei rolar. Ela gostava muito de ouvir o som da própria voz. Falava *non-stop*. Seu tema preferido era o movimento socialista em Portugal e a Revolução dos Cravos. Uma visão idílica: os jovens nas ruas — distribuindo panfletos, pregando cartazes, discutindo política, rascunhando manifestos; o partido comunista legalizado; os anarquistas botando pra quebrar; o fim das guerras coloniais; os burgueses salazaristas tendo confiscadas suas impropriedades. Eu duvidava um pouco que aquilo tudo pudesse ter acontecido em Portugal. Mas resolvi dar um crédito à moçoila.

— Foi bonita a festa, pá!
Quando a Fiorella falava, seus olhos brilhavam, seu corpo todo se iluminava. Ela deixava de ser apenas uma menina de colégio. Saía do chão, e tomava ares de deusa revolucionária. Isso dava um certo tesão. Ela me parecia uma menina livre. Solta, independente. Mas sentia saudades de Portugal. Uma nostalgia crônica.
— Há gosto pra tudo neste mundo... Lembro de quando fomos ao teatro, uma certa noite, ver o Poema Sujo. Terminado o espetáculo, ficamos ali, em frente da sala FUNARTE, esperando um táxi. Me encostei num poste antigo, um poste amigo, daqueles que vestiam saiote com generosas curvas. Puxei a Florzinha para perto de mim. Enquanto estávamos abraçados, ela começou a falar de Portugal. Me contou que havia deixado por lá um cara por quem era apaixonada pra valer. Ao que parece, o gajo se engajou em casório concludente, menos de um ano depois da Fiorella vir para o Brasil. Ela não aceitava o que havia acontecido.

O relato foi feito por meio de frases soltas, desconexas. Muitos detalhes ficaram pouco claros. Como não sou leso de todo, fui entendendo a contação enrediça. O tal namorado e a Florzinha tinham chegado a morar juntos. Achei esquisito. Fazendo as contas, noves fora vai um, calculei que ela devia ter uns treze anos quando a história ocorreu.

— Vai ser precoce assim nas praias d'Alentejo!

Onde é que estavam os pais dela nessa desventura toda? Deixei pra lá. Fiquei calado, na minha. Não queria demonstrar falta de crença. Seria descortês. Se a Fiorella estava narrando tudo aquilo de modo obscuro, devia ter suas razões. Não cabia perguntar, ali no tête-à-tête:

— Tu deu pro cara?

Grosseria. Cafajestada. Nunca fiz dessas coisas. Sempre fui pessoa de bons modos e educação esmerada. Sempre mantive afinada minha finura. A gentileza é virtude garbosa pela qual zelo e donzelo. Sem me afetar em excessivos melindres. Falo sempre com grande arte. Na justa medida. Nem empolado, nem impolido.

Pelo que saquei da história, a Fiorella quis me dar a entender que já era pra lá de entendida. Fiquei pensando naquilo. Lembrei de um papo nosso, cerca de dois meses antes. Intervalo de aula. A gente estava conversando fiado. Falei que a tal história de virgin-

dade era uma grande babaquice. Doença social. Ela respondeu que a coisa não podia ser analisada de modo assim tão simples.
— Se eu te dissesse que não era mais virgem — ela afirmou, em tom de confidência — você provavelmente iria ficar chocado.
Papo brabo. Não entendi onde a Fiorella estava querendo chegar. Desde quando ela era moralista? Vocalizei minha discordância. Falei que não tinha direito de cobrar isso de ninguém.
— Pois se eu já não sou...
Ela me olhou bem fixo. E sem dúvida pôde ler no neon dos meus olhos a denúncia flamejante de uma verdade apenas parcial. A resposta não tardou:
— Mas é como se fosse.

31

As coisas entre nós não podiam mesmo dar muito certo. Nossas discussões foram piorando com o tempo. Elas agora nasciam de motivos cada vez mais insólitos, e eram cada vez menos amainadas por reconciliações calorosas. Foi-se estabelecendo o inevitável afastamento. A Fiorella começou então a sair com uma série de outros sujeitos. Primeiro veio o matusalém da Santa Úrsula. Durou pouco. Outros tantos barbosas limas sobrinhos a ele se seguiram. Sempre no esquema jogo rápido:
— É normal — tentou racionalizar o Alex. — Afinal, a Florzinha é uma menina liberada...
— ... que agora só anda com os Patriarcas da Independência — fiz questão de arrematar.

Meu pavio andava curto. Eu estava incomodado com aquela situação. Queria uma saída clara e definitiva. Precisava zerar meus passivos. A oportunidade não tardou muito em se apresentar.

Estávamos já no final do segundo científico. Fazia mais de ano que a Fiorella tinha me apresentado a esse cara, o Sandro. Ele vinha organizando uma espécie de reestruturação do movimento estudantil entre os secundaristas do Rio. Era um sujeito mirradinho, meio brancão, parecendo anêmico. Tinha os olhos bem claros e uma daquelas barbas cheia de buracos. O cabelo era de um castanho já sem vida, como se estivesse querendo acinzentar. Achei o sujeito um pouco velhinho para ser estudante do segundo grau. Ele falava baixo e devagar, olhando a gente bem nos olhos. Era muito envolvente. Tinha aquele jeito especial de falar de coisas complicadas sem chamar o ouvinte de idiota. Tratava a todo mundo com muito respeito, fazia que todos ao redor dele se sentissem importantes. Impunha autoridade, sabia comandar.

Quando fomos apresentados, o Sandro me identificou imediatamente como um típico garoto de colégio de padres. Achou interessante o fato de eu demonstrar simpatia pela ideologia revolucionária. Deve ter calculado que me poderia inocenteutilizar. Eu seria seu agente entre os estudantes alienados. Um oportuno títere, uma brecha suficientemente ampla para permitir à mão da subversão chegar ao âmago da juventude conservadora, ao coração do dragão burguês. Deixei pensar.

Esse Sandro, a bem da verdade, nunca deu muita bola para a Fiorella. Calculava que ela não lhe serviria de nada. Além de portuguesa, era demasiado porra-louca. Um bom revolucionário não confia em poetas.

Quem não largava do pé da Florzinha era um tal de Saulo. Sombra negra do Sandro. Logo à primeira vista, saquei que esse merda não passava de um nervosinho metido a gostoso. Do tipo que sempre falava de política aos gritos, com a boca cheia de espuma, como se estive a ponto de partir para a porrada a qualquer instante. Fervor despido de consistência.

Diversas vezes perguntei a mim mesmo por que diabos o Sandro tinha de viver acompanhado daquele cachorro louco. Seria mesmo inevitável que um líder de esquerda com algo dentro da cabeça tivesse sempre de contar com uma espécie de capataz, um companheiro-jagunço, especializado em serviços sujos? Lênin-Stálin. Fazer revolução com gente assim é um perigo.

O Sandro começou a me chamar para umas reuniões de coordenação com gente de outros colégios. Eu achava aquilo muito legal e tudo mais — porém nunca me misturei de verdade com esse pessoal. Eles me tratavam um pouco como um bicho estranho. Meu colégio era lugar de gente rica. Na cabeça deles, eu era, na melhor das hipóteses, um bom burguês.

Pelo que a galera costumava contar nessas tais reuniões, parecia que somente no meu colégio existia gente que achava política um saco e preferia cuidar da própria vida. Onde eles estudavam, tudo era diferente. Os grandes líderes da juventude ficavam medindo o tamanho das suas divisões, ostentando o poderio de seus exércitos populares.

Por essas e outras, eu ficava na minha. Raramente me deixava levar por alguma discussão. Sempre fui sujeito educado. Nunca ofendi alguém desnecessariamente. No dia em que me virei para o Saulo e lhe disse que aquela espumância toda ainda faria dele o Filinto Muller da esquerda, eu estava abrindo uma exceção. Queria efetivamente ser desagradável.

O escroto tinha dado uns apertos na Fiorella antes da reunião começar. Ali num canto. Eu vi bem, não sou cego. Fiquei bastante irritado. O corno do momento era um tal candidato a fotógrafo alternativo com quem ela andava saindo fazia uns dias, não eu. Mas a Fiorella tinha chegado à reunião comigo. O Saulo não podia saber ao certo que entre a gente já não estava rolando nada. Ele quis dar uma de gostosão. E ela aproveitou a deixa para me presentear com mais uma sacaneada. Em grande estilo.

— Essa vai ter volta — resmunguei baixinho.

Finda a reunião, para minha surpresa, a Fiorella perguntou se poderia voltar no mesmo ônibus que eu. O irresistível Saulo precisava tomar uma condução para a puta-que-o-pariu, lugar onde morava por direito de berço. Ela não queria estar sozinha.

— 'cê que sabe... — respondi.

32

Entramos os dois no Mercedão. A Fiorella veio toda cheia de dengo, e se sentou ao meu lado. Querendo inventar assunto, falou meia dúzia de abobrinhas sobre a reunião. Eu estava calado, não tinha nenhuma vontade de ficar de papo. Ela insistiu. Passou a contar que estava lendo os clássicos russos. Quatro livros ao mesmo tempo:

— O melhor de todos é *A Mãe*, do Gorki.

Não me contive. Comecei a gozar a mãe do Gorki. Cheguei a sentá-la numa mesa freudiana no Baixo Leblon, juntamente com as super mães do Ziraldo e do Henfil. A Fiorella não me deixou terminar a piada. Interrompendo sem apelo minha torrente besteirólica, ela disse assim:

— Eu queria muito te dar um beijo.

Bola na pequena área. Gol vazio na minha frente. Com a melhor cara de nojo de que era capaz, dei o toque de letra:

— Nem se antes disso você fizesse um gargarejo com água sanitária!

Ela ficou calada. E logo começou a chorar. Levantei na mesma hora. Estourou meu saco. Desci do ônibus na próxima parada.

De repente, estava eu ali, atrás da sede abandonada do Botafogo. Lugarzinho desagradável. Muita barulheira. Saí andando. O Túnel Novo não me parecia boa opção de travessia. Olhei a Ladeira do Leme. Senti a maior vontade de enfrentar aquele Everest.

Subi. Rapidinho. Chegando lá em cima, vi o fabuloso mar de prédios. Minha terra sagrada. Copacabana, a branca. Do alto se vê seu brilho. Coisa mais bonita do mundo. A tarde estava tão clara. Fui tomado por intensa sensação de liberdade.

Livre. Assim comecei as férias de 1980-81. Seriam as últimas, antes de começar o terceiro científico e toda a insuportável nóia do vestibular. Eu me sentia incrivelmente bem. Tinha chutado para o alto todos os rolos que andavam atazanando minha cabeça. Nem bem havia decidido colocar um ponto final na minha história com a Viviane, me vi também despachando a Fiorella em grande estilo. Alforria.

Férias. Passei três meses a ver verão: fumando algumas toneladas, fazendo minhas derradeiras jam-sessions em Abbey road, pegando as ondinhas merdas da estação baixa, apertando umas menininhas aqui e ali, escrevendo meia dúzia de canções, lendo um pouco, jogando bola na Lagoa. Enfim, três meses de uma vida absolutamente miserável!

Férias inesquecíveis. Férias de liberdade. Excessiva perfeição. Toda aquela calmaria era sinal de que minha vida estava a ponto de entrar numa zona de tormentas. O aviso foi claro. E veio logo no começo das férias. Mais precisamente no dia 9 de dezembro.

33

Naquela manhã, fazia sol. Acordei bem disposto. Tomei uma rápida chuveirada. Apenas deixei a água tíbia correr pelo corpo. Não havia sido necessário ligar o aquecedor. Com o verão se aproximando, a água se bronzeava nas caixas de zinco do teto dos edifícios e descia amornada pelos canos de bacará. Ao terminar o banho, vi que todos haviam saído. Estava sozinho. Felicidade. Fui até a cozinha, espremi quatro laranjas e preparei uma vitamina com mamão e cenoura. Enquanto as tonalidades abóbora se confundiam no liqüidificador, pensei: "Como estará o mar?" Possivelmente ruim. De dezembro a março, as correntes quentes afugentam as boas ondas das praias do Rio. Muitos pássaros-surfistas partem em direção ao sul, em busca de alimento para suas pranchas. Os menos afortunados, sem asas para custear fugas migratórias, sobrevivem como podem ao longo jejum. Resta-lhes apenas a esperança de que, à hora do alvorecer, possam encontrar algumas ondas perdidas nas planuras do mar tropical.

Toda tarde, eu costumava sentar-me na Pedra do Arpoador para espiar o sol se pôr. Quando notava, ao cair da luz, que capelas e carneiros passeavam pelo mar de Ipanema, logo imaginava que o dia seguinte poderia trazer de volta algumas das ondas espantadas pelo calor da estação tórrida. Cheio de alegria, terminava de assistir ao espetáculo.

Assim que chegava de volta à minha casa, telefonava para o Tavico e com ele combinava os detalhes do dia seguinte. Acertava o relógio para tocar às cinco da manhã. Me levantava com pontualidade, vestia o calção, punha a prancha debaixo do braço e descia, sentindo meus pés descalços tocarem o frescor da madrugada. Na garagem, apanhava minha velha bicicleta e pedalava duas quadras e meia até a avenida Atlântica. Enquanto aguardava que meu companheiro chegasse, ensaiava alguns exercícios de alongamento.

A espera era curta. Logo via o Tavico se aproximar. Seguíamos juntos até o Arpoador, conduzindo nossas bicicletas com apenas uma mão. Tínhamos as pranchas firmemente encaixadas entre o braço direito e o torso, as quilhas voltadas para a frente. No caminho, pouco era dito.

Chegando ao Arpoador, ancorávamos as bicicletas em algum poste. Saltávamos então para a areia, já voando em direção ao mar. Sem parar para pensar ou benzer-me, jogava a prancha sobre as águas, e sobre a prancha jogava a mim mesmo. Saía remando de modo decidido e vigoroso, sem dar tempo aos músculos de reagirem ao choque do mar da manhã. Chegando ao ponto de formação das ondas, me sentava, dividindo o silêncio do sol nascente com outros madrugadores, igualmente sedentos pelo doce balançar do oceano.

Eu e Tavico aproveitávamos as ondas enquanto crescia o amanhecer. A diversão durava apenas um par de horas. Logo começavam a escassear as ondas e multiplicar seu séqüito de pretendentes. Voltávamos então para nossas casas, onde tomaríamos o café da manhã e descansaríamos por uma ou duas horas, antes de retornarmos, já de mãos vazias, às areias de Ipanema.

Na véspera daquele 9 de dezembro, as perspectivas de ondas me pareceram distantes. Na noite triste, contemplei o mar vítreo do verão. Totalmente *glass*. Nada indicava uma possível mudança. O calor seguia forte; o céu noturno havia estado limpo; não corria vento por entre os paredões de prédios de Copacabana. Deixei o despertador desligado. Estava de férias, podia dormir sem preocupação de hora.

Na manhã seguinte, despertei. Tomei banho. Vi que estava sozinho e me pus a preparar uma vitamina com cores de verão. Enquanto pensava no mar, ouvi o ruído do telefone confundir-se com a voz rouca do liqüidificador. Imaginei que seria o Tavico, trazendo-me alguma boa surpresa. Corri ao telefone. Estava certo. Meu amigo não se anunciou, contudo. Ao ouvir-me contestar sua chamada, pôde apenas dizer, com a voz embargada:

— Mataram o John Lennon.

34

Não soube como reagir àquela notícia. Me senti estúpido, incapaz de sentir a dor que aquele momento merecia. Havia passado a semana anterior a perseguir *Starting over* pelo rádio, desfrutando extasiado a segunda volta de meu messias. O álbum do retorno tardou algumas semanas até ser editado no Brasil. Quando finalmente o lançaram, já se tratava do álbum da despedida.

Gostaria de ter chorado naquele dia. Gostaria de ter-me reunido com amigos e varado as horas ouvindo todos os discos em que havia a voz de John. Gostaria de ter podido dizer palavras inesquecíveis. Gostaria de escrever um livro sobre tudo o que se passou então. Mas não fui capaz de sentir. Eu havia sobrevivido.

Após informar-me rapidamente sobre as circunstâncias do crime, desliguei o telefone e saí. Andei por muitas horas, em busca da tristeza. Não soube achá-la. O sol brilhava, maldito sol. As pessoas enchiam as ruas, e seguiam apressadas. Me era impossível pensar sobre a morte de John. Subitamente, eu já não era capaz de me lembrar de suas melodias inesquecíveis. Sequer pude considerar a relevância histórica daquele momento. Sentia apenas náusea de mim, e de tudo que me rodeava. Não pensei na morte do sonho. Pensei no mundo morto que matara o sonhador. Pensei na angústia de vagar perdido pelas terras desoladas onde o sonho havia acabado. Morreu ali minha infância, minha pureza, minha adolescência.

Voltei para casa. Sentia-me exausto. Pela primeira vez em muitos anos, a música não fez parte do meu cotidiano. Para distrair-me, li alguma coisa sobre a qual não pude guardar nenhuma recordação. O resto do dia foi preenchido por ruídos: a casa tornando a se encher de gente, a televisão ligada, os comentários banais. Por volta das oito da noite, o Tavico bateu à minha porta. Era bom vê-lo. Perguntou-me se queria ir com ele à casa do Alex. Hesitei a princípio, porém decidi afinal acompanhá-lo. Pelo caminho, contou-me ter passado o dia tocando *Julia*. Havia feito três diferentes versões para a música. Não me interessei por ouvi-las. Marchamos em silêncio até a casa do italiano. Lá, encontramos com Marquinho e PP. Jogamos cartas por algumas horas, sem mencionarmos a palavra "morte". Falamos sobre a perspectiva de irmos acampar em Arraial do Cabo. Comentamos alguns detalhes corporais das musas do verão. Discutimos pela milésima vez se fazia sentido as pessoas se obrigarem a sorrir e cantar durante os quatro dias de carnaval. Pouco me esforcei por combater a sanha antimômica do poeta. Deixei-o triunfar em seus argumentos. Cheguei a concordar que a alegria programada não fazia sentido algum. Ele tinha razão. Como era difícil sentir-se genuinamente alegre! Como era difícil sentir-se genuinamente triste! Com o jogo ainda inconcluso, regressei a meu lar amargo. Dormi profundamente.

No dia seguinte, despertei e o sol novamente brilhava, indiferente. Fui à praia, encontrei diversas pessoas, conversei sobre assuntos variados, e pude até sorrir. Algo se falou sobre o crime incompreensível. Fiz observações desapaixonadas sobre como os Beatles haviam revolucionado a música, e defendi a relevância da carreira solo de John.

Vieram os esperados comentários sobre a excessiva interferência de Yoko Ono em sua arte. "Por que mataram ele e não a japonesa?", alguém perguntou. Pensei na sugestão, mas nela não encontrei sentido. Um Lennon que sobrevivesse a Yoko. Aquilo não poderia existir. John estava morto, e sua trajetória mítica perfeitamente acabada. Ponderei que jamais havia simpatizado com a esfingética mulher-dragão, porém reconhecia que ela se tornara parte inseparável da grandeza de meu primeiro e único ídolo. Por ela, ele enfrentara o mundo. Por ela, renunciara a produzir uma arte perfeita. O toque trágico. Um herói deve ser grandioso até mesmo em seus erros. John tentou tornar-se um com Yoko. Nunca o conseguiu. E acabou recebendo sozinho o abraço final da morte. Ali, na calçada ensanguentada, diante do edifício Dakota, ele resgatou enfim sua individualidade. *Yes, I'm lonely gonna die*.[11]

Falamos de John Lennon por pouco tempo. Havia outros assuntos. Havia o verão. O dia transcorreu ameno. Aos poucos, fui

---

11. "Sim, eu vou morrer só", da canção dos Beatles *Yer blues*.

recuperando o gosto por haver sobrevivido. Com o passar do tempo, mergulhei plenamente naquelas que seriam minhas férias da liberdade.

Sim, tornara-me um adulto. Meu primeiro trago amargo durou pouco, contudo. O desespero se anunciou em sua plenitude, e logo se recolheu, hibernando paciente durante os meses tórridos que se seguiram. A vida de um homem pode mudar radicalmente em apenas um segundo. É, no entanto, o tempo acumulado que dá raízes à mudança. O grande desafio que eu teria pela frente se anunciou no dia em que soube da morte de John Lennon. Nesse dia, vislumbrei meu horror ao mundo, meu horror a mim mesmo. Entre a declaração de guerra e os primeiros embates com o inimigo, fui talvez feliz.

SEGUNDA PARTE

1

O apartamento-estúdio da Barata Ribeiro permanecia sem locador desde junho. Dona Lídia resolveu entregar o assunto a uma corretora de imóveis. Em vão, o Tavico tentou convencer a mãe de que ele mesmo podia acompanhar os eventuais interessados nas visitas a Abbey road. Ela não quis ouvir. Estava determinada a partir para o mais covarde profissionalismo.
Sobreveio o desastre. Em pleno carnaval, o encarregado da corretagem ligou para o Mato Grosso e passou o serviço. Reclamou amargamente que com aqueles equipamentos todos entupindo a sala ninguém ia querer alugar o apartamento.
— Que equipamentos, meu senhor!
Pois o judas dedurou tudinho: guitarras, amplificadores, baixão, teclado, microfones, pedais, pedestais...
— E fio pra tudo que é lado!
Não satisfeito, ainda contou sobre as suspeitas do porteiro:
— Parece que seu filho e o tal amigo dele costumam levar um monte de jovens pro apartamento nos finais de semana.
O céu veio abaixo. Um esporro inenarrável. Dona Lídia parecia possuída por mil demônios. Só não matou um porque estava a 3 mil quilômetros de distância.
A avó do Tavico, senhora distinta que era, quis botar panos quentes na brigalhada. Do jeito que pôde, tentou explicar que o neto não era nenhum Michel Frank. Mandou mal. Na mesma hora, levou um passa-fora da filha. Estava sendo irresponsável com o menino; deixando que ele perdesse tempo com essas maluquices

de música; permitindo que andasse na companhia de uns amigos desorientados:

— Essa pouca-vergonha vai acabar! O Carlos Eduardo está sendo transferido de volta para o Rio, e já-já nós vamos botar o Luís Otávio na linha. Em ano de vestibular, não quero mais ouvir falar de vadiagem!

The dream was over. Desmontamos Abbey road a toque de caixa. O que era emprestado foi devolvido. Fizemos a partilha do que sobrou. Durante todo o processo, o Tavico não emitiu mais que duas ou três palavras. Parecia um morto-vivo.

Achei estranho ele ficar tão afetado com a história da demolição. Nós podíamos arrumar outro lugar. Estávamos mesmo precisando sair da gaiola e procurar uma banda de verdade. Apenas compor já não dava pé.

— Todo artista tem de ir aonde o corvo está.

Falei isso ao Tavico. Não recebi nenhuma resposta. Foi como se as palavras se perdessem no oco da sua cabeça. Pensei um pouco sobre o que fazer. Nossas aulas recomeçarian logo em seguida. Melhor deixar o assunto de lado. Talvez o Tavico precisasse mesmo de um tempo. Até que a mãe esquecesse a história do apartamento.

Assim decidido, sepultei a memória do incidente. Todo início de ano letivo era repleto de distrações. Deixei a cabeça entregue a assuntos mais amenos.

2

Não foi nada difícil. Bastou que estivesse de bobeira, num intervalo do primeiríssimo dia de aulas. Saí da sala para tomar um arzinho, e fiquei ali debruçado sobre as sacadas do corredor, apreciando a vista para o pátio interno. Sem qualquer outro motivo que não seu desmesurado gosto pelo papo solto, o Alex veio juntar-se a mim. Começamos a conversar sobre os eventos dos últimos dias. Tentei explicar a ele como tinha sido a história do acidente que o Marquinho sofreu.

Estávamos indo para a casa do PP. Resolvemos tomar o caminho mais comprido, e dar antes disso uma voltinha na Lagoa. Domingão, rua deserta, o sol brilhava forte. Devido ao calor, vínhamos com a camiseta na cintura, agarrada pelo elástico do bermudão. O poeta não largava do meu pé. Me chamava de lerdo, se queixava da minha preguiça de pedalar, dizia que eu ficava o tempo todo pra trás...

— Tomar no cu, Marquinho — recomendei. — Tua bicicleta é uma Ferrari perto da minha.

— Então come pó! — respondeu o apressado, se mandando desabalado ladeira abaixo.

Quando a gente descia o Corte Cantagalo, a grande onda era entrar à toda no posto Ypiranga e surfar no desnível da lombada. Quanto mais rápida a velocidade, maior a sensação de sair em vôo com a bicicleta.

Naquele dia, o posto estava fechado. Tinham colocado uma corda de nylon em volta das bombas de gasolina. De longe, com o sol brilhando na nossa cara, tudo que podíamos ver era o surfódromo. Vazião na nossa frente. O Marquinho desceu a onda a mil por hora. E parou.

Saiu até fumaça quando a morenice debochada daquela pança baiana entrou numas de imitar borracha de freio. Pzzzzzzzzzzz. Dez metros de ladeira nylon abaixo. Passei com meu calhambeque ao largo do desastre. Dando tchauzinhos. O Xerife Ding Ling Ling Coelho Ricochete ficou putão. Me olhou com nojo — o dono do bojo esfolado. Coitado. Maior estrago. Tentei consolá-lo:

— Se fudeeeeeu!!!

Contei os detalhes da comédia ao Alex. No que estava me contorcendo todo e girando oito braços de moinho numa tentativa circense de imitar o vôo desconjuntado do poeta, vi passar uma aluna desconhecida bem ao meu lado. Lindeza clarinha. Olhos de amêndoa, cabelos cacheados cor de mel. Perdi o equilíbrio. Me espatifei no chão, aos pés da gata. Embasbacado e estabacado, pude apenas exclamar:

— Ô coisinha tão bonitinha do pai!

Ela passou direto. Atravessou sem olhar pra trás. Eu devia ter escutado a palavra sutil do anjo rasteiro. Mas não houve jeito. Fiquei fissurado. Qual é o nome dela? Quem é, de onde veio? Pus na cabeça que tinha porque tinha de namorar aquela visão celestial. Mas para isso, logo vi, teria de enfrentar algumas tantas batalhas morro acima. Não me fiz de rogado. Mergulhei de cabeça no lance. Foram episódios com vasto sabor cinematográfico. Como se estivesse vivendo dentro de um filme. Eu podia me ver a distância, e até me divertir com isso, como se Joãozinho fosse o personagem galante de uma fita de aventuras. Sente só:

No Princípio, era a Ação

Depois da jovem virar o rosto e retomar seu caminho rumo à sala ao lado, João pensou em outras frases que poderia haver dito. Tarde demais. No momento decisivo, a insólita conjunção de uma queda inesperada com a súbita descoberta da luz o havia privado de toda eloqüência.

Mesmo desperdiçando a primeira oportunidade de se aproximar da nova colega, João pôde sentir a certeza de que encontrara, enfim, sua esperada companheira. Não seria uma paixão avassaladora, como a que sentira por Viviane. Tampouco uma atração aventureira, como a que o ligara a Fiorella. Seria um amor pacífico, sem a força dessas tormentas, porém infinitamente mais denso que os breves casos que vinha mantendo com meninas incapazes de deixar algum rastro em seu coração. Aquela era a namorada de que precisava para acompanhá-lo no sinuoso caminho do fim da adolescência. Juntos, poderiam descobrir o mundo.

Logo ao se levantar, João agarrou o braço esquerdo de seu amigo e lhe perguntou:
— Você viu isso, Alex?
— Acho melhor você descolar um lenço, João. Sua baba antropofágica está escorrendo pela boca. Fica feio entrar na classe assim.
— Que monumento! Aí, vou logo avisando: com essa menina não vai rolar esse papo de divisão não, hein. Pode ir tirando o cavalo da chuva.
— 'Tou ligado. Mas o que acontece se eu chegar nela primeiro?
— Porra! Faço de você um picadinho à bolonhesa.
— Morri de medo! Olha só a minha mão como treme.
— Eu posso ser um homem violento, você sabe disso. Em situações de vida ou morte...
— Fica frio, Joãozinho. Pode guardar seus instintos assassinos de membro honorário da turma da Miguel pra outra ocasião. Essa menina aí não faz o meu gênero. Aposto que ela nunca abriu mais que três livros na vida. E o terceiro, com toda certeza, ainda nem acabou de colorir...
— Falou o europentelho! Esse lance de tesão intelectual é uma roubada, cara. Não há Sartre neste mundo que consiga negar o sátiro dentro de nós, sacou. A carne, meu caro. A carne!
— Depois que eu tiver encontrado meu amor necessário, talvez possa pensar nesses amores contingentes.
— Ah, é? Então, azeite.
Antes do final daquela primeira semana de aulas, João já havia conseguido os antecedentes da nova aluna. Se chamava Carla, vinha de Belo Horizonte, morava na Fonte da Saudade, e aparentemente não tinha namorado. João tentou acertar sua estratégia: buscaria aproximar-se da menina, esperaria que algum interesse surgisse, e depois disso...
— Sei lá! Seja o que Deus quiser.
Fazer-se conhecer pela novata não chegou a ser tão difícil. Ela estudava na turma dos alunos de Francês, a mesma em que labutava Cláudio, um dos principais companheiros de João nas atividades políticas. O grupo de pessoas que se interessava por tais assuntos naquele colégio era bastante reduzido, fazendo que os poucos rebeldes da ala infanto-socialista acabassem por constituir um círculo razoavelmente unido e solidário. Ali na tradicional escola de jesuítas prevalecia um ambiente de elite, em que mesmo os filhos

de famílias assalariadas se pautavam pelos valores das camadas superiores da sociedade carioca.

O vínculo de solidariedade entre João e Cláudio crescera com o tempo, apesar de suas diferenças teóricas. Influenciado por Alex (quem restringia sua participação na política a leituras diversas e preleções gramscianas), João convencera-se de que o único caminho a trilhar era aquele de um comunismo crítico, que pudesse rever abertamente as experiências do socialismo real. Já Cláudio parecia inclinar-se por idéias trotskistas, rejeitando por completo a linhagem leninista. Os dois costumavam discutir acaloradamente os limites e objetivos da revolução, a maior ou menor proximidade de uma devastadora crise sistêmica no universo capitalista e a melhor forma de organizar as forças populares para o advento desse dia glorioso. Nada disso, entretanto, impedia que se sentissem queridos companheiros. Com igual entusiasmo, eram capazes de passar horas a discutir o *ranking* das beldades inacianas, enquanto fumavam cigarros anticapitalistas nos milagrosos recantos secretos do colégio religioso.

Foi justamente por intermédio de Cláudio que João teve acesso ao relatório de informações básicas sobre a nova aluna. Também graças ao companheiro logrou ser apresentado a ela. O jovem trotskista era dono de um jeito tão franco e terno que, apesar do extremismo de suas idéias, se fizera imensamente querido por seus colegas. Mesmo os mais conservadores acreditavam que suas convicções radicais surgiam não de um rancor descontrolado, mas de uma ingenuidade quase religiosa.

Em pouco tempo, o trotskista havia se tornado um dos melhores amigos da novata. Assim foi que, no início da segunda semana de aulas, João pôde juntar-se a eles, respondendo a um aceno do companheiro:

— Carlinha, esse aqui é o João. Nossa contradição ambulante, um surfista-comunista!

— Anota aí "flamenguista", que é mais importante! — complementou o guitarrista, buscando mostrar-se à vontade e descontraído, apesar da incompreensível instabilidade que sentia em suas pernas. A reação da musa em nada o ajudou:

— Você é o tal que gosta de se jogar no chão...

Desde esse momento, João entendeu que seria difícil aproximar-se de Carla. Sentira claramente que sua presença fora recebida com grande reticência. Já na primeira frase, pudera escutar o som da gaveta imaginária, que a mineirinha fechava para dele esconder o queijo de seus encantos. João não desanimou, porém. Decidiu incluir em seus planos estratégicos uma etapa de cuidadosa reconstrução de sua imagem. O problema estava em dispor de pouco tempo para isso. As breves oportunidades tinham de ser utilizadas de modo seletivo, já que uma ostensiva insistência poderia transformá-lo de cortejador galante em mero inconveniente. João fazia o possível. Numa promissora sexta-feira, aproveitou os curtos minutos entre o fim do recreio e o quarto tempo de aulas para avançar sobre os territórios da turma 36 e sugerir a um grupo de conhecidos:

— E aí, galera, qual é a boa pro fim de semana?

Não obtendo resposta, João prosseguiu:

— Ih, rapaziada, que cara! Não vão me vir com o papo brabo de que vocês têm de ficar em *house*, estudando! Gente mais devagaaaar! Vamos sair pra dançar, negada! Pô, Cláudio, você 'tá precisando colocar em forma essa barriga revolucionária...

O silêncio inerte e atávico da massa bestializada continuava a desafiar a eloqüência de João. Suas esperanças se concentraram em Ana Cláudia, a indisputável coordenadora do social entre os membros daquele seleto grupo:

— Aí, Aninha, você é minha última esperança. Faz alguma coisa, põe esse pessoal pra sair de casa!

Notando a ruga de interrogação no rosto da amiga, João prosseguiu:

— Olha, não 'tá certo. A nossa colega aqui acabou de chegar ao Rio, crente que ia encontrar o maior agito, e ao invés disso esbarra com essa morgação toda. Vocês só me dão desgosto! Desse jeito, a Carlinha vai querer voltar pra Minas...

— Joãozinho! 'Tô gostando de ver a sua disposição! — respondeu enfim Ana Cláudia. — Antigamente a gente te encontrava na praia e você 'tava sempre estacionado no grupo daquele teu amigo do cabelo estranho, falando uma língua incompreensível. Mal se levantava pra dizer oi.

— Que é isso, Ana Cláudia! Até parece que eu ia tratar mal uma gata com tudo em cima feito você! O lance é que a senhora e a Luciana ficam desfilando pela praia o fim-de-semana inteiro, e dão bola pra todo mundo, menos pra mim.

— Quem é que vai dar bola pra um cara que vive babando por aquela menina do Teresiano, como é que é mesmo o nome dela? Viviane?

— Ô Aninha, não pega no pé do João — rogou o trotskista camarada — vamos à praia sim. Todo mundo. A gente se encontra na Joana Angélica.

— "Ah, Cláudio, se todos os militantes radicais fossem iguais a você" — pensou João — "que maravilha subverter!".

No dia seguinte, por que era sábado, o sol brilhava risonho sobre as areias de Ipanema:

— Salve, Joãozinho! Chegou tarde, cara! — exclamou Cláudio ao vê-lo aproximar-se.

— *Sorry* — desculpou-se João. E logo emendou — Tudo jóia, tchurma, cadê o resto da rapaze?

— O Alex e o Marquinho 'tavam aqui ainda agora — explicou Ana Cláudia. — Acho que foram sei lá onde comprar um sorvete da Itália.

— Pô, Aninha, você acredita que os putos me deixaram pra trás, só porque eu atrasei um pouquinho!

— Eles chegaram na praia reclamando de você — contou Silvinha, também da mesma turma que o trotskista — Disseram assim: "esse Johnny é muito mimado, acha que todo mundo tem que esperar por ele o tempo todo..."

— Calúnias, injúrias, intrigas da oposição! Tudo que eu fiz foi perder uns minutinhos tirando a letra de *Little green*.

— Eu não sabia que você gostava da Joni Mitchell!

— É, Dom Cláudio, esse é um dos poucos pontos em comum entre eu e a esquerda natureba.

— De quem é que vocês 'tão falando, hein? — perguntou Ana Cláudia.

— Ô Aninha, aonde é que você 'tava em 1971?

— No primeiro ano primário! Agora já entramos na década de 1980, Joãozinho. Não costumo ouvir os discos da minha avó.

— Ah, a ignorância da juventude! Desprezam a beleza da poesia, em troca de modas descartáveis.

— Ui, quanto idealismo!

— 'Tá legal, então, Aninha. Fica aí ouvindo a Bonnie Tyler que é o que você merece. Aliás, mudando de assunto, e o resto da galera?

— Que resto? 'Tá todo mundo aqui.

— E não vem mais ninguém?

— Como assim? Aahhh! 'Tô entendendo... 'Tá querendo saber da Carlinha! Agora tudo faz sentido; aquela simpatia, o romantismo...
— Pô, Aninha, pega leve, vai. Também sou filho de Deus.
— Ihh, tadinho! Se eu fosse você, desistia. Não houve jeito dela querer vir à praia não. Parece que a Carla gosta mesmo é de ir ao clube, matar saudade das piscinas de Minas. Ela não se interessou nada pelo seu convite. Ontem, depois que você saiu da sala, ela disse que não entendeu metade das palavras que "esse surfista aí amigo de vocês falou". Acho que ela não vai muito com a sua cara...

João começou então a perceber a dimensão dos obstáculos que teria de superar. Com paciência de Sísifo, dispôs-se a enfrentar a dura jornada ladeira acima. Porém os dissabores que o aguardavam eram ainda maiores do que a princípio supôs.

Mal acabara o primeiro mês da aulas, veio o choque da terrível notícia. O quarteto fantástico ocupava os bancos traseiros de um ônibus da linha 573, a caminho da pré-estréia de um possível filme-roubada sobre certo ex-policial que caçava andróides. João não pôde conter sua surpresa e desapontamento:

— Você 'tá me sacaneando!!! Aquele babaca?!?!?!

Mas o que Alex lhe dissera era a pura verdade. Carla havia começado a namorar um dos alunos mais detestáveis do colégio. Nas palavras do filósofo:

— Ele próprio! Arquiconservador, subletrado e ultra-arrogante.

Enfim, um supercanalha que apresentava o agravante lombrosiano de pronunciar as consoantes alveolares fricativas com a língua entre os dentes. Se chamava: "Çççézar". Filhinho-de-papai-ladrão. Notório exemplar da espécie desprezível que pretende seguir os passos de seu genitor. A notícia deixou a João profundamente desencantado:

— Como é que pode uma coisa dessas, Alex?

— Karma, sei lá. Essa menina deve ter sido a Eva Braun na encarnação passada, e agora 'tá pagando os pecados.

— Com esse cara, ninguém purga karmas, Alex, só acumula. Na próxima vida, a Carla vai ter uma existência atroz, vai sofrer punições aviltantes, vai descer abaixo da linha da indignidade absoluta. Vai nascer vascaína!

— Esquece, Joãozinho — interveio Marquinho, que até então assistira calado ao debate dos amigos. — Essa menina aí não 'tá com nada. Vai ter mau gosto assim na puta que o pariu! Melhor largar mão dessa história. Tenta dar uns apertos na Ana Cláudia pra afogar as mágoas. Levo fé que ela 'tá afins.

— 'Tou de acordo — opinou PP, aderindo ao debate. — A Ana vive pegando no teu pé; 'tá sempre curtindo com a tua cara... Isso é tesão.

Poeta e filósofo balançaram cabeças, espicharam beiços e levaram mãos aos céus, demonstrando concordar com a observação do amigo, que a cada dia dava mostras de estar amadurecendo mais rapidamente. Marquinho retomou então seu argumento:

— Joãozinho, se eu fosse você, ia lá conferir aquela peitulância. Aliás, vou deixar aqui registrada minha profissão de fé revolucionária. Podem anotar aí, vocês todos. Declaração Universal dos Direitos da Galera, artigo primeiro: "É direito natural, transcendental e inalienável de todo cidadão carioca dar, ao menos uma vez por dia, suas mordiscadas nuns peitinhos durinhos".

— Tem razão, companheiro! — emendou João, esquecendo suas mágoas por um instante. — Vamos dessoutienizar esta bandeira! Reforma Constitucional, já!

— Mas a gente precisa antes acertar essa definição aí de cidadão carioca — ponderou PP, — senão o Alex fica de fora.

A questão de ordem do gigante moreno foi acatada de imediato pelos demais membros do soviete mordiscalista. Sem maiores delongas, aprovou-se por unanimidade emenda garantindo plenos direitos de cidadania a todos os italianos, sartreanos, bons-de-bola e não-vascaínos presentes naquele lotação. Inspirado pelas honras da comenda, o filósofo levantou-se para presentear passageiros, trocador e motorista com o brilho de sua eloqüência:

— Se não é possível encher a panela do pobre, que ao menos se lhe garanta o direito à mordiscada diária!

— Ó só: — ensaiou o poeta, preparando-se para personificar um futuro pleiteante mordiscávido — "Perdão, senhorita, cálicença, por obeséquio, 'tá na hora de eu dar cumprimento ao artigo primeiro da Carta Magna: nhac, nhac".

— Abaixo a ditadura! Viva os ditos duros! — bradou o coro.

João buscou seguir o conselho de seu amigo visionário. Melhor desencanar daquela história. Milhares de pares de peitos de todo o Rio de Janeiro o aguardavam. A mordiscada era seu destino manifesto:

— Idi Amin as menininhas!

* * *

Uma semana mais tarde, por iniciativa de Ana Cláudia, diversos colegas do terceiro científico acertaram de se encontrar sábado à noite, na boate Mikonos. João lamentou que a oportunidade tivesse aparecido tão tardiamente. Ainda assim, não hesitou em se juntar ao grupo.

Na noite combinada, lá estava ele, chegando à boate acompanhado por Marquinho, Alex e Pedro Paulo. No ônibus que os levara de Copacabana ao Leblon, haviam passado a viagem a se queixar da ausência do antigo líder do grupo, agora tão esquivo:

— O Tavico anda muito estranho — reclamou João. — Parece que não liga mais pra nada que preste. Nem pra música! Quando não 'tá estudando pro vestibular, fica grudado direto naquela galera mané com quem ele inventou agora de sair. 'Tou começando a ficar preocupado.

— Eu realmente não sei como o Tavico suporta essa tal de Marta — disse Alex.

— O Tavico grudou nesse pessoal porque eles têm grana, — explicou Pedro Paulo, com seu desconcertante hábito de reduzir as questões mais complexas a explicações rasteiras.

— Será, hein? — perguntou João, já sem conseguir demonstrar o antigo ardor com que costumava defender o amigo.

— Acho que o PP tem razão, infelizmente — reconheceu Alex.

— Aonde é que 'tá o nosso Tavico agora? Em Búzios.

— Velejando com os Canhões de Navarone... — lamentou Marquinho.

— Quem manda vocês serem uns fudidos, sem grana pra nada — fustigou Pedro Paulo.

— Bem-aventurados os merda-pobre, pois deles será o reino dos céus!— bradou Marquinho, o bardo sem brandura. E profetizou:

— João Corisco, vingador de Lampião, há de lavar em sangue a honra dos despossuídos na noite de hoje. Nosso herói mostrará ao mundo que mais vale ser um mordiscador sem grana do que viver no fausto, à sombra dos barangais. Que fique o Tavico com seu arsenal militar. Johnny Mordiscada fará muito melhor! Seu desafio é apertar a tesudíssima Ana Cláudia, dona do melhor par de peitos de toda a zona sul! Senhoras e senhores, uma salva de vaias aqui pro nosso campeão, que ele merece!

Em meio aos gritos e uivos que ecoavam no lotação, João sentiu-se embaraçado. Não pretendia decepcionar os companheiros. Porém ainda não conseguira tirar Carla de sua mente, a todo instante, se perguntava se ela estaria na Mikonos naquela noite. Quando enfim chegou à boate, seus olhos reviraram de cima a baixo o estabelecimento, buscando em todo canto algum sinal da menina dos olhos de mel. Não podendo encontrá-la, pôs-se a avançar pela multidão de corpos moventes, na esperança de vislumbrar seus cabelos cacheados em algum canto escuro que houvesse escapado a seus olhos. Pouco importava que ela aparecesse acompanhada pelo desprezível verme que se dizia seu namorado:

— Era até melhor...

Pela primeira vez em quase seis meses, João sentiu nostalgia dos dias de vadiagem nas ruas de Copacabana. Os músculos de seu corpo se retesaram, como tantas vezes acontecera quando, ao lado de Cabana e outros antigos companheiros de rua, se preparava para enfrentar os adversários da turma da Miguel:

— Porrada!

Enquanto ia cumprimentando os conhecidos com quem cruzava na boate, João começou a imaginar como seria bom poder encontrar o reptilesco e sibilante direitista sentado em alguma mesa. Quando passasse por ele, derrubaria-lhe em cima copos de bebida, e esperaria por sua bem-vinda reação de desagrado. João sempre se opusera a provocações gratuitas, mas naquela noite se convenceu de que um jovem de classe alta — que abertamente zombara do professor de Química ao saber que morava no Méier — não merecia o benefício de seu cavalheirismo. Além disso, quantas vezes não ouvira o fascista gabar-se de ter sido vice-campeão carioca de judô?

— E aí, Marcelo, tudo bem? — exclamou João ao cruzar com seu antigo companheiro de curso primário, de quem se reaproximara desde meados do segundo-científico, em função das atividades do grêmio.

— Tudo! — respondeu o antigo ponta-esquerda da turma campeã da quarta-série, agora melhor conhecido como nacionalista exacerbado, defensor da tese de que o hino nacional deveria ser substituído por "Aquarela do Brasil". — Quer dizer, tirando essa música porcaria que vocês gostam de ouvir, 'tá tudo muito jóinha.

— Se você não gosta dessa música, o que é que você 'tá fazendo aqui, seu mané? — questionou João, apenas para provocar o companheiro.

— 'Tou atrás das mulherzinhas, João — respondeu o agora decano dos seresteiros do colégio. — Elas merecem o meu sacrifício. Por falar nisso, você viu a Paula?

— Acho que vi sim. Ela 'tá por aí, com um bosta qualquer.

— Merda! Eu 'tô afinzão dessa menina, e ela não me dá bola. Fica andando com esses vacilões. Vamos lá no bar, comigo. Se tiver cachaça nacional, 'tô pagando.

— Você 'tá é pagando a maior comédia, seu porra! Cachaça nacional! Acho que vou até lá só pra perguntar se eles têm cachaça importada! Aí, ô Zé do Bar, você pode me servir uma pinga internacional?

— Há, ha! Pode gozar o quanto quiser. Só tomo nacional mesmo.

— Esse é o Marcelo que eu conheço! Ponta-esquerda-nacionalista! Cualé mesmo aquele seu lema?

— Elomar vira sertão, e o sertão vira Elomar...

— Doido!

— Ah, 'tá bom, se você gosta de música merda, então que se dane. Hoje eu não quero discutir. 'Tou mesmo é a fim de beber até cair. Vamos lá no bar tomar umas porradinhas?

— Não. Encher a cara e tomar umas porradinhas não é o que eu 'tou precisando. 'Tou mesmo é a fim de encher a cara daquele tal de Çççézar de umas boas porradonas.

— Olha, bicho, eu compreendo você perfeitamente. Esse cara é o fim da goiabada. E ainda conseguiu namorar aquela mineirinha gostosinha. Como é que pode, né? Que desperdício! Uma menina tão bonitinha com um fascistão horroroso. Desconfio que foi esse cara quem me entregou naquela história da pichação no muro do colégio?

— Esse Çççézar é um dedo-duro que fala com a língua entre os dentes...

— Um babaquara! Pode contar com a minha ajuda, Johnny Boy, se você 'tiver a fim de quebrar essa boate de cima a baixo. Como bem dizia Robespierre: quem nega pão ao povo, merece ser enchido de bolachas!

— Artigo segundo da nossa Carta revolucionária: "Estão confiscadas as gatas e os brotos pertencentes aos espoliadores da massa merda-pobre!" — ensaiou João, inspirado pelo espírito legislativo e mordiscador da Declaração Universal dos Direitos da Galera.

— 'Taí, gostei — reagiu Marcelo, com um amplo sorriso varguista.
— Viva a nacionalização do mulherio!

Após trocar palavras de ordem com o companheiro, João continuou a percorrer a boate. Acabou se encontrando com a organizadora do evento.

— Oi, bonitão!
— E aí, Aninha? Dá um beijinho aqui.
— Até dois.
— Nóssa! 'Tá cheirosa... Assim eu não resisto.
— Vamos ver, então.
— Claro que vamos. Noitaço, hein! Deviam te dar uma comissão. Acho que você trouxe metade das pessoas que 'tão aqui.
— É. Mas pelo jeito não consegui trazer seu queijinho de minas...
— Que é isso, gata! Essa história aí já não tem nada a ver. Quem gosta de um Brucutu daqueles não merece o Joãozinho Ternura.
— E quem é que merece, então?
— Ahh, uma menina com os cabelos castanhos, bem lisos, na altura dos ombros; uns olhos cheios de luz, querendo chegar no verde; um corpinho esperto, tudo em cima — aquele bronze maneiro... E digo mais, não basta ser bonita, tem de ser inteligente e charmosa, com um bom gosto a toda prova. O que eu mereço é uma gata capaz de reunir todo mundo em torno dela, alguém com um talento todo especial pra organizar festas...
— Ah, sei. E essa menina tão sensacional vai querer você, João?
— Não posso dar certeza... Mas se ela não quiser, você quer?

João sempre se perguntou por que tinha tanta facilidade em cortejar as meninas por quem não estava realmente interessado, ao passo que parecia perder toda sua inteligência quando se aproximava daquelas pelas quais se apaixonava. Por mais que ensaiasse previamente os possíveis diálogos, por mais que buscasse se preparar para o confronto, nunca era capaz de controlar o ritmo desordenado de sua respiração, as convulsões no estômago ou o estouro da boiada em seu coração. As palavras certas fugiam, restando em seu lugar apenas uma torrente de asneiras. A expressão do rosto assumia contornos simiescos, adornados por um riso aparvalhado. Nessas horas, João se via como um idiota perfeitamente acabado, indigno do objeto de seu desejo. Ao aproximar-se de Ana Cláudia, no entanto, tudo parecia tranqüilo e normal. Um calor gostoso percorria seu corpo, e cada nova frase do diálogo parecia contribuir para sua sensação de prazer:

— Vamos dançar, Aninha.
— Agora não. Mais tarde. Ainda não falei com todo mundo.
— Bom, então eu vou dar um rolê por aí. Quem sabe alguma alma caridosa se apieda de mim, e se pega no meu colo.
— Tadinho dele. 'Tá carente. Ficou sem seu docinho de leite da fazenda...
— Vai ver que ela não me quis porque eu não falo "açççim".
— Pois é. Tem gente que gosta de idiota, e idiota que gosta dessa gente.
— Sempre é tempo de um vacilão se redimir. Eu, por exemplo, descobri que a couve da minha feijoada não precisa ser mineira.
— Não diga! E você começou a pensar assim porque mudou seu paladar, ou porque anda morto de fome?
— Aninha! Você devia saber que eu tenho anos de treinamento como faquir! Não é qualquer fominha que muda minhas convicções. A verdade é a seguinte: não nasci pra ficar nadando em piscina.
— Nossa! Escuto até o barulho das ondas do mar quando você fala! Ó meu surfista galante!
— Então! Eu preciso encontrar uma gata praieira que esteja disposta a fazer deste humilde filho de Atlantis seu Príncipe Namorado.
— E como é que você vai reconhecer a menina certa?
— No momento em que ela encostar os peitos em mim, e disser assim: "Vem cá, meu menino do Rio, que eu quero ficar no teu corpo feito tatuagem!".
— Vai passear, vai, João. Você 'tá falando muita bobagem.

Com um beijinho jogado ao ar, João deixou que Ana Cláudia continuasse a desempenhar suas funções de anfitriã. Outra vez sozinho, voltou a percorrer a boate. Entre os muitos rostos conhecidos, não conseguiu encontrar Carla ou seu execrável namorado. Melhor assim, tentou convencer-se; poderia ao menos aproveitar a noite. Em breve, retomaria o ritual de cortejos a Ana Cláudia. Para fazer hora, decidiu acercar-se ao bar:

— Alex, quéde aqueles dois viados? — perguntou ao amigo, que ali estava bebendo uma lata de Skol.

— O Pedro 'tá dançando com umas barangas, pra variar — explicou o italiano.
— É um benfeitor da humanidade, esse PP! — exclamou João. E logo agregou, — o Marquinho?
— Resolveu rolar uma cascata pra cima da Luciana — informou Alex. — Disse que 'tava todo mundo na obrigação de se arrumar hoje à noite com a menina mais gostosa possível, pra que a gente possa sacanear bastante o Tavico na segunda-feira.
— 'Tou gostando de ver esse Marquinho! — comentou João.
— Pra dar em cima da Luciana, tem de andar muito seguro do seu taco. O puto, depois que foi introduzido à dieta vegetariana, só quer saber de carne de primeira. Virou corajoso. Faz muito bem. E você, hein? Não rola nada?
— Bahh! Sabe do quê, eu não ando muito interessado em ninguém — confessou Alex. — Quero uma menina legal de verdade. Inteligente, bonita, carinhosa... Essa coisa mais-ou-menos me irrita. Já bastou a Fiorella. Ficar com uma garota num dia, depois ficar com outra, e mais outra daí a um mês, e tudo sempre morno, e as histórias sempre iguais, os mesmos papos idiotas, os mesmos joguinhos de sempre, o mesmo ritual repetido mil vezes... de que é que isso serve?
— Pára de falar assim, cara! — reclamou João. — Você 'tá me deixando deprimido. Já basta esse lance da Carla decidir namorar aquele verme.
— Desencana, João. A Ana Cláudia me parece quinhentas vezes melhor que a Carla. Ela é muito mais gata, e tem muito mais sal. Não sei o que você viu nessa mineirinha. Ela deve ser muito otária pra namorar um sujeito como esse "Ççézar"!
Outros conhecidos se juntaram a Alex e João no bar. A música estava bastante alta; era difícil manter qualquer conversação decente. Naquele ambiente de discoteca, as palavras tinham de ser ditas sempre ao pé do ouvido-amigo, fossem ou não confidências. Conversas entre mais de duas pessoas requeriam frases curtas, gritadas com convicção, sem espaço para inflexões ou nuances. Desse modo imperativo, saiu a afirmativa de Cláudio:
— Chega de beber, Marcelo!
— 'Tô tristão! 'Tô sofrendo pra caralho! — respondeu o sambista, em desconcertante alusão celto-operística, que denunciava seu já avançado estado de embriaguez.

— Tu 'tá é bebum! — falou João, traduzindo o pensamento do coletivo.

— Bebum, o cacete! Vou mostrar a vocês, seus maconheiros!— reagiu o fiel discípulo da Turma do Funil, que começou então a dar impressionante exibição de suas habilidades capoeirísticas. Apesar do inquestionável virtuosismo, havia em seus movimentos alguma desordem, uma certa dificuldade de coordenação, devida talvez à dificuldade que sentia o ponta-esquerda em jogar e gingar ao som de ritmos não-berimbalescos.

No afã de demonstrar sua sobriedade, Marcelo quase acabou expulso da discoteca. Cláudio teve de usar toda sua simpatia e lábia para convencer os seguranças de que não houvera briga, e que o amigo estava apenas demonstrando a possibilidade de compatibilizar danças brasileiras e ritmos estrangeiros:

— Compatibilizar, o caralh...! — começou a gritar o bossa-noviço, porém a mão de Alex tapou sua boca, antes que pudesse concluir a frase.

Graças aos bons ofícios de Cláudio, os seguranças acabaram se afastando. Não foi sequer necessário lhes mostrar os infames crachás de maioridade falsificada. O cativante trotskista prometeu que não haveria mais confusões, e que o grupo se dispersaria. Não estavam interessados em brigas, queriam apenas apreciar as muitas meninas que enchiam aquela discoteca. Os seguranças acharam por bem aceitar as promessas, se limitando a pôr o grupo para circular. João decidiu buscar novamente por algum sinal de Carla na boate. Andou entre a multidão, vasculhando com firme atenção cada canto do estabelecimento. Antes que se desse por vencido, sentiu o contato de um corpo que o abraçava pelas costas:

— Procurando alguém?

— O par de peitos mais tesudos do Rio de Janeiro — respondeu João, ao reconhecer a voz de Ana Cláudia.

O forte tapa que recebeu no braço ao proferir sua resposta apenas aumentou o impacto da bomba de testosterona que explodia dentro de seu corpo. João sentiu-se aliviado em saber que a longa camisa da Richard's — tomada às escondidas de seu irmão — poderia encobrir sua impudica alegria. Lhe foi necessária, contudo, alguma ginástica para ajeitar-se dentro das calças, subitamente encolhidas.

— Tem alguma coisa te incomodando, João?

— É vontade de dançar, Aninha. Você vem comigo?

— Se você prometer se comportar...
— Palavra des-honra.

João tomou a mão da anfitriã, e caminharam até a pista. Lá encontraram Marquinho e Luciana. Com agrado, a eles se uniram. Os quatro dançaram juntos diversas músicas. As preocupações anteriores de João desapareceram. Se sentia lindo, leve, solto. Feliz e excitado. Pensava apenas em se chegar mais e mais àquele corpo dourado que se movia à sua frente, e apertar a carne febril contra as curvas bem delineadas de Ana Cláudia. Olhava com cumplicidade para Marquinho; ambos sorriam ao pensarem no momento glorioso que viviam.

Talvez pressentindo a ardência daquele quarteto, o invisível DJ decidiu tocar uma seqüência de músicas da banda nova-iorquina Blondie. A loura inspirou os casais. Marquinho e João tomavam o ritmo da música para marchar em direção a suas parceiras, que gentilmente os empurravam para longe; depois era a vez delas se aproximarem, até poderem contorcer-se a distâncias milimétricas dos dois amigos. Quando *Call me* começou a tocar, os quatro jovens se puseram a pular, esbarrando-se freneticamente, até que cada um dos pares se juntou e, dois a dois, começaram a dançar abraçados: Marquinho com seu rosto colado ao de Luciana; João tendo a testa pegada à de Ana Cláudia, os olhos mergulhados nos seus. Um mar quase verde, pensou.

Lembrou-se então de Viviane, e entendeu exatamente por que jamais poderia se apaixonar pela linda menina que tinha em seus braços. Era por demais parecida à princesa do mar. Aos olhos de João, tal semelhança se mostrava quase agressiva, como se estivesse vendo a versão descartada de uma grande obra, a foto mal focada de uma bela paisagem, a cópia romana de um original grego.

Antes que tais pensamentos pudessem estragar sua noite, João se viu salvo por um ritmo impregnado de suingue. Alternando o falsete e o barítono, a irresistível voz sensual (e àquela época ainda negra), comandava:

— Don't stop 'til you get enough! [12]

Em lugar de fazer que o par se separasse, a movimentada canção os levou a dançar ainda mais juntos. Era tão bom o perfume

---

12. "Não pare até conseguir o que deseja", da canção de Michael Jackson *Don't stop til you get enough*.

dos cabelos de Ana Cláudia, tão suave a pele de seu rosto, tão firmes os peitos que tinha pressionados contra seu corpo, que João pôde deixar uma vasta sensação de prazer invadir sua mente. Com a face, pôs-se a acariciar a orelha direita daquela bela menina. Ao sentir que sua respiração mudava, veio caminhando com lábios e beijos pelo rosto bronzeado, até as duas jovens bocas se unirem. A carinhosa aproximação deu então lugar a um desesperado ritual de devoração mútua.

Possivelmente inspirados pela cena, Marquinho e Luciana chegaram também a seus desacertos. Cada um dos casais acabou por se retirar da pista de dança, indo esconder-se em alguma mesa perdida na escuridão da discoteca. João e Ana Cláudia estiveram trocando amassos ali em seu esconderijo por bom tempo, antes que pudessem romper o silêncio:

— Joãozinho...

— Fala, Aninha.

— ... você é sempre assim demorado pra entender as coisas?

— Acho que sim. Demoro a sacar os lances mais evidentes, demoro um tempo enorme pra chegar nos lugares aonde sou convidado, demoro e redemoro quando tenho de me decidir. De-moro num mundo de demorações. Mas sempre há tempo pra se tirar o atraso...

— Sem-vergonha! — suspirou a menina ao sentir que a frase de João terminava em um aperto voraz na parte superior de suas coxas.

Os dois ficaram talvez uma hora entre conversas breves e longos beijos. João se sentia invadido por tesão e paz. Era uma noite perfeita. Como seria bom sentar-se com Marquinho à beira do mar no dia seguinte para comentar os detalhes daquela aventura! Imaginando a euforia que seu amigo deveria estar sentindo, chegou a sorrir.

— "Esse Marquinho!", pensou, "se deu bem!".

Tais pensamentos foram interrompidos por estranhos ruídos vindos da área próxima ao bar: cadeiras e mesas sendo movidas bruscamente, gritos, gente ajuntando. João se levantou de imediato e, ignorando a mão que buscava retê-lo, projetou-se em direção ao centro do tufão. Lá encontrou Marcelo, a ponto de atracar-se com o famigerado Çççézar. Conforme ficaria sabendo mais tarde, o sibilante verme chegara desacompanhado à discoteca, devido à inesperada indisposição noturna de sua namorada.

E logo houve confusão. O irascível fascista cometera o erro de juntar-se com alguns amigos à beira do bar para contar piadas sobre judeus. Marcelo ouvira algum trecho infeliz de certa anedota, e irrompera no meio do grupo, exigindo que se calassem. Num instante, a discussão havia tomado contornos de inevitável confrontação:
— É judeu sim! Jesus é judeu sim!
— Larga de falar idiotiççe! Voççê é um comunizzzta acçquerozzo!
— Eu sei muito bem que você pensa assim. Por você, eu 'tava expulso do colégio, né seu escroto! Dedo-duro!
— Vai pra puta que o pariu!
— E vou é encher a tua cara nazista de porrada!
O ponta-esquerda vinha em clara desvantagem. Além de seu avançado estado de embriaguez, três amigos do reptilesco filhote-da-ditadura pareciam prontos a anular qualquer possibilidade de um conflito justo. No que se acercou ao bar, João não precisou pedir explicações para entender o que estava acontecendo. Pulou imediatamente para o centro da cena.
— Se alguém encostar no meu amigo, eu mato — disse, encarando Çççézar firmemente.
— Joãozinho! — exclamou Marcelo — pó deixá qu'eu encaro o Morhold sozinho, numa boa!
— Não vou deixar você brigar contra quatro não — disse João, girando um olhar firme pelo restante do grupo, como a mostrar que conhecia perfeitamente as estratégias de confronto daquela malta de covardes.
— O que é que voççê tem a ver com icço, meu irmão! — cuspiu o verme.
— Sou teu irmão não, rapá! E não vou com a tua cara.
— Maisss foi eçça carinha aqui que conççeguiu o que voççê tanto queria...
João lamentou que o torpe fascista tivesse sorrido ao dizer sua derradeira frase. Preferia haver socado uma boca fechada, com alguma carne a suavizar o impacto de ossos e dentes contra sua mão. Que infelicidade! Arrumou dois cortes no dedo médio, e ainda precisou aplicar um pontapé no estômago e uma joelhada no rosto daquele corpo que se dobrava, antes de nocautear definitivamente o judoca camisa preta. Questão de segundos. Pareceu a João tempo demais.

Os três companheiros do anti-semita, quando tentavam avançar em seu auxílio, foram contidos por meia-lua inteira de Marcelo e pela oportuna chegada de Alex e do gigante Pedro Paulo à cena. Antes que pudessem aflorar segundos pensamentos sobre a viabilidade de um confronto, interveio a equipe de segurança da boate. Cláudio, acompanhado de outros tantos amigos, criou certa balbúrdia, de modo a confundir os seguranças, e permitir que os paladinos da justiça socialista pudessem se retirar da discoteca.

Estavam os quatro vingadores sorrindo contentes do lado de fora do estabelecimento, quando o rosto de Ana Cláudia assomou à porta:

— João, você é um idiota! — foram suas palavras. E voltou a desaparecer na escuridão.

O insultado herói disse aos companheiros que nunca iria mesmo entender as mulheres. Houve risos. Pensaram no que fazer. Marcelo confessou que toda aquela bebida o havia deixado com uma fome fabulosa. A idéia de comer algo agradou a Pedro Paulo, sempre disposto a enfrentar um bom prato. Decidiram então caminhar até a Pizzaria Guanabara. Alex lembrou:

— Esquecemos o Marquinho lá dentro.

— Deixa pra lá! — argumentou João. — O cara 'tava se dando bem.

Todos concordaram. Nem sempre a coisa mais correta é que amigos inseparáveis estejam sempre juntos.

3

No dia seguinte, acordei numa boa. Me sentia bastante bem. Alegria, alegria! Ê vidinha maneira. Pensei nos agarros com a Ana Cláudia. Coisa boa. Ela provavelmente já estaria arrependida de ter me chamado de idiota. Afinal, não tive culpa alguma naquela confusão de final de noite. Agi em legítimo ataque. Um babacão daqueles! Me deu a deixa, lavei a alma. Enfiei mão merecida na cara do pastel. Momento saboroso. Dentro de algumas horas, miss Belô estaria perguntando ao bocó do namorado o que tinha acontecido com a boca dele.

— Tropecei...

No meu orgulho, seu puto. Joãozinho garante sua encomenda. Pediu, levou. Com mais de trinta minutos, a pizza é de graça.

— Sifu — pensei.

E logo desencanei da história. Outros assuntos na cabeça. Entrei numas de encontrar logo com a Aninha. Me arrumei rapidinho para ir à praia. Que beleza! Dar uns agarros naquilo tudo. Dentro de um biquininho de nada. Oba, oba!

Me preparei para a festança do modo devido. Traje a rigor. Sunga com shortão por cima. Combinação antivexame. Qualquer um com mais de dez anos de praia sabe disso. Em calção speedo, a coisa fica evidentemente volumosa. Se a opção é apenas uma simples bermuda, avança espetacular espetão. É fundamental para o banhista engajado aproveitar o melhor das duas alternativas. Shortão de surfe só disfarça a alegria se houver algo justo por baixo, mantendo a firmeza. O mais seguro é colocar também uma sunga. Permite que se fique feliz sem perder a tranqüilidade. No final do dia, pode pintar uma certa dor. Paciência. Melhor isso que o vexame.

Não existe coisa pior do que sentir aquela emoção toda aparecer no mais total despreparo. Tem nego que se joga na areia e passa uma hora inteirinha de bunda para o ar. Péssima idéia. O quentinho da areia só contribui para o estrago. Há outros caras que se

sentam bem encolhidos e abraçam os joelhos. Ficam um tempão feito estivessem gelando. Bobagem. Apertação também não ajuda nada. O friorento só se salva da situação incômoda ao se concentrar com muito empenho. Recomenda-se meditar sobre a prova de Matemática, o livro obrigatório da aula de Literatura, as alterações no banco do Olaria, os debates do horário eleitoral gratuito, o último discurso do Presidente. Enfim, coisas chataças.
Essas técnicas transcendentais nem sempre funcionam, contudo. O melhor mesmo é dar um jeito de chegar até a água: em corrida desabalada, acima da velocidade da luz; andando agachadinho feito pato, ao som de *Sweet little sixteen*; ou mediante caminhar de monstro aleijado, com as pernas se embaralhando e as mãos tronchas na frente daquilo, ao estilo jânio quadrúpede. Pouco importa. O fundamental é chegar à água geladinha. Corta-barato instantâneo.
Então. Sunga e calção. Assim apareci na praia. Achei que encontraria de imediato a Ana Cláudia. Nem sinal dela na Joana Angélica. Iiihhh! Que porra! Vai ver que ela 'tá em outro lado, pensei. Fui checar na Montenegro: nada. Farme: idem. Puta que os paréu! Teixeira, Castelinho, Arpoador, volta tudo, Maria Quitéria, Garcia, Aníbal, Country. Nem traço. Nadica de nada. Nonada dos mais nadosos...... Tempo. Dei um pulo n'água. Peguei umas ondas de peito. Nadei até as Cagarras. Voltei. Refiz o circuito. Aninha, Aninha, cadê você? Picas! Achei estranho. Ela deveria estar doente. Ressaca, na certa.
— Essa galera pinguça, vou te contar!
Acabei voltando pra casa. Naquele desânimo resignado. Que jeito. Ao final da tarde, resolvi ligar. Atendeu a empregada:
— Eu poderia falar com a Ana Cláudia? — perguntei.
— Quem deseja? — retrucou a doméstica.
Parei um momento para refletir sobre tão profunda questão. Cogitei chamar Marquinho e Alex para um banquete, no qual discutiríamos a fundo aquele enigma socrático. Quem deseja! Coisa muito difícil de responder. Logo pensei no corpinho da Ana Cláudia. Quanta gostosura. Me veio uma luz. Respondi:
— Ai, minha senhora, quem não deseja!
Identifiquei-me, enfim. A maria pediu-me um momentinho. Até dois, lhe disse. Fiquei na espera. Diálogo de vozes abafadas, ao fundo:
— (Anaaaaa, é pra você!)

— (Quem éééé?)
— (Joãããooo.)
— (Ai, nãããoo, Rita! Diz que eu não 'tou, por favooooor.)
— (Ô, Aninha, isso não é educado.)
— (Quem não é educado é esse imbecil! Diz que eu não 'tou e pronto. Inventa qualquer desculpa, vai.)
Achei a história um desaforo. Fiquei chateado. Porra de atitude. Ela não teve sequer a consideração de mentir mais baixinho! Parecia coisa feita de propósito.
— Porra, Aninha! O que é que eu fiz! Só por conta de uma confusãozinha. Não fui nem eu que provoquei! Briguinha à toa. Porradinha das mais inofensivas. Contra um notório palerma. Grandessíssimo filha-da-puta. Umas bolachinhas de nada, vapt-vupt. Fui levado a entrar na confusão. Fui sim. A contragosto! Uma luta inelutável, sim senhora. É. Claramente. Fui forçado a me retirar da discoteca. Antes que os macacos me agarrassem e me expulsassem de lá. Antes que chamassem a polícia! O juizado! Antes que me levassem pra um colégio interno! Pra Funabem! Saí sem criar transtornos. Sou um *gentleman*. Queria que a festa pudesse continuar. Não 'tava a fim de atrapalhar a vida de ninguém. Agi segundo imperativos morais e moreiras. Pô! Besta é tu! Quer dizer, não é nada disso não. Desculpa, vai. A gente 'tava ali numa boa. Num *love* super maneiro. Olha só. Me foi total, absoluta e despoticamente impossível voltar ao xodozinho do cafuné. Bem que eu gostaria. Gostaria de montão. Mas não deu...

Devia ter levado esse papo com a Aninha logo na segunda-feira, assim que a encontrasse no colégio. Não fiz. Fiquei devendo. A conversa entreouvida ao telefone me deixou putão da cara. Falei pra mim mesmo:
— Então que se dane! Melhor assim. Fica até mais simples de eu voltar a correr atrás da Carla.
Fechei o tempo. Recomeçou a semana. Deixei a Aninha no canto dela. Nem passei por perto. Se ela quisesse, que viesse me procurar. Eu não era namorado nem nada para agüentar pirraça:
— Não fiz nada demais, Marquinho. Não vou pedir desculpas coisa nenhuma. Seria ridículo. Vou chegar lá nela pra dizer o quê?
— Otário!
De nada adiantou o poeta argumentar comigo. Finquei o pé. Me convenci de que estava certo. Cheguei ao colégio, fiquei na minha. A Aninha também ficou na dela. Ficamos sem a nossa.

4

Tempos difíceis. Depois da briga na Mikonos, a Carla passou a ser ainda menos simpática comigo. Resolvi dar um tempo. Não adiantava forçar a mão. Umas tantas semanas se passaram. Acabei novamente marcando toca. Como seria de se prever, a Carla logo se deu conta de que o Çççézar era um pulha, e o dispensou sem maiores cerimônias, com seu chutão atômico. Quando tomei conhecimento do incidente, ela já estava namorando o Cadú. Nem pude ficar muito puto. Perdi a dividida para um sujeito que jogava limpo. Grande centroavante, homem-gol. Gente fina. Nunca me passou pela cabeça enfiar a mão na cara dele.

— Desencana, João — foi a sugestão do Alex.
— Essa mineirinha é uma maria-mijona! — resumiu o PP.
— Pode crer, galera. 'Tou jogando a toalha.

Foi então que o Cláudio organizou uma reunião salvadora. Sábado à noite. Sua casa ficava numa daquelas ruas de paralelepípedo em frente da PUC. Era uma casa pequena, bastante charmosa. Toda de pedra, com hera crescendo pela fachada. Os pais do trotskista-carinhoso a alugaram depois de voltarem da França. A mãe era psicanalista, o pai físico. Ficaram auto-exilados uns dez anos.

No primeiro científico, quando o Cláudio veio finalmente estudar no colégio, parecia um estrangeiro. Brancão, falando estranho. Lembro de ter rido à morrer com a história do sanduíche de jambão. A gente tirava um sarro sem maldade. Dava para ver que ele era um cara legal. Rapidinho ficou amigo da negada. Se enturmou, aprendeu a falar como os nativos. E até ganhou uma corzinha.

Mas foi apenas no começo do segundo científico que o Cláudio deu início à prática de reunir as pessoas na sua casa. Ocasiões maneiras. A gente discutia política, futebol, colégio, abobrinhas, escutava música, tomava um monte de cervejas, dançava. Às vezes, pintava um violão. Era realmente um clima esperto. Os pais do Claúdio liberavam a casa sem maiores problemas. Ali, a gente se sentia à vontade para curtir em paz uma onda de seriedade. Seriedade, justamente. Durante a adolescência, brincar de adulto é coisa muito apreciada. Até queijos e vinhos chegamos a organizar. Novembro de 1980. Fazia um calorão africano na mansão do trosko gentil. Todo mundo se amarrou naquela idiotice de macaquear europeus. Eu também, não minto. Comi feito flagelado e ainda tomei um pileque homérico de vinho Precioso. Irrghh! O bode foi mortal. Nunca pude me adaptar ao mundo funesto das drogas pesadas.

5

Como ia dizendo. O Cláudio sempre organizava umas reuniões. No comecinho de maio, deu início à temporada de 1981. Convoquei os demais membros do quinteto violador. E mais uma vez tive de me contentar apenas com o quarteto fantástico. O Tavico alegou outros planos:
— Vou pra Angra.
— Deixa de ser vacilão, cara. Fica aí, vai rolar uma reuniãozinha na casa do Cláudio.
— Ah, João, você sabe que essa aí não é a minha turma. Esse Cláudio é muito chato. Só faz falar de política e filme de arte. Que porre!
— Vai me dizer então que você prefere ir pra Angra com umas barangas mongóis a ficar com seus amigos num fim de semana maneiro, na Cidade Maravilhosa! Aaaah, cualé, Tavico.
— Vocês quatro 'tão perdendo a noção do que é bom na vida.
— Aaaaah, podecreeeer! Agora entendi. Bom mesmo é ficar o fim de semana perdido numa ilha com um bando de mocréias. Programão!
Não houve jeito de convencer o otário. Como já estava se tornando costume naquele ano, tivemos de nos contentar com a formação de quarteto. Arranjo provisório, já em avançado processo de enraizamento.
Chegou o sabadão. A caminho da festança, decidimos passar rapidinho na futura casa do PP, que estava sendo construída ali na Gávea. Decisão de última hora. Deixamos que o ônibus continuasse a subir a Marquês de São Vicente, e saltamos logo antes dele entrar pelo caminho da Rocinha. Andamos mais um pouco ladeira acima, e chegamos enfim à Alexandre Stockler. Já no canteiro de obras:
— Essa porra de casa não vai ficar pronta nunca? — reclamei.

— Nunca vi coisa tão demorada! — concordou o Alex. — Se bem me lembro, essa obra existe desde que a gente conhece o Pedro.
— 'Tou começando a desconfiar que se trata de obra abandonada — alertou o poeta. — Com certeza, nosso PP inventou que isso aqui vai ser a nova casa dele, só pra tirar onda com a cara da gente.
— Vão se fuder vocês três!
— Ihh, ficou nervosa — constatei.
— Baixou o santo na porta-bandeira — verificou o Alex.
— Pronto! — avisou o poeta. — Agora se preparem que o PP vai nos expulsar da obra!
Passamos ainda um tempo atazanando o coitado. Ele levou numa boa. Aí pelo terceiro científico, já não era o neguinho chiliquento dos tempos de ginásio. Tinha amadurecido e se tornado um cara mais esperto. Ainda assim, não perdíamos uma oportunidade de encarnar nele. Assim que cansamos da encheção, decidimos subir até o andar dos quartos. Fomos sentar na beirada de uma futura varanda daquele esqueleto de casa. Momento relax. Apreciamos a paisagem, apreciamos a brisa da noite, apreciamos um apreciável. Preparado por Dom Marcos.
— Negadinha, daqui a uns dias vem o aniversário do Johnny — lembrou aquele-que-faz.
— Que dia mesmo, hein? — perguntou o Alex.
— Onze de maio — respondi.
— Vai fazer dezessete ou dezoito?
— Dezessete, PP — esclareci. — Só você e Tavico são de 63. Nós três aqui nascemos em 64.
— Somos os filhos da Revolução! — bradou o poeta.
— Sessenta e três ou sessenta e quatro, só vale mesmo o que é fato: nós 'tamos é ficando velhos pra cacete!
Aquela derradeira frase do PP me assustou. Era verdade. Dezessete anos! Idade avançadona. Minha aposentadoria se aproximava. Eu não podia conceber que houvesse vida inteligente após os dezenove. Fiquei abalado. Momento existencialista. Cheguei a pensar sobre o fim inevitável:
— Vocês sabem qual é o meu maior medo?
— Qual? — perguntou o coro.
— Morrer sem ter comigo ninguém.
Os três concordaram que meus temores eram de fato plenamente compreensíveis:
— Morrer sem ter comido ninguém é a pior das desgraças...

Porra de gente reducionista! Eu estava querendo falar sobre a morte solitária. Mas nem me preocupei em explicar o equívoco aos sem-cotonete. Corri até a madeira mais próxima e bati três vezes:

— Cruz-credo, ave Maria!

Eu não tinha sequer coragem de pensar numa barbaridade daquelas:

— Isola, negada! Se Deus quiser, desencalho daqui a pouquinho.

— É isso aí, Johnny! — falou o Alex. — Vamos pra faculdade!
— Comer todas as menininhas! — esclareceu Dom Marcos.
— Liberou geral! — previu o PP.
— Viva a fudelança! — concluímos todos juntos.
— E a gente não vai agitar nada pro aniversário do João? — perguntou o Alex, em tom de sugestão.
— Esquenta com isso não, galera — falei.

Eles bem sabiam que eu não era muito chegado a comemorações do gênero. Nunca aprontava festa ou coisa parecida. Até evitava fazer publicidade. Compreensível. Datas de nascimento e festas de fim-de-ano costumavam ser os dias prediletos de confusões na minha casa. Precisão suíça. Previsibilidade total. Natal: brigalhada. Aniversário: idem. Com o tempo, fiquei calejado. Tentava esquecer que meu aniversário estava chegando. Celebração, nem pensar. Mas o Alex insistiu:

— Vamos combinar um lance pro aniversário do Joãozinho.
— Não 'tou a fim de festa, negada — confessei.
— Vamos fazer alguma coisa, de todo modo — falou o Marquinho, dando decisão. — Só nós. A gente apronta uma zona, e aproveita pra celebrar nosso último ano no colégio.
— A gente vai chamar o Tavico? — perguntou o PP.
— Claro — disse o Marquinho, sem nenhuma dúvida.
— E ele vem? — questionou o Alex.

Eu gostaria de ter respondido que aquela era uma pergunta idiota. Não tive como. O Tavico, de fato, andava muito estranho. Assim pensei. Mas logo balancei para longe da cabeça aqueles pensamentos sombrios. O cara estava apenas passando por uma fase complicada. Ele sempre seria nosso amigo. Houvesse reunião formal da gang no meu aniversário, obviamente o Tavico estaria conosco. Onze de maio de mil novecentos e oitenta e um. Encontro marcado.

6

Já estava ficando tarde. Saímos dali. Muitos passos ladeira abaixo, chegamos enfim à festa. Ao entrarmos, vi aquele monte de gente da turma do Cláudio. Busquei com os olhos. Achei. Lá estava a Carla, acompanhada pelo Cadú. Não me surpreendi. Tampouco fiquei abalado. Coisas da vida.

— Oi, galera!

Devia haver umas vinte e tantas pessoas na reunião. Não era um evento grande. Procurei me afastar do pessoal que estava falando de vestibular, faculdade e outras paradas desagradáveis. Também não quis ficar com o grupo da Aninha, que me cumprimentou em temperatura próxima ao zero absoluto. Sem passar recibo, retribuí sorrindo. E fui me juntar aos bons.

Papos sobre política e futebol. Apesar de absolutamente certa a vitória do Brasil na próxima Copa, eu acreditava que a consciência política da população falaria mais alto. Já não havia clima para repetir a armação canarinho dos 90 milhões em ação. As oposições estavam com tudo para emplacar os governadores dos principais estados nas eleições de 1982. Cláudio e André se mostravam mais cépticos. Achavam que o regime continuaria a fraudar as eleições. Os milicos aproveitariam a euforia do povão com o tetra pra rolar aquela cascata de sempre sobre abertura controlada. Cada um levantou seus mais variados argumentos:

— Vocês têm de considerar a autoridade moral e o carisma político do pessoal que voltou do exílio — apontei.

— Os generais não vão largar o osso tão fácil— ponderou o Cláudio. — Esse escroto do Medeiros 'tá se preparando pra substituir o Figueiredo. E o Venturini fica ali na cola, pra ver se sobra alguma coisa.

— Esses gorilas, se preciso, dão outro golpe — preveniu o André.

A maioria concordava que as oposições só tinham alguma chance na região Sudeste. No resto do país, continuaria a imperar o mais vergonhoso dos cabrestos. Só ia dar PDS.

Achei que isso era uma verdade apenas temporária. A mudança viria de qualquer jeito, atropelando todos os obstáculos. Ficamos debatendo. Não chegamos a conclusão alguma. Só concordamos em um ponto: o Brasil ganharia a Copa. Até o Alex reconheceu que nosso time era invencível.

Por volta de uma da manhã, o pessoal mais bundão se mandou. Sobraram poucas pessoas. O clima melhorou. Demos uma descontraída. Resolvemos brincar de mímica. Nos dividimos em dois grupos. Começamos com nomes de filmes. Fácil demais. Resolvemos dificultar. Abriu-se a possibilidade de ser inventada qualquer frase maluca. Divertido. Marquinho de um lado, Alex de outro. O baiano safado mandava o representante dos inimigos dar um jeito de explicar em gestos à sua equipe:

— No azul do céu de metileno, a lua irônica diurética é uma gravura na sala de jantar.

Em retaliação, o italiano enfurecido comandava à vítima opositora:

— O Imperativo Categórico tem o valor de um princípio apoditicamente prático.

Deu o maior empate. Incapacidade total de expressar em gestos aquelas maluquices. O tempo era curto, as frases começaram a se alongar demais. Decidimos desempatar a brincadeira com adivinhas sobre nomes. Espécie de decisão por pênaltis. Cada um teve de inventar uma derivação do seu próprio nome. Começou então a disputa. Designamos a Silvinha como intérprete. Ela gostava de teatro, tinha jeito para essas coisas de mímica. O grupo oposto lhe deu uma lista com seus nomes secretos. Dois minutos para interpretar cada um.

Não foi muito difícil. Faltou imaginação à galera. Liquidamos a fatura rapidinho. A única dificuldade esteve com o nome secreto do PP. Só mesmo o grandão para me sair com uma idéia tão comédia. Cheguei a achar que nosso grupo ia comer aquela mosca. Porém o Marcelo acabou matando a charada:

— É Paulo é Pedro é o Fim do Caminho!

Às vezes, vale ter um nacionalista por perto. Seis pontos para nós. Zero para eles. Gostinho de vitória na boca. Chegou a vez de darmos as cartas. Os de-lá nos mandaram a Carlinha como intérprete. Entregamos a ela nossa lista. Tadinha. Abriu enormes seus olhos caramelo. Me derreti de pena. Ela nunca conseguiria explicar aqueles nomes cabeludérrimos. Mas a danada até que se virou direitinho. A turma opositora tinha seus adivinhos da pesada, que foram desvendando, um a um, os segredos da nossa lista. Seis a cinco. Chegou a parecer que persistiria o empate. Felizmente, a Carla empacou no meu nome secreto. Deu bloqueio. Não houve jeito dela acertar uma mímica. Tentava explicar, começava a rir. Parava de rir, ficava aflita. E tentava outra vez explicar, mas voltava a rir. Soou o gongo. Vitória nossa. Éramos infinitamente mais bonitos, inteligentes e gostosos. Celebrações. Vivas. Vaias. A inveja é uma merda!

— Que porra de nome é esse? — reclamou o Cadú.

Expliquei que se tratava do nome do protagonista de uma história de ninar que minha avó costumava contar. Havia toda uma coleção: *a Joaninha; o Pequeno Rei; o Cavalo Ruço Pampa*... Muitos e muitos anos atrás, dona Catarina, a benta, costumava desfiar seus contos fantásticos enquanto me punha para dormir. Com sua voz doce, ela acariciava minha imaginação, conduzindo-me toda noite ao mundo mágico dos sonhos. Eu conhecia suas histórias de cor, e não admitia mudanças. Tudo devia ser contado exatamente como na vez anterior. Aquelas histórias pareciam algo sombrias a princípio, mas terminavam sempre de modo reconfortante. A vitória do bem era invariavelmente celebrada com grande festa. Eu costumava perguntar se tinha muito guaraná e muita coca-cola nessas celebrações. Minha avó garantia que sim. Isso me deixava satisfeito. Muito guaraná e muita coca-cola! Festão de verdade.

— Então conta aí a história — pediu o Cláudio.

Não pude recusar esse pedido do nosso anfitrião. Voz à obra, desfiei por quinze eternos minutos a "Fantástica e Exemplar História de João Curutú do Pêlo em Pé". Mas eu devia saber que o pentelho do Marquinho iria vir com encheção:

— Porra, Johnny, que história mais conservadora!

— Conservadora é a vovózinha! — reagi. — História de criança é história de criança.

— História conservadora, sim senhor — insistiu o pústula. — E pró-monarquia. Esse negócio de achar graça em rei e princesa é coisa de viado.

Mandei o baiano boiola ir tomar no meio do seu cuzinho. Era evidente que um sujeito desmamado à base de rapadura não gostaria nunca de histórias infantis com reis e princesas:
— Lá na tua terra só sabem contar sobre o sinhô e a sinhazinha.
— Reaça, conservador, monarquista!
— Provinciano!
— Traidor do povo! Renegado! Matou o rebelde humilhado pelo poder tirânico de um monarca absolutista!
Desisti de discutir. Quando o poeta queria agarrar no meu pé, não tinha jeito, era pior que carrapicho em morrote de capim. O resto do pessoal, contudo, apreciou a história. A Carla garantiu-me que gostou muito. Chegou a pedir que lhe contasse as outras histórias da minha avó. Fiquei todo feliz. Foi o primeiro elogio que ela me fez. O primeiro sorriso. Por artes, mágicas e feitiços. Estava quebrado o encanto.
— Gol do Mengão!

7

Depois dessa noite na casa do Cláudio, a Carlinha ganhou simpatia por mim. Passamos a bater uns papos na escola, trocar acenos, sorrisos e tal. O Cadú nunca criou problema. Fiz também minha parte. Não fui inconveniente nem nada. O cara era gente boa. Me limitei a ficar na espera. Algo me dava a certeza de que, cedo ou tarde, a Carlinha acabaria solta novamente.

— E dessa vez não vai ter pra mais ninguém!

Fui ganhando a confiança dela. Aí pelo comecinho de junho, trabalhamos juntos na feira beneficente do colégio. Evento gigante. Todo ano, aquela enormidade. Milhares de barraquinhas eram montadas na área de recreação. Comidas, bebidas, bugigangas — se vendia todo tipo de coisas. Troço feito para rivalizar com a Feira da Providência. Havia até rifas sendo sorteadas. O dinheiro arrecadado se destinava às obras de caridade dos padres.

Sempre gostei de ir a essas feiras. Eu comia muito: milho em espiga, canjica, caldo verde, cocada, churrasquinho, pé-de-moleque, paçoca, amendoim frito, cachorro-quente, vatapá, pastelzinho, quindim, brigadeiro, maçã-do-amor. E ainda podia fazer pescaria, atirar argolas, lançar dardos e participar de corridas de saco. Grande celebração.

Quando a Carlinha perguntou quem se dispunha a trabalhar na barraca que a mãe dela estava organizando, logo me candidatei.

— Não acredito! — reclamou o Alex. — Que roubada!

— Caso de internação! — complementou Dom Marcos. — Daqui a pouco o Johnny vai começar a freqüentar encontros de jovens.

Tentei explicar aos mongóis que tudo era válido na guerra:

— Eu sou amor da cabeça aos pés!

— Você 'tá é pensando com os pés — sofismou o Alex.

A decadência da filosofia. Muito intelecto, pouca inspiração:

— Eu tenho de dar um jeito de ganhar essa menina — esclareci.

Inútil. Para meio entendedor não há palavra que baste. O Alex sabia ser pentelho. Demasiada convivência com o poeta. Saco. Lá veio o sermão:
— Ninguém chega a lugar nenhum abrindo mão da sua dignidade.
Argumento mais bocó! Eu preferia mil vezes abrir mão da minha dignidade a ficar eternamente com a dignidade na mão:
— Minha estratégia agora é puxar o saco da futura sogra.
— Larga de ser otário, Johnny — falou o Marquinho. — Sogra foi feita pra detestar a gente. Se a mãe da Carla começar a gostar de você, quem vai te detestar é a filha.
— Quem não arrisca, não mordisca — sentenciei, finalizando o papo.
O dia da feira foi maneiro. Maior trabalheira. Nem conversei muito com a Carla. Só falávamos de assuntos práticos: vamos botar isso aqui, aquilo lá; melhor esquentar tal coisa agora; segura aqui o caixa que eu vou atender aquelas pessoas do outro lado.
Comi tanto pão de queijo que quase levo a barraca à falência. Me entupi de lingüicinha frita também. Eu esperava o mulherio dar uma bobeira, abria um pãozinho quentinho, punha um pedacinho de lingüiça bem queimadinho lá dentro, e me deliciava.
— Ê troço bão, sô!
Quando meu estômago começou a entupir, pedi licencinha:
— Avalon chama!
Fui buscar o resto do quarteto. Detonei com eles um digestivo, queimei as gordurinhas, eliminei os excessos, fiz uma recessão nas calorias, apertei o cinto e criei espaço para crescer:
— O Delfim tinha razão!
De volta à barraca, estava novinho em folha. Completamente racionalizado por ganhos de produtividade. Pronto para mais um ciclo de expansão do consumo. Cuidei também do investimento. Sim senhor. Três tijolos para dentro da mochila sorrateira:
— Os pobres que se fodam! Vou garantir minha goiabada cascão!
Ao pessoal pouco familiarizado com a racionalidade cristalina da teoria econômica, tive de rolar uma cascata.
— Pensa que eu não 'tou vendo? — reclamou a Carla.
— Vendo o quê?
— Não se faz de desentendido, João. Você 'tá comendo toda a comida da barraca. Parece um cachorro faminto.

— Não exagera, vai. Não comi mais que dois ou três pãezinhos. Juro por Deus. Passando o dia inteiro aqui, eu tenho que me alimentar com algo, senão acabo desmaiando. O êxito do capitalismo-fordista é baseado justamente no respeito ao operário. Será que você nunca ouviu falar no conceito do trabalhador-consumidor?

A Carla não levava jeito para debater economia. Muito ingênua.

— Você precisa se controlar, João! Se você comer a comida toda, nós vamos acabar chegando em último lugar na arrecadação geral. Um vexame.

— Larga de se preocupar com isso, Carlinha. Escuta a voz de quem já esteve em muitas feiras. O importante é participar. A barraca de maior arrecadação todo mundo já sabe qual vai ser.

— ??????

Tadinha. Tive de explicar a ela o real funcionamento das engrenagens do sistema:

— Enquanto a gente fica aqui vendendo barriguinha de freira, a galera do Country dá um baile leiloando muamba. Inútil competir. Se eu quisesse ficar nas cabeças, ia lá com o Tavico posar de gostoso.

— Como é que você pode ser amigo desse menino, João? Vocês dois não têm nada a ver. Tudo nele é falso.

— Ah, Carlinha, você não conhece o Tavico direito. Ele 'tá só passando por uma fase ruim. Trauma com a família. Desde que a mãe casou com um milico, a barra anda pesada pro lado dele.

— Explica, mas não justifica. Outras pessoas também têm seus problemas, e não se portam da mesma maneira.

— O Tavico 'tá cansado de ser merda-pobre. Quer subir na vida, quer se livrar desse karma. Compreensível, vai! Daqui a pouco ele se dá conta de que as coisas não são tão simples assim. E aí se reencontra. Pode confiar no que eu digo. Ele é um cara muito especial.

— Acho que você se recusa a ver as coisas como elas são. Eu conheço o Luis Otávio há pouco tempo, mas não sou a única a ter essa opinião dele.

— Eu sei disso. Um monte de gente pensa como você. Mas eu conheço o Tavico melhor do que ninguém. Atrás daquela pose toda, existe um cara superespecial. Ele é meu amigo do peito, meu irmão. Me ligou no dia em que o John Lennon morreu.

Apesar da aparente firmeza de minhas palavras, fiquei bastante impressionado com a opinião da Carla. Que o Cabana ou a Fiorella pensassem assim, eu podia compreender. Eram pessoas muito diferentes do Tavico. Perto delas, ele sempre pisava na bola, nunca sabia direito como reagir. Mas a Carla! Ela era apenas uma menina do colégio. Alguém normal, sem muitas esquisitices. Filha da classe média alta. Gente conservadora, terreno conhecido. O Tavico se portava direitinho com ela. Vinha sempre com aquele seu jeito de galã enturmado, tudo-pelo-social. Tentava ser simpático, agradar. E tinha lá seu charme. Ainda assim, a mineirinha sacou o problema. Captou de imediato a profunda crise de identidade do Tavico. Eu andava muito incomodado com isso. Era cada vez mais difícil reconhecer meu antigo parceiro sob o manto de seus medos. E, no entanto, eu ainda resistia em aceitar as críticas que outras pessoas faziam a seu respeito. Mais que meu amigo, ele era alguém profundamente ligado a mim. Meu irmão de sangue em suas origens, dilemas e angústias. Nenhum de meus amigos tinha uma vida tão desesperadamente parecida com a minha quanto ele. Até onde eu podia ver, o Tavico era eu.

Problemas com a família todo mundo tem um pouco. Mas, em alguns casos, esses problemas tomam tamanha dimensão que acabam se tornando o centro da existência, onde tudo nasce, e onde tudo se desagrega. Dos meus amigos, o Tavico era o único a entender realmente como eu me sentia com respeito ao caos da minha casa. O Marquinho às vezes intuía algo, mas nunca conseguia de verdade captar a essência das minhas angústias. Preferia levar o assunto na piada, e dar corda às minhas tiradas mordazes sobre o lar-manicômio do casal Adams. Porém quando as nuvens negras se abatiam sobre mim, e quando aquele bode imenso afastava qualquer possibilidade de achar graça nas minhas desgraças, então só mesmo o Tavico podia me entender. Não que a gente falasse muito sobre essas coisas. Mas ele logo captava meu estado de espírito. O cara sabia exatamente o que significava fazer parte de uma família onde nada funcionava. A despeito do que possam alegar os mais insignes sábios da Rússia, todas as famílias infelizes se parecem.

8

Monday, monday[13]. Dia ingrato. Eu tinha passado quase toda a noite em claro. Acordei por volta de duas da manhã, com o estrondo da cristaleira vindo abaixo. Desse momento de sobressalto até vir o raiar do sol, estive mecanicamente apartando mais uma briga dos meus pais, ouvindo mais um tiroteio medonho de queixas mútuas, presenciando as preliminares de mais uma "separação definitiva" (já era a quinta, num espaço de três anos!). Às seis da manhã, pedi penico, fui tomar banho, vesti os jeans, a camisa do uniforme, calcei os tênis, e me mandei para o colégio.

Cheguei à sala de aulas com a auto-estima varando o subsolo. Evitei falar com quem quer que fosse, mais por vergonha de mim mesmo que por mau humor. Eu costumava agradecer a Deus a sorte de ter um colégio onde podia escapar ao caos da minha casa, porém, na imediata seqüência dos grandes escândalos familiares, sentia um constrangimento tão avassalador, que me era penoso dar as caras em qualquer ambiente onde fosse conhecido. Me assolava a certeza, tão poderosa quanto irracional, de que qualquer pessoa que se acercasse de mim poderia ler em meus olhos ou escutar nas variações de minha voz os acontecimentos da noite anterior. Minha secreta vontade era fugir para algum lugar distante, onde ninguém nunca tivesse ouvido falar de mim ou de minha antifamília. Somente assim eu poderia um dia ser livre.

E, no entanto, o colégio era tudo o que me restava. Eu não tinha outra opção. Mais uma vez, me vi forçado a enfrentar uma longa manhã de dissimulações. Cheguei com o olhar baixo, fui sentar-me na última fileira de bancos, e fiquei ali, quieto, tentando prestar atenção às aulas. Eu precisava fixar a mente em algo abstrato, do contrário voltaria a pensar na apoteose de demências da noite

---

13. "Segunda-feira, segunda-feira", da canção do grupo The Mamas & The Papas.

anterior. Mergulhei de cabeça nos mistérios da cinemática, vibrei com os prodígios da fotossíntese e participei intensamente dos debates sobre a instabilidade dos elétrons. Durante o recreio, fiquei assistindo a um jogo pelo campeonato do primeiro ano. Nenhum grande talento em vista, mas ainda assim um bonito espetáculo. Meus olhos corriam junto com a bola, e a cada jogada meu coração deixava para trás um pouco de seu peso.

Voltei para a aula de História, na qual evitei manifestar-me. Tudo que eu podia pensar sobre o Segundo Império era que Dom Pedro II não passava de um pateta, que nunca havia enfrentado de peito aberto o problema da escravidão. Por minha cabeça exaltada corriam os mais diversos insultos. Tive de me conter para não gritar quando o professor o chamou de rei-filósofo:

— Neto de Marco Aurélio!

Eu estava possivelmente sendo injusto com o infeliz monarca, porém naquele final de manhã sua serena figura paternal me repugnava. Felizmente a aula seguinte, de Geometria Analítica, logrou restituir minha paz de espírito. Nunca amei tanto a Matemática.

Findas as atividades letivas do dia, parti de imediato. Chovia. Lamentei não poder ir à praia, respirar livremente. Obrigado a permanecer entre as quatro paredes opressivas de minha casa, tranquei-me no quarto, e passei a tarde a tocar escalas, estudar progressões de acordes e improvisar jam-sessions com meus discos preferidos de *blues*. Que outro estilo de música poderia traduzir meu estado de espírito?

— *Born under a bad sign / I've been down since I began to crawl.*[14]

Assim permaneci até o final da tarde. Com os dedos já exaustos, tentei ler algo. Inútil. Todos os livros do mundo me pareciam aborrecidos e irrelevantes. Fui até o quarto de minha avó. Ela perguntou como havia sido meu dia:

— Sem novidades.

— E você já comprou seus discos?

Meu Deus! Havia esquecido por completo. Devia estar muito perturbado. Antes que eu saísse de casa naquela manhã, minha avó havia se acercado de mim, ainda vestida no seu penhoar, e

---

14. "Nasci sob um signo nefasto / Tenho estado por baixo desde que comecei a engatinhar", do *blues* de Albert King *Born under a bad sign*.

me entregara um pedaço de papel. Ao examiná-lo, quase caí duro. Era um vale para retirar quaisquer dois discos importados na Modern Sound. Meu presente de aniversário. Ela sabia como fazer as coisas.

Meti a mão no bolso direito, e lá estava ele ainda, meu presente-surpresa. Apesar do vexame do esquecimento, a lembrança animou-me. No dia seguinte, ao menos, poderia lavar a alma.

Após uma breve conversa com minha avó, voltei para o meu quarto. Apaguei as luzes, coloquei os head-phones, e fiquei escutando *Fleetwood Mac* em sua primeira encarnação, sob o comando mercurial de Peter Green. Genialidade e loucura. Estariam sempre juntas? Possivelmente não. Meus pais viviam baixo o império da loucura pueril e maçante, a loucura sem arte, a loucura que nada cria. Poderia eu me livrar dessa sina?

Retirei os fones. Até a música agora me perturbava. Eu precisava sair e respirar novos ares. A chuva havia passado. Troquei de roupa, dirigi-me à porta da frente:

— Não vou jantar — avisei, ao cruzar a sala.

Apenas minha avó quis saber aonde eu ia. Respondi francamente:

— Não sei ainda. Preciso andar um pouco.

Justo quando retomava meu caminho em direção à porta, soou a campainha. Eu mesmo tratei de ver quem poderia estar aparecendo em hora tão improvável. Fiz mal em não conferir através do olho mágico. Ao abrir a porta, fui surpreendido por uma enxurrada de confetti e serpentina, temperada pelo zoar de apitos, cornetas e línguas de sogra.

— Pensou que a gente fosse esquecer, né? — adiantou-se o poeta.

Lá estavam eles, os membros diletos da Grande Família, a verdadeira. Adoráveis palhaços. Deixei-me seqüestrar. A noite era uma criança. E seria toda nossa.

9

Corremos a zona sul de cima a baixo em busca de um restaurante decente e barato. Não tivemos êxito, mas nem nos importarmos com isso. O Alex havia trazido umas garrafas de Bordeaux e Dom Marcos o pão do espírito. Deixamos o tempo passar, enquanto cruzávamos o umbigo do mundo no carro dos pais do PP, ouvindo *Good Vibrations*. Terminamos a noite no Gordon do Baixo Leblon, entupidos de vinho e fumaça. Entre *milk-shakes* e crepes, cantamos, brincamos, contamos velhas histórias. A noite teria sido perfeita, não fora pela ausência da quinta ponta de nossa estrela:

— O Tavico avisou que vai se encontrar com a gente mais tarde — explicou o PP. — Teve alguma confusão braba lá na casa dele.

Ligamos um par de vezes, enquanto corríamos a cidade. Uma vez estacionados na casa do canguru laranja, ligamos novamente, dando conta de nosso paradeiro. Esperamos, esperamos, e nada. Lá pelas tantas, a animação correndo solta, votamos por unanimidade emitir um derradeiro penultimato telefônico. O filósofo, nosso mensageiro da vez, retornou do orelhão com uma careta desoladora. Dona Lídia havia, de forma irremediável, batido o telefone antipático na sua cara de lasanha:

— Não, o Luís Otávio não vai sair. E isso já não são horas de ligar!

Senhora pisada no tomate. Bola fora. Colossal erro de cálculo. Era tudo culpa do poeta.

— Culpa minha por quê?
— Porque hoje é segunda-feira.
— Nada disso. Já passou da meia-noite.
— Então a culpa é do PP.

Confete no culpado. Que estoicamente se pôs de pé para cumprir sua penitência. E o fez de modo impecável. Ninguém imitava o Sidney Magall tão bem quanto o Pedro. Ele cantou, dançou, sacudiu as melenas e espalhou seu charme cigano por todos os cantos do recinto. A moça que trabalhava na caixa registradora se derreteu toda. Sentiu-se a própria Sandra Rosa Madalena.

10

Ao começar o terceiro científico, eu já me havia esquecido da existência da Fiorella. Contribuiu para isso o fato dela ter começado a namorar um cara de outra turma, chamado Rodolfo. Não sei bem quando a história começou. Tudo aconteceu sem estardalhaço ou boletins de divulgação. A Fiorella nunca foi do tipo que andava de mãozinha dada, trocando afagos em público. Fiquei sabendo da coisa quase que por acaso. Foi o Cláudio quem me contou. Sem nenhuma intenção de espalhar rumores. Ele apenas me perguntou, na maior inocência:

— Você acha que a Fiorella vai continuar na militância, agora que se amancebou?

Eu não fazia a menor idéia do que ele estava falando. Tive de pedir maiores explicações. Assim soube.

— Quer dizer que a Florzinha resolveu baixar o faixo? Ora veja!

Passados alguns meses, o namoro seguia firme. Já no começo de junho, durante uma aula de Trigonometria, perguntei ao Alex se ele entendia como um sujeito tão apagado feito o Rodolfo podia ter conseguido domar o comportamento senoidal de nossa antiga musa. Ele não era poeta, nem ativista, filósofo, músico, ator ou artista. Não se destacava em nenhuma dessas coisas das quais a Fiorella dizia gostar. Sequer por aproximação podia ser qualificado como um sujeito cabeça. Além disso, tampouco se encaixava na definição de surfista, rockeiro, malhador, lutador ou qualquer outro gênero acéfalo. O Rodolfo não era porra nenhuma. Tratava-se de um bolha. Um cara sem cara. Mas não era possível negar as evidências. Ele tinha conquistado a Fiorella. Difícil de entender.

Mão no queixo, cenho franzido, cotovelo no joelho, o filósofo pensou com profundidade inaudita sobre aquela minha intrigante

pergunta. À toa. Também ele foi incapaz de encontrar resposta satisfatória:
— Boiei, João — capitulou o homem do intelecto. — Não tenho a mais vaga. Fiorella e Rodolfo: coisa totalmente sem sentido.
— Lógica lusa.

11

No terceiro científico, como ia dizendo, por conta da preparação para o vestibular, novamente os padres haviam decidido embolar as turmas. Por mera casualidade, o Tavico caiu de pára-quedas na mesma turma que eu e Alex. Foi então que começamos a nos dar conta de que algo estava profundamente errado com ele. Ao invés de vir sentar-se conosco na tranqüilidade das últimas filas, ele preferiu se isolar lá na frente, debaixo dos culhões dos professores. Veio dizendo que vestibular era papo sério. Não estava mais na hora de brincadeiras:

— Melhor vocês não contarem comigo pra esse lance idiota de passar tudo quanto é aula jogando conversa fora com a negada do ôba-ôba.

Eu, hein! Coisa mais esquisita de se falar para dois amigos de velhos tempos. Como se um sujeito inteligente feito ele precisasse vestir fantasia de CDF.

— Você acha que essa crise é passageira, João?
— Espero que sim. Ele deve ter comido algo estragado.
— Tipo o quê?
— Leite com manga. Quando não mata, embota o intelecto. Pode confiar. Sabedoria tropical.

Naquela manhã em que eu e Alex estávamos sondando os mistérios pitagóricos subjacentes ao enquadramento da Fiorella, ingenuamente supusemos que os problemas digestivos de nosso companheiro já devessem estar superados. Decidimos fazer uma triangulação. Adiante seguiu o bilhete:

Fundão da sala, 2 de junho de 1981.

Tavico,
Rogamos o obséquio de suas experimentadas luzes. Como você explicaria o fato da musa anarco-lusa Fiorella das Flores haver de-

cidido assegurar, em si e para si, estabilidade no emprego bostoso de namorada (firme!) de um bunda (mole!) feito o Rodolfo?
Ass: Alex e João.

Levada por dezoito mãos até seu destinatário, nossa súplica oracular retornou sem nenhuma resposta. Catzo! Será que o cara estava passando mal? Haveria ele sido apanhado em cheio, ali no meio das fuças, por resfriado, gripe, pneumonia, tuberculose fatal? Estaria nosso amigo constipado mentalmente? Dúvida terrível. Tornamos a insistir:

> Seu bosta,
> Larga de bancar o viadinho-CDF e diz logo de uma vez qual a sua opinião sobre esse lance da Fiorella, porra!
> Ass: Pensadores do Pró-Fundo.

Dessa vez, o Tavico entendeu que se tratava de pergunta séria. Com os garranchos de sempre, colocou sobre o pergaminho sua opinião:

> É porque o Rodolfo tem dinheiro, e vocês não.

Eu e Alex nos entreolhamos, sem precisarmos dizer nada. A Fiorella devia mesmo ter as suas razões para viver criticando o Tavico. Como podia alguém escrever uma coisa assim tão sem sentido? A tal história de nós muitas vezes ficarmos para trás por conta de nossa condição subumana de heróis da classe merda-pobre até que podia ser verdadeira. Mas não se aplicava a qualquer evento relacionado com a portuguesa. De modo algum. Pelo menos essa qualidade ela tinha.

12

Na hora do recreio, eu e Alex levamos aos demais membros do quarteto fantástico o bilhetinho azul contendo a famigerada resposta de nosso irreconhecível companheiro. Perguntamos a eles o que achavam daquilo. A reação do coletivo foi semelhante à nossa. O poeta chegou a defender a Fiorella, lá da sua maneira:

— O Tavico não entendeu nada. Uma natureba colecionadora de discos da Mercedes Sosa não se regenera assim tão fácil.

Porém o que ele tinha a dizer parou por aí. Mesmo sua fabulosa imaginação era incapaz de sondar os mistérios eleusinos que levavam nossa musa nietzscheana a se meter naquele relacionamento estável e careta. Veio então o infalível PP, com mais uma de suas teorias surpreendentes. Tivemos de reconhecer que sua hipótese era bem mais sensata que a do Tavico.

— Vai ver que esse Rodolfo tem o pau grande.

Concordamos todos. Era bem possível que o cara estivesse de ato e de fato comendo a Fiorella.

— Vocês não deram conta da portuga — azucrinou o Marquinho,— ela foi buscar um macho decente em outra turma.

— Não enche, porra! — retruquei.

Mas o carne-de-pescoço era insistente:

— Que vexame, galera! Reprovados os dois em tamanho e técnica.

Confesso que fiquei puto. Pela milésima vez, expliquei ao pentelho que eu nunca tinha comido a Fiorella. À toa. Lá veio ele cantando:

— *São tantas coisinhas miúdas...*

Sujeitinho encravado. O Alex deu-lhe um chega-pra-lá. Da cúspide de sua sabedoria velhomundana, argumentou:

— Se eu nunca transei com a Fiorella, ela não tem como comparar meu desempenho com o do Rodolfo.

Raciocínio impecável. Mas o poeta insistiu em delirar. Continuou falando bobagem. Disse que a gente não devia se sentir diminuído:

— Esse lance de pau pequeno é muito relativo, galera. Na certa, a Fiorella deve ter um bucetão tão grande que se alguém chegar ali perto e gritar "alô!" vai-se ouvir o eco em Niterói!

Depois de abrir os braços e mostrar o tamanhão da coisa, o debochado se empolgou com a pantomima, e fez como se aquela cavernona tivesse um paredão na entrada; apoiando-se na ponta dos dedos, começou a botar a parte de cima do rosto para espiar lá dentro, perguntou se alguém tinha uma lanterna disponível, pulou o muro, se aventurou em explorador Indiana Jones, afastou as teias de aranha, chutou os ninhos de cobra, se protegeu dos morcegos, e ainda garantiu, para quem quisesse acreditar, que em meio aos muitos desenhos xamânicos, ligados a ritos de iniciação da puberdade, tinha visto numa das paredes do local a marca A.S., ali gravada pelo pioneiro descabaçador Arne Sacanussen, indicando o caminho seguro e infalível para se chegar sem erro e demora diretinho ao ponto G do centro da Terra.

Tentei ficar irado com aquele monte de grosserias. Mas o bufão do Marquinho fez a palhaçada de um jeito tão ignóbil, que não me restou outra opção senão cair no riso. Ele tinha mesmo esse dom indomável de criar domicílio na zona da esculhambação.

13

Mudando de assunto, voltei a perguntar o que achavam do jeitão esquisito do Tavico. O cara tinha pisado na bola no meu aniversário, sumido geral da boa convivência e agora ainda teimava em se comportar em sala de aula feito o CDF bundão com quem eu tinha estudado no primário. Muito preocupante aquela súbita regressão. E também constrangedora. De tão ostensiva, chegava a dar razão à turma do contra.

— Cada vez mais numerosa, por sinal.

O Marquinho disse para eu não me preocupar. Nosso antigo líder continuava a ser um cara legalzaço. Quem falava mal dele não sabia de nada. O puto do viadinho estava apenas um pouco assustado com o vestibular. Lance até compreensível, diante da pressão da família.

— Depois do exame, vai tudo passar.

Ninguém se convenceu. Puxando a conversa de volta à zona do agrião, o PP disse que achava muito estranho nosso amigo pródigo andar o tempo todo na cola de umas barangas que nem ele seria capaz de encarar.

— Verdade — confirmou o Alex. — O Tavico agora só quer sair com a Marta e aquelas mocréias amigas dela.

— E ainda fica todo deslumbrado porque elas têm casa em Angra e em Búzios, com lancha e o esquimbau — retomou o PP.

Diante do motim, Dom Marcos contra-argumentou que todo mundo tinha direito a uma ou outra amizade de merda:

— O Johnny, por exemplo, vive pra cima e pra baixo com um descerebrado feito o Cabana.

— Não fode, Marquinho! Que merda! — retruquei, evitando que a conversa caísse na baixaria.

A acusação era injusta. Logo depois que decidi cortar de vez com a Viviane, o Cabana havia caído nas garras do serviço militar. Puseram abaixo a juba do surfistão, e o lançaram numa espetacular trip depressiva. Ele havia desaparecido das ruas de Copa, sem deixar traço de seu paradeiro. Nós já não nos víamos fazia uns bons sete meses.

— E, além disso, o Cabana nunca teve nada de mongol. Pro seu governo, ele foi a primeira pessoa a me chamar a atenção pras tendências manés do Tavico.

Muito embora gostasse de reclamar dessa minha vida paralela, o poeta sempre tinha sabido tirar proveito de meus contatos mais imediatos com o mundo do surfe. Fiz questão de jogar na cara:

— Você me sacaneia, né, seu puto, mas sempre se amarrou em vir à praia comigo, só pra chegar junto das amiguinhas da Viviane.

— Bons tempos, John Boy!

— John Boy é a puta que o pariu!

Eu realmente odiava que me chamassem assim.

— Pra que tanta agressividade? — emendou o encravado. — O assunto aqui é sério. Precisamos voltar às raízes. Como é que vai a Simone, hein? Rostinho lindo...

Estávamos tergiversando. Tiros demasiados ao léu. O Alex interrompeu-nos. Dirigindo-se ao poeta, revelou:

— Você não pode ter idéia do choque que foi voltar a estudar na mesma turma que o Tavico.

A mais pura verdade. O cara tinha lista de presença na mesma sala que nós dois, mas era como se estivesse em outro lugar. Não dividia nada.

— O Tavico fica por aí bancando amigo de Marta e companhia. É o fim — sentenciou o PP, sem panos na manga. — Não há ilha em Angra que pague essa queimação de filme.

Dom Marcos considerou seriamente os argumentos proferidos. Por fim, emitiu sua opinião:

— Essa tal de Marta parece uma versão masculina do Hulk!

Risos. Gracinhas adicionais. Bruce Banner, o lindo Banner, no feio Hulk virou. Gozamos o quanto pudemos o monstro verde.

14

Mas logo ficamos sérios. O tema era mais digno de luto que de risos. Como bem explicou o filósofo:
— Ando preocupado com isso. O Tavico já não parece a mesma pessoa. É tudo muito estranho.
Dei força ao alerta:
— Acho que essa crise do Tavico vem dele ter voltado a viver com a mãe. Não bastasse a Dona Lídia ficar o dia inteiro pegando no pé dele, o cara agora ainda é forçado a agüentar uma porra de padrasto milico.
Os três mosqueteiros concordaram que minha teoria fazia sentido. Começamos então a trocar informações sobre pequenos incidentes ocorridos em recentes idas à nova casa do Tavico. Não restava dúvida de que o tal padrasto era um imbecil completo.
O Tavico sempre havia falado desse sujeito como se fosse um cara gente fina. Pelo que estávamos começando a ver, no entanto, o tal Cacá não passava de um troglodita. Segundo o PP, ele sequer se dignava a cumprimentar as pessoas que entravam na sua casa:
— Não sabe nem dizer "bom dia"!
Na seqüência, o Alex contou que viu o cara-de-cu passar um esporro monumental no Tavico:
— Só porque ele não fechou direito a porta do microondas.
Pior ainda foi a história do Marquinho. Ele e Tavico estavam um dia fuçando o escritório da casa, quando acabaram encontrando um enorme reservatório de revistas e filmes de sacanagem. Havia até um caralho de plástico no meio do kit-putaria. Na hora da descoberta, os dois tinham achado a maior graça:
— Mas logo depois, tudo me pareceu muito deprimente.
Eu não tinha nenhuma história para contar sobre o tal Cacá. Desde o fim de Abbey road, vinha evitando passar na casa do Tavico. Não carecia lembrar à Dona Lídia sobre minha existência:
— O Tavico 'tava muito mais feliz com a avó — afirmei.

Fui então apertado pelo ferrinho de dentista do Alex:
— Pode até ser. Mas essa opinião contradiz sua própria teoria de que foi ruim pro cara a mãe dele sair fora do Rio.
Pensei um pouco. Respondi que, mesmo tendo ficado abalado com o abandono, o Tavico já havia encontrado um novo equilíbrio na casa da avó. A volta da mãe rompia esse equilíbrio e trazia um segundo choque: passar a viver com um pai de araque, depois de quase dez anos sem alguém falando grosso dentro de casa.
Dom Marcos concordou comigo. A situação já seria difícil em um ambiente composto por pessoas normais. O fato de o tal Cacá ser um bosta fazia que a merda assumisse proporções escatológicas:
— Esse milicodrasto do Tavico é um Cacágalhão!
Mais um achado do poeta. Aquele-que-faz. Montamos rodinha de índio em volta da fogueira, e mandamos ver na dança extática:
— *Cacá-galhão / Cacá-galhão / Monte de merda / Farda marrom.*
A diversão não durou muito. Nenhum riso podia penetrar nossos espíritos. Estávamos abatidos. Uma sombra pairava sobre nós. Negra, ameaçadora. Como um presságio de morte.

15

Vinham chegando as férias de julho. Bateu aquela overdose de decisão. Estava na hora de eu e Tavico retomarmos nossas atividades musicais. Um semestre havia sido mais que suficiente para aplacar a sanha repressora da Dona Lídia. Era preciso buscar algum guitarrista que pudesse substituir o Fernando. E montar um grupo completo.

Com respeito ao baixo, não havia dúvidas. Ficaria a cargo do Tavico. Bastava comprar o instrumento ou transar um escambo. Eu me dispunha até a ceder alguns discos valiosos para completar a transação. Hora da verdade. Tavico McCartney na precisão de um Fender, controlando ritmo e harmonia. Eu continuaria no socialismo basista da minha britadeira de seis cordas, com o ponteio ocasional de um violãozinho subversivo.

Partir para a briga. De uma vez por todas. Garantir um quarteto que pudesse levar adiante nossas idéias musicais. Estava na nossa hora, eu podia sentir. Em poucos meses, o colégio iria acabar. Nós precisávamos sair do casulo. Arrumar um baterista não seria tão difícil. Todo baterista precisa de uma banda. Nós éramos uma banda. Com três dúzias de músicas já prontas.

Na verdade, sequer precisávamos de outro guitarrista. Podíamos perfeitamente começar com um som Plastic Ono Band. E sair por aí, devastando o mundo. Muito possivelmente o Fernando cairia em si quando começássemos a estourar. Sim. Ele acabaria entendendo que seu verdadeiro lugar era ali, com o rosto colado ao do Tavico, tocando solos esplêndidos e cantando harmonias por sobre meus delírios.

Assim eu pensava. Tudo se tornara claro, todas as minhas dúvidas se haviam dissipado. Decidi falar de imediato com o Tavico. Já estava cansado de fazer sugestões e tocar indiretamente no assunto. Aquelas seriam as férias em que lançaríamos nossa esquadra ao mar. Rumo à conquista de Tróia.

16

A bordei meu parceiro de armas à saída das aulas:
— Tavico, precisamos levar um papo.
— Passa lá em casa mais tarde — ele respondeu.
— Eu realmente prefiro que você me escute agora — insisti, segurando-o pelo braço. — A gente precisa tomar uma decisão.
— Sobre? — ele perguntou, gentilmente se desvencilhando.
— Nosso conjunto.

Seu rosto assumiu uma expressão irreverente. Com voz jocosa, ele exclamou:
— Ah, o tal sem nome! Acho que eu devia ter aceitado a sua sugestão, no final das contas. "Jardim Elétrico" até que era um nome apropriado. Jardim *de infância* elétrico, melhor dizendo.....

Logo vi que não seria fácil a conversa. Tentei explicar que estava falando sério. As coisas andavam esquisitas desde que o Fernando decidira enterrar seus solos debaixo da terra. Abbey road havia sido um momento legal, mas nós sabíamos que se tratava de um arranjo transitório. Fazia quase cinco meses que estávamos sem ensaiar! Não dava mais para continuar assim. Tínhamos de voltar a tocar, sem repetir os esquemas de antes. Era preciso olhar pra frente:

— Você sabe disso muito bem, Tavico. Nosso destino é montar uma banda que ponha o mundo abaixo.
— Você 'tá fumado?
— Eu 'tou falando sério, cara.
— Corta essa, João. Tocar é muito legal, mas tem mil outras coisas que eu também quero fazer.
— Que coisas?! Você passa nessa porra de vestibular de Economia sem precisar abrir um livro.
— Não se trata de vestibular. O buraco é mais em baixo. Não dá pra ficar de bobeira a vida inteira. A gente não é mais criança. Perdeu o sentido continuar a brincar de nós-somos-os-beatles-e-

copacabana-é-nossa-liverpool. Tocar é legal, sei disso. Mas agora eu 'tou a fim de dar um tempo. A resistência do Tavico àquela conversa estava sendo muito maior do que eu havia antecipado. Era difícil acreditar que ele estivesse dizendo tudo aquilo. Dele, eu já havia me acostumado a esperar todo tipo de manezada. Porém jamais cogitei que tais escorregadas o levassem a ponto de renegar sua verdadeira paixão:
— Você não pode estar falando sério, cara — declarei, enrijecendo a voz. — A gente não brinca de fazer música. A gente faz música. Quantos caras você acha que existem por aí com esse dom?
— Não romantiza, Joãozinho. Nós vivemos no Brasil. Rock'n'roll não leva ninguém a lugar nenhum.
— Não é romantismo, porra. A gente tem talento pra cacete, e isso é um fato. Não faço a mínima idéia se nós vamos chegar a algum lugar fazendo música. Não 'tou sequer falando que dá pra ganhar a vida fazendo música. Só quero dizer que não é possível ficar aqui parado, vendo a banda passar.
— Bom trocadilho...
Era como se eu estivesse tentando agarrar água. Ele se recusava a me levar a sério. O tempo todo, mantinha um sorriso mal disfarçado no canto da boca. Segui toureando o boi aruá:
— Não brinca com isso, Tavico. Eu 'tou falando sério. Talento que não é usado apodrece dentro da gente. Voltar a tocar é uma necessidade incontornável. Uma necessidade física. Eu e você precisamos da música como um *junky* precisa de heroína.
— Não enche o saco, João. Quem sabe do que eu preciso sou eu. E o que eu preciso agora é ir pra casa. Cansei de ficar aqui nesse papo de doidão.
Eu estava determinado. Não iria permitir que o Tavico se esquivasse da conversa. Já havia esperado tempo demais. Era hora de confrontar aquele trauma imbecil. Eu estava me dirigindo ao Tavico real. Pouco me importavam os medos do filho da Dona Lídia. Resolvi ir direto ao âmago da questão:
— Tavico, olha só. Eu entendo que te encheram o saco por causa da história de Abbey road ...
Ao pressentir o que estava por ser dito, ele sequer deixou que eu terminasse a frase. Interrompeu-me, aos gritos:
— Vai à merda, João! Você não sabe de nada! Não sabe da minha família, não sabe da minha vida, não sabe do que eu preciso, não sabe de porra nenhuma! Você não sabe nada de mim, e não sabe

nada de nada! Se toca, cara! Você não sabe nem como ganhar uma menina! Você fica aí feito um palhaço atrás da Carla, pagando o maior mico! Você não passa de uma criança medrosa, 'tá sabendo! Fica se refugiando nessa história de conjunto, de música, de parceria... Tem um mundo aí fora, rapá! Ninguém 'tá a fim de ouvir os seus *blues*. Larga de ser ridículo! *Bluuueees*! O que é que você sabe da vida pra tocar *blues*! Quantas vezes você já viu uma buceta?!
  Eu teria matado de porrada qualquer outra pessoa que ousasse falar assim comigo. Mas a reação do Tavico me tomou de surpresa. Fiquei estarrecido. O nojo em sua voz ao falar a palavra *blues*. Como se ela representasse meu pecado original. O pecado da minha ingenuidade. O pecado da minha inexperiência. O pecado da minha fragilidade. O pecado do meu medo. Naquele dia, pela primeira vez, pude ver em meu parceiro meu mais ameaçador inimigo. Ninguém como ele tinha essa capacidade de me atingir, de localizar minhas feridas mais escondidas.
  Fiquei sem palavras. Sentia uma enorme pressão esmagando-me a cabeça. Um aperto no estômago. Meu corpo todo queria tremer. Agüentei como pude. Eu não sabia se chorava de raiva ou se enfiava a mão na cara daquele monstro desconhecido. Apertei os dentes com tanta força que arrisquei rompê-los. Fez-se silêncio. Mais uma palavra, seria a minha vez de perder o controle.

17

Subitamente, o rosto do Tavico retomou uma expressão tranqüila. Quase divertida. Como se nada houvesse ocorrido. Chegou a sorrir.

— Ih, João, que cara! Ninguém morreu.

— Ninguém...

Foi a vez de ele dar seguimento à conversa:

— Olha só, papo sério. Não dá mesmo pra levar um som agora. Eu já 'tava até esquecendo de te dizer. Vendi a guitarra. Faz umas duas semanas. Vou comprar uma prancha nova. Zerinho. A Marta me convidou pra passar um tempo na casa da Luiza, em Búzios. Toda a primeira metade de julho. Maneiro, né? Vou passar o dia inteiro em Jeribá. Altas ondas, *brother*! E a Luiza tem ainda um *hobby-cat* supercampeão. Irado! Vou velejar direto! Pode confiar. Quando eu voltar dessas férias, não vai sobrar pra ninguém. Vou 'tá o maior fera!

Pesadelo sem fim. Tudo girava. Aquele sujeito na minha frente não podia ser quem parecia. Não, ele não passava de um impostor. Tavico McCartney era outra pessoa. Alguém completamente diferente.

— Você vendeu a guitarra? — perguntei, chocado.

Ele confirmou:

— Vendi sim, pra um neguinho da oitava série. Pelo dobro do que ela valia. O dô-bro! Me dei benzaço.

— E como é que você vai fazer sem uma guitarra?

— Vou fazer, fazendo. A guitarra 'tava mofando já fazia um tempão. Daqui a pouco compro outra. Uma Fender de verdade. Quem sabe!

Camisa-de-força nele. O cara não estava falando coisa com coisa. Ainda tentei argumentar:

— Mas o seu violão é uma bosta! Não dá pra tocar aquilo. Como é que você vai fazer? Pensa bem, Tavico. Você já não tem em casa o piano da sua avó. Vai ficar sem tocar nada? Você 'tá louco?

Pensei que minha franqueza fosse detonar uma nova disparada de insultos. Me enganei. O Tavico pareceu não se afetar. O acesso anterior havia levado embora todo seu estoque de raiva. Uma alegria psicótica continuou a dominar seu rosto de esfinge.

— Eu sei que o meu violão é ruim. Mas dá pra quebrar um galho. Depois das férias, penso em comprar alguma coisa melhor.

— Você quer dizer que vai tirar férias da guitarra?

— Outra vez essa história! Você sabe ser chato quando quer, hein! Não vou tirar férias de nada. Vou tirar férias, ponto. Fiz um bom negócio com a venda, ponto. Vou comprar agora a prancha que eu sempre quis comprar, ponto. Vou me divertir muito mais usando a prancha nova do que pensando na porra de uma guitarra escondida dentro do armário.

— E depois das férias?

— Vai vir a reta final do vestiba. Mas também não é o caso de enlouquecer por conta disso. Dá pra continuar a pegar umas ondas. Talvez até sobre espaço pra brincar com o violãozinho, sei lá. Você já se deu conta de que a gente nunca fez uma música sobre surfe? Vai pensando aí numa letra bem esperta...

Se eu tivesse de eleger a coisa mais idiota que ouvi o Tavico falar em toda sua vida, seria essa. Fazer uma música sobre surfe! Babaquice estarrecedora. Como se nós fôssemos dois bundões, dois compositores de musiquetas *bubble-gum*. Como se o único objetivo de compor fosse divertir meia dúzia de mongóis durante um luau:

— Ó só que maneira a nossa música, galera!

O mundo de cabeça pra baixo. Pesadelo. Suspendi a conversa. Disse que tinha de ficar até mais tarde no colégio para discutir a possibilidade de retomar as atividades do grêmio. Deixei o Tavico sumir da minha vista.

Antes de tomar a direção do inferno, ele ainda brincou:

— Se você continuar com essas bobagens de política, vai ficar sem tempo pro conjunto.

Dei as costas ao surtado. Se era isso mesmo que ele queria, então que fosse de volta para seu doce lar burguês. Ser doutrinado pela puta que o pariu e seu novo consorte!

Por sorte, as aulas estavam terminando dentro de uma semana. Evitei cruzar com o Tavico durante os dias restantes. Não troquei sequer uma palavra com ele até o começo de agosto. A princípio, pensei que bastaria não pensar no incidente para apagá-lo da minha memória. Não pude. Quanto mais o tempo passava, mais revoltado eu me sentia. Aquele doido com quem eu havia conversado não podia ser uma pessoa real. Só havia uma explicação. Tavico McCartney estava morto.

18

Dois ou três dias após esse episódio, eu soube que a Carla havia brigado com o Cadú. Lambi os beiços. O Tavico iria ver quem era incapaz de azarar uma menina. Falei para mim mesmo:
— Vou descer matando.
Eu estava determinado. Obstinado. Obcecado. Daria um basta aos vacilos, às histórias que não se resolviam nunca, às coisas deixadas pela metade. Nada mais desse lance de ficar, verbo intransitivo. A Carla ia ser minha namorada.
— Assim que as férias terminarem.
Pequena correção de planos. Para meu desespero, com o fim do primeiro semestre de aulas, a Carla foi se afundar nas Minas. Frustração geral. Frustrações Gerais. Chegou a bater um certo desânimo.
Ao se encerrarem as provas de junho, comecei a sentir o gosto do fim. O colégio iria acabar em breve, e eu não sentia vontade de fazer faculdade nenhuma. Quando muito, me dispunha a passar para uma universidade do governo e escolher ao léu as matérias que iria estudar. Sonho impossível num país com o sistema de ensino baseado na pedagogia das camisas-de-força.
O Marquinho havia decidido virar biólogo. Fazia sentido. Ele nunca chegara a considerar Letras uma opção. Se quisesse virar escritor, não precisava estudar para isso. Eu concordava:
— Existe alguma técnica capaz de ensinar um poeta a sentir?
Alex e PP estavam decididos a fazer Medicina. Com alguma sorte, seriam vizinhos de Dom Marcos no Fundão. Cogitei enveredar por esse caminho. Só para continuar perto dos três. Mas desisti. Concluí que não dava para aquilo.
Assim foi: entrei um dia na Copadisco, com o singelo objetivo de cumprir minha rotina quotidiana de discólico anônimo. Após meia hora fuçando novidades e velhidades, topei com o vinil sagrado do *Electric Ladyland*. Luz. Ia ser duro escutar Jimi Hendrix

numa noite de plantão. Um verdadeiro vodoo child só veste branco às sextas-feiras.
Vieram então as férias de julho. Eu estava perdidaço. Que fazer com a minha vida? Não tinha a mais vaga. Já havendo descartado as pálidas disciplinas da área embromédica, comecei a listar outros não-quero:
a) Engenharia, Física e matemáticas em geral.
b) Direito, Economia e demais escolas do crime.
c) Psicologia, Comunicação e derivativos efeminados do Sacre-Coeur.
Nada disso servia. Foi sobrando pouca coisa. O pior de tudo era agüentar meus pais. A torrente da torração. Dia e noite. Cada vez que eu chegava em casa com alguma idéia nova, vinha aquele escândalo. Eu só pensava em profissão de vagabundo! Decidi empurrar o assunto com a barriga até o começo de agosto. Teria um mês para meditar no assunto.
Não pensei em nada disso, no final das contas. Apenas na Carla. E na discussão com o Tavico. Bateu um puta desânimo. Até o violão ficou de lado. Eu me sentia vazio por dentro.

19

Peguei umas ondinhas maneiras nessas férias. Não mais que isso. Muitas manhãs de surfe solitário. O Tavico havia enlouquecido; o Cabana estava servindo na tropa. As notícias não eram nada alentadoras. Numa madrugada de sol tímido, vi que um rosto conhecido se aproximava do meu canto de mar:
— Fala, Guy! Tudo em riba?
— E aí, Johnny! Sumido, hein. Tu soube do Cabana?
— Não, qual foi? Ele aprontou alguma merda lá com os milicos?
— Não, cara. Pior que isso. O pai dele arrumou um emprego em Floripa. A família vai se mudar pra lá esse mês ainda. Parece que transaram até uma transferência de quartel pro Cabana.

Triste. Mais uma porta que se fechava na minha vida. Meu passado estava batendo em retirada antes que pudesse haver ao menos uma ilusão de futuro. Fui perdendo o chão. Quem era eu? Para onde estava indo?

Ao acabarem as férias, tive finalmente de escolher para qual carreira iria prestar vestibular. Meus pais ficaram horrorizados. Apresentei a eles o fato consumado. Quase morrem. Queriam que eu estudasse Direito. Ficavam repetindo que sendo bacharel eu podia fazer um monte de concursos públicos. Podia inclusive virar juiz.

— Logo quem, um desajuizado! — brincava a malta do quarteto.

Pois eu estava justamente dartanhando em companhia dos três mosqueteiros quando tomei a decisão final. Fazia frio naquele dia. Não dava para pensar em praia. Nos encontramos na casa do Alex. Tínhamos combinado de pegar um filminho no Veneza. Quando nos pusemos a caminho, me veio o estalo. Ainda no elevador, comuniquei a decisão:
— Vou fazer vestibular pra Filosofia.
— Você ficou doido?! — foi a reação do PP.

— Doido ficou o Tavico — contestei. — 'Tou lutando pra não ficar igual a ele. Vou fazer faculdade de comunista.

— Pois eu acho a idéia boa — ponderou o Marquinho. — Dou a maior força. O Alex devia seguir o exemplo. Daí vocês podiam continuar a estudar juntos.

— Não vem não, Marquinho! — reclamou o Pedro. — O Alex vai estudar com a gente no Fundão. Não inventa história. O Joãozinho é quem resolveu criar caso.

— Sorry, PP — me desculpei — não levo jeito pra ser médico. Prefiro curar os males sociais. Combater o vírus do capitalismo desumano.

— É isso aí, Johnny! Abaixo os sofistas da direita!

— Porra, Marquinho, pára de dar força a essas maluquices. O João vai fazer o que lá no IFCS? Lugar mais sinistro, cheio de naturebas...

— Fica frio, PP. Eu vou estudar Filosofia pra derrubar todos esse putos da direita que fizeram lobotomia no Tavico.

— Lá vem você com essa história outra vez. Essa briguinha de vocês 'tá parecendo coisa de viado...

— Não muda de assunto, Marquinho. Nós temos de convencer o João a desistir dessa idéia de bosta. O lugar dele é lá no Fundão com a gente.

— Não vai dar, PP. Eu quero estudar Marx e Hendrix.

— Bravo, companheiro! As hordas merda-pobre saudam sua decisão heróica. Queremos ver Joãozinho Língua de Obus detonando a hipocrisia monetarista do rock comercial!

Durante toda a discussão, o Alex ficou quieto. Parecia abalado. Não emitiu opinião. Pensei que tinha se incomodado com o fato de eu escolher a faculdade que deveria ter sido sua opção natural. Engano meu.

20

As aulas recomeçaram. Voltei à carga. Fui colando na Carla. Ela deixou. Dava papo, me agraciava com sorrisos lindos. Já na segunda semana de aulas, senti firmeza. Resolvi que estava na hora de chegar junto.

Sexta-feira. Perguntei se ela queria ir comigo ao cinema no dia seguinte. Água. Pintou aquele jogo duro. Saber feminino: quem não arisca, não petisca. Diabo de crença! A danada desconversou. Veio dizendo que tinha uns programas com a família ou sei lá o quê. Falei então que no próximo fim de semana não aceitaria desculpas. Data reservada:

— Anota aí no seu caderninho: "Sair com o gato".
— O gato?!
— Sim senhora. O gato. Gatão.
— E quem é... "o gato"?
— Pergunta errada.
— Qual é a pergunta certa?
— "Cadê o gato?"
— 'Tá bem: cadê o gato?
— Fugiu pro mato.

A Carla sorrindo era tão docinha. Eu ficava mais derretido que a calota polar no dia do apocalipse.

— E cadê o mato?

Seguimos por fogo, água, boi, trigo, pão, missa. Na hora do povo se espalhar, ela segurou as minhas mãos, e disse:

— Nã nã nã!
— Então me promete que vai levar o gato pra passear — barganhei.
— Só depois que você me disser como eu posso encontrar o gato.
— É fácil: ele usa botas. E sorri.

Ficamos ainda falando bobagens um tempo. A Carla não chegou a prometer que sairia comigo. Também não recusou. Deixou entendido que sim, com alguma margem para recuos táticos. Evitei forçar a mão. Esperei a semana seguinte. Voltei a insistir. Ela acabou aceitando. Mas emendou:

— Vamos chamar o pessoal.

Saídas em grupo. Pinóia. Vil manobra dilatória. Vamos chamar o impessoal! Mais jogo duro pela frente. Não liguei muito para isso. Estava confiante:

— Que venha a escolta!

Nos encontramos todos na porta do Cine Leblon: Cláudio, Silvinha, André, Melissa, Valéria, Carlinha. Chamei o poeta para vir comigo. Prometi que ia rolar agarração a três por quatro. Ele topou. Nem sei dizer se gostei do filme. Passei os noventa minutos bastante incomodado. Enquanto eu dava uma bobeira comprando meu diamante negro (de lei!), a negada infame havia decidido garantir seus lugares. Cheguei lá no escurinho com o chocolate na mão. Só para constatar que a Carla tinha dado um jeito de sentar entre o Cláudio e a Melissa. Me deixaram no pontão. Fiquei putão. Desde o ginásio não me aprontavam trapalhada semelhante. Achei até difícil de acreditar. Mas fingi que não era comigo. Quem passa recibo é negociante desavisado:

— Alguém aí da paulistada vai querer um tasco?

Depois do cinema, demos um pulo no Balada. Não comi nada. Estava liso, liso. Morri de vontade de pedir uma esmola. A duras penas, consegui sustentar a dignidade:

— Não 'brigadinho, 'tou com a barriga cheia.

E o saco também. Ouvi o pessoal combinar de ir no dia seguinte almoçar numa churrascaria rodízio. Nem prestei atenção qual seria. Eu estava duro e muito do puto. Justo no rumo de um murro no muro:

— Merda de situação mais complicada!

21

Eu precisava de um *break*. Para recarregar a pilha. Além de todas as dificuldades com a Carla, a ruptura "definitiva" dos meus pais acabara de ser "provisoriamente" interrompida. Pela enésima. Meu humor andava péssimo. Só havia uma solução:
— Retiro espiritual!
Passei o domingo no *ashram*. Voltei para casa à pé, respirando com lentidão a cidade ao meu redor. Dormi bastante cedo. Eu sentia sono. Muito sono.
Funcionou. Acordei no dia seguinte já recuperado. Entrava a última semana de agosto. Falei para mim mesmo que daí não passava. Não importava a que preço: ia chover broto na minha horta.
— Vencer ou vencer!
Segunda-feira, encontrei a Carla no colégio. Ela veio me perguntar por que eu não tinha querido ir com eles à churrascaria.
— 'Tava a fim não.
— Por quê?
— Tinha de ir ao meu retiro.
— Eu não sabia que você era religioso.
— Pois sou. Muito.
— Que legal!
Eu sabia muito bem aonde ela estava querendo chegar. A mineirinha era de família conservadora, ia à missa todo domingo, levava a sério a religião oficial. Excetuados alguns ocasionais deslizes astrológicos, seguia à risca a cartilha do catecismo mais caretão. Essas patetadas. Deixei que continuasse a fazer perguntas.
— E você faz parte de algum grupo de jovens?
— Claro que faço: eu, Marquinho, Alex e PP. Até que a morte nos separe, como no caso do Tavico.
— Não 'tou falando disso. Perguntei se você fazia parte do grupo de jovens de alguma igreja.
— Nós quatro somos uma Igreja.

— Eu disse igreja no sentido de paróquia.
— Nós quatro somos a Igreja mais maneira da paróquia.
— Quer falar direito comigo! Você faz parte ou não de um grupo de jovens católicos?
— Deus que me livre, Carlinha! Eu podia estar super a fim dela. Nem por isso ia mentir sobre minhas convicções. Tudo tem limite. A conversa prosseguiu:
— Não vai me dizer que você foi pra um retiro hare-khrisna!
— Também não. Meu beatle preferido nunca foi o George Harrison.
— Então que retiro é esse?
— Retiro espiritual.
— Aonde!!!
— No Jardim Botânico...
Ela riu, e balançou a cabeça. Achou que eu estava brincando. Se enganou. Falei a sério. Eu tinha ido ao Jardim Botânico colocar em ordem meu espírito. Não foi por outra razão que Deus criou as plantas, as árvores, as nuvens, os pássaros, os bancos de pedra, os *walk-man* e o Syd Barrett. Retiro espiritual tem de ser assim.
— O resto é farofa.
Ao longo da semana, ficou difícil combinar algum programa. A Carla continuava com aquele papo brabo de sair com "o pessoal". Silvinha e Melissa ensaiaram sugerir de irmos todos à boate do Piraquê.
— Nem morto! Já desisti dessa roubada desde os catorze anos.
Elas tentaram explicar que o programa seria na boate dos adultos:
— A Galera é legal! — disse a Melissa.
— Eu sei que a galera é legal — esclareci. — Quem não é legal é a boate desse clube aí. Né não, Marquinho?
— Positivo, Comandante! — respondeu o poeta, com ares de seriedade parnasiana. — Em outras épocas, ainda um jovem inexperiente, fui induzido ao erro pelo enganoso modernismo daqueles versos: "Piraquê tanta perna, pergunta meu coração"...
— Não, vocês não entenderam — veio dizendo a Silvinha. — A boate do Piraquê se chama "Galera".
— Nome mais idiota — não pude evitar de comentar. — Dom Marcos, você iria a uma boate chamada "Galera"?
Ajudando-me no ceticismo, o bardo vaticinou:

— Negativo, Comandante! Outros nomes há que seriam muito mais eufônicos: pessoal, negada, tchurma, gente. O único problema, no caso, seria chegarmos a um acordo ortográfico panlusófono quanto à forma universal da palavra "rapêizi"...
— Vocês dois são podres... — interrompeu o Cláudio, cortando a inspiração do poeta — Nunca vi um parzinho tão disposto a falar uma bobagem atrás da outra. Vocês tão cansados de saber que a "Galera" se chama "galera" de "barco-galera", não tem nada a ver com "turma-galera". O Piraquê é um Clube Naval, porra!
— Mas afinal esse clube fica na Valporra ou na Lagoa?
Non sequitur. A negadinha da nossa galera sabia perfeitamente que, em se tratando de barco, eu e o poeta somente nos dispúnhamos a entrar em canoas. Acabamos deixando o assunto no ar. A decisão seria tomada no sábado, antes de sairmos do colégio.

22

Sexta à tarde, depois das aulas, eu e Marquinho decidimos pegar uma praia. O Alex não pôde vir. Tinha de sair correndo e passar no Consulado, por algum motivo que não ficou claro.
— Vai perder o maior praião.
Não existe coisa melhor que ir à praia numa tarde ensolarada de sexta-feira. Só gente bonita. A garotada dourada da zona sul. Todo mundo feliz, já sentindo na boca o gostinho do final de semana.
Estávamos, pois, na praia. Os dois. Eu e o poeta. Tarde esplêndida. Bonita pra danar. Dom Marcos resolveu dar um mergulho:
— Segura aí o basico rapidinho, Johnny.
Ok. Cigarrinho na mão, me pus a pensar como faria para dar uma decisão na Carla. Logo desisti de esquentar a cabeça com aquilo. Sob o frescor daquela tarde de sol, havia outras prioridades existenciais. Em agosto, o mar cresce: ondas altas, altas ondas. Esquecendo de tudo, resolvi acompanhar com os olhos um moleque que descia a onda mais maneira do dia.
— Viva a indomável juventude do mar!
Fera radical. Em homenagem ao surfista desconhecido, resolvi dar um tapinha despretensioso. Coisa forte. Senti de imediato o safanão na cabeça:
— Teje preso!

23

Os meganhas me ganharam. Eles vieram à paisana, pelas minhas costas. Quando vi, já tinham me segurado. Assim foi. Me-agarraram-me pelos dois braços sem direito a apelação. Naquela época, rolava essa mania da polícia dar umas incertas em Ipanema. Queriam fazer caixinha de natal ou juntar grana para a campanha eleitoral do governo. Alguma coisa assim. O fato é que me seguraram.

— 'Tou fudido! — pensei.

O poeta estava saindo d'água, justamente no momento em que os macacos chegaram. Viu o lance de longe. Aquela confusão:

— Sou de-menor!

— É porra nenhuma! Maconheiro!

Fui tomando uma porrada de tabefes. Busquei o Marquinho com o olhar. Não cheguei a dizer nada. Queria apenas que ele soubesse que eu estava sendo desaparecido.

Fiquei até calmo, de tão apavorado. Não tinha qualquer esperança de sair daquela porra toda sem mil cicatrizes. Pensei no que iria acontecer na minha casa, depois que me soltassem. Prisão domiciliar, no melhor dos casos. Isso se não resolvessem me enfiar numa clínica psiquiátrica.

O Marquinho acompanhou a confusão a meia distância. Antes de eu ser jogado no camburão, vi que perguntava alguma coisa a dois policiais fardados, como quem não queria nada. Depois disso, se mandou dali.

Me espremi no camburão, juntamente com outros tantos infelizes. Ninguém falava. Não havia nada a dizer em meio ao cheiro infecto daquele pinico de quatro rodas. A patamo deu ainda outras duas paradas. Tocaram mais uns tantos sujeitos para dentro, feito animais. Os macacos riam da gente. Falavam um monte de desaforos. Diziam que agora ia ficar claro quem era homem e quem não era.

Fomos parar numa DP de Copa, defronte da Galeria Alaska. Barra pesadíssima. Puseram todo mundo sentado nuns bancos de madeira encostados na parede cinza do salão de entrada. Lugar infecto. Éramos oito detidos. Um carinha, de uns treze ou quatorze anos, desandou a chorar. Os meganhas começaram a injuriar o moleque.
— Leva essa bicha pro xilindró! — falou o chefão da quadrilha.
— Vê se ela se acalma com um cigarrinho de carne quente.
E eles riram. E disseram mais uma série de grosserias. E riram novamente. Mandaram então colocarmos nossos dados numas fichas encardidas. Um dos bandidos perguntou:
— Alguém aí precisa ligar pra zona e chamar a mãe?
Eu não sabia direito o que fazer. Aceitei com certo alívio a lanterninha da fila do telefone, e me pus a preencher a tal ficha de prontuário com lentidão geológica. Fiquei um tempão nessa tortura. Perdi a conta das horas. Quando já estava me preparando para ligar e enfrentar meus pais, o delegado resolveu finalmente dar o ar de sua graça. Gravata tocando o umbigo, terno ensebado, o Ali Babá se limitou a perguntar:
— Quem é João aí?
Me levantei. O sobrenome conferia.
— Você 'tá liberado.
Era dia do seu aniversário de casamento, o delegado explicou. Ele estava a fim de quebrar o meu galho.
— Mas se você aparecer aqui de novo, te ponho no pau-de-arara!
Eu tremia de cima a baixo. Fui saindo de mansinho, para não chamar a atenção de ninguém. Os outros prisioneiros me olharam, com um misto de inveja e esperança. Baixei o rosto para não ter de enfrentar aqueles olhos.
Assim que dei o primeiro passo para fora dali, um dos macacos se chegou perto de mim, e disse:
— Aí, doutor, se o senhor 'tiver a fim de comprar coisa boa, pode aparecer por aqui qualquer terça ou quinta-feira. Pergunta pelo...
Nem deixei que o cara terminasse. Saí correndo, desabalado. Fui direto para a casa do Marquinho, que ficava ali perto. O porteiro deve ter achado que eu estava aflito para ir ao banheiro. Passei por ele feito uma assombração. Cheguei ao décimo andar me sentindo supermal.

O poeta abriu a porta. Antes de falar qualquer coisa, me deu um abraço. Não era seu gênero fazer gestos assim. Mas naquele momento tinha a ver. Apreciei.

Tomei um banho lá mesmo. Devo ter ficado uma hora e meia debaixo do chuveiro. Eu me sentia sujo até a alma. Ao sair da ducha, peguei umas roupas emprestadas. Me vesti. Quando terminei de me arrumar, havia um lanche pronto. Depois que comemos, o Marquinho avisou à Dona Marisa que eu ia ficar para dormir. Somente ao voltarmos para o quarto, ele me explicou o que havia acontecido.

— Minha sorte foi descobrir pra onde 'tavam te levando.

Logo após identificar a delegacia dos seqüestradores, o poeta pegou um táxi e foi voando para casa. De lá, ligou para o Roberto, seu primo. O anjo guerrilheiro prometeu acionar imediatamente dois vereadores, um desembargador, zilhões de jornalistas e mais uns tantos grupos de defesa dos direitos humanos. Ele se dispôs ainda a ir pessoalmente à delegacia livrar a minha cara. Quando chegou por lá, eu tinha acabado de me mandar.

Me tranqüilizei um pouco ao ouvir do Marquinho que o primão havia aprontado tamanha confa na delegacia, que os macacos resolveram soltar todas as vítimas da blitz. Ele disse que era jornalista, falou que conhecia Deus e o mundo. Pôs o pau na mesa. Não vou dizer que dormi bem. Mas ajudou bastante saber que todos os caras acabaram finalmente se safando. Pude ao menos esquecer aqueles olhos.

24

O Roberto passou chez Marquinho para ver se tudo estava ok comigo. Me encontrou num banho interminável. Não teve tempo de esperar. Se limitou a dizer ao primo que estava a fim de levar um papo com a gente:
— Por que vocês não passam lá em casa amanhã à tarde?
Nem consegui pensar direito no convite. Eu ainda não tinha saído completamente do estado de choque. Precisava ficar quieto num canto, digerindo aquele imenso bode. Liguei para o Pinel, e avisei:
— Vou ficar aqui na casa do Marquinho. A gente 'tá estudando pra prova de amanhã. É. Muita matéria. Difícil paca. História do Brasil.
Colou. Também se não colasse ia ficar por isso mesmo. Preparei minha cama no chão acolhedor do quarto do poeta. Fiquei ali, embrulhado com a minha tristeza, ouvindo uma fita do Nick Drake. *When the day is done, down to earth then sinks the sun*[15]. Adormeci. No dia seguinte, havia um pé me sacudindo:
— Vamos lá, Johnny, acorda! São seis horas.
Aula aos sábados. Tortura. A idéia de ir ao colégio me parecia absurda. Aquilo que o Marquinho estava dizendo não podia ser verdade. Era tudo parte do meu sonho. Virei a cabeça, e continuei a dormir.
— Acorda, porra! Senão a gente se atrasa pro primeiro tempo.
Ia ter atraso não. Num vapt-vupt me vesti e cheguei ao Maraca. Casa cheia. Flamengo e Vasco. Foguetes, bandeiras, cornetas, tambores, música por todos os lados. Os dois times vinham entrando em campo. Ia começar a grande festa da alegria. Eeee láááá vou ee-

---

15. "Quando o dia acaba, o sol mergulha no fundo da terra", da canção de Nick Drake *Day is done*.

eeeeeuuuu, pela imensidão do maaarrrr! Mas acabou sendo o mar que veio a nós. Chuva dos diabos.

— Acorda, seu incompetente! — ouvi o Marquinho dizer, enquanto terminava de esvaziar um copo de água gelada na minha cara.

— Porra, Marquinho, que meeeerrrda!
— A gente vai chegar atrasado desse jeito. Levanta!
— Que se foda o colégio!
— Levanta daí, antes que eu comece a te chutar.
— Não posso ir ao colégio de calção...

A desculpa serviu de pouco. O Marquinho disse que me emprestava umas roupas. Acabei levantando. Tomei um banho rápido. Me vesti a jato. Pus a calça. Nem estava frouxa, bastou dobrar um pouco a bainha. A blusa até que ficou bem. Problema mesmo foi o tênis. Perguntei ao poeta se ele conhecia a tal piada do fanho.

— Anda logo, seu puto, não enrola!

Ainda me vestindo, lembrei do que tinha acontecido no dia anterior. Me veio a rebordosa. Uma revolta enorme. Perdi a vontade de falar.

25

Chegamos ao colégio em cima da hora: 7:10. Cravado. Quase nos deixam de fora. Fomos os últimos a passar pelos portões. Voamos pelo túnel de acesso, saltamos para dentro do prédio e subimos aos pulos as escadarias de madeira. Conseguimos entrar na sala segundos antes dos professores. Não cumprimentei ninguém. Fui direto para o meu canto, lá atrás. Lamentei estar desprovido de cadernos e livros. Não tive em que apoiar a cabeça. Usei os braços como travesseiro. Isso foi ruim. Ao final da aula de Química, eles estavam tão dormentes que pareciam dois pedaços de borracha grudados ao meu corpo. Me sentei. Deixei que o sangue vermelhão de plebeu merda-pobre voltasse aos meus braços. Aquele formigamento desgraçado. Xinguei um monte de palavrões. Meu humor era pura nháca.

Nem cheguei a sair da sala no intervalo. Faltava vontade. Fiquei sozinho no meu canto. Daí a pouco, entrou o Alex:

— Cara! O Marquinho acabou de me contar. Que merda, hein.

— Outra hora a gente fala disso. Me empresta uns livros aí, vai.

O Alex sempre vinha prevenido. Em aula palha, nem pensava duas vezes: abria logo um tijolaço indigesto e ficava lá se divertindo. Nesse dia, ele chegou ao colégio bem fornido. Me ajudou muito. Ajeitei com cuidado *A Crítica da Razão Dialética*, *A Cidade de Deus* e três *Playboys*, tudo embrulhado direitinho por uma suéter falsificada da universidade de Yale. Pus a cabeça no travesseiro, e apaguei. Dormi *non-stop* durante as aulas de Física e Geografia. Eu até gostava das aulas de Geografia. Mas estava cansado. Muito cansado. Fui barbaramente acordado na hora do recreio. Olhos curiosos ao meu redor. Porra de gente inconveniente.

— E aí, João, você ainda passa no teste da farinha?

Nem respondi nada. Devia ser alguma assombração. O que aquele fantasma estava fazendo ali na minha frente? Pensei em mandar o poltergeist à puta que o pariu, mas logo o resto do pessoal começou a falar.

PP, Alex, Cláudio, André, Marcelo — todo mundo fazia perguntas ao mesmo tempo: como foi, quanto tempo levou, como é andar de camburão, rolou muita porrada, que tal o xilindró etc., etc... Eu não estava com o mínimo saco para responder. Sugeri que eles fizessem essas perguntas todas ao Marquinho:

— 'Tou com sono.

Queria esquecer tudo sobre o dia anterior, expliquei. Precisava ficar um pouco sozinho, não estava a fim de tumulto. Antes que pudesse me desvencilhar da galera, o Cláudio anunciou que daria uma festa em minha homenagem, naquela mesma noite:

— Você escapou dos porões da ditadura!

O pessoal estava mesmo esperando alguma decisão sobre o que fazer naquele sábado. A proposta-relâmpago de Dom Cláudio encontrou boa acolhida. Não quis bancar o espírito-de-porco. Deixei que aproveitassem o pretexto do incidente para armar uma reunião. E me mandei dali.

Fui à Coordenação de Ensino pedir emprestado um violão. Com o pinho debaixo do braço, me escondi num canto do jardim. Fiquei dedilhando alguns acordes, ronronando melodias. Não queria tocar música nenhuma, só estava mesmo a fim de ouvir o som das cordas. Depois de uns minutinhos, já me sentia melhor. Pensei na Carla. Eu estava tão a fim dela...

Num instante topei com uma melodia à la anos 40. Vieram à minha cabeça diversas frases bobinhas. Embarquei na onda. Antes que acabasse o recreio, já tinha a estrutura básica da cançãozinha açucarada. Passei os próximos dois tempos de aula ajeitando a letra.

Ao final da manhã, o Marquinho veio combinar comigo de passarmos mais tarde na casa do Roberto. Disse a ele que pretendia dar primeiro uma chegada no Pinel. Tinha de mudar de roupa, comer alguma coisa e dizer alô pros velhos. Era melhor evitar que arrumassem mais um motivo para me encher o saco.

— Depois disso, ligo pra você.

Assim fiz. Por volta das duas da tarde.

— 'Tou passando aí na tua casa.

Antes de sair, toquei cinco vezes minha nova musiquinha. Até memorizar a letra. Me dei por satisfeito. Segui viagem.

26

Chegamos à casa do Roberto por volta das quatro da tarde. Fomos entrando. Ele estava acabando de fazer sua prática de yoga. A gente até perdoava aqueles excessos do ex-guerrilheiro. O cara tinha uma história. Na hora em que o pau comeu, ele meteu os peitos, encarou de frente o regime fascista. Tinha todo direito de ficar em paz com suas naturebices. Coisa geracional. O Marquinho nem piava.

Já com a cabeça na posição correta e as pernas desamarradas, o Roberto nos intimou a irmos à cozinha. Ele estava com fome, queria fazer um rango. Ok. Nos acomodamos nos banquinhos de madeira que acompanhavam a mesa colonial. Abrimos umas cervejas. Abrimos o pacote de alumínio. Fechamos unzinho. Abrimos o apetite.

Rolou um arroz integral com panquecas de tofu. Estava mais ou menos. Faltava um quê. Falei para o Roberto que se ele cozinhasse o tofu com um baconzinho ia ficar muito mais gostoso.

— Antes que eu me esqueça, Joãozinho: vai à merda!

Ficamos com o natureba teimoso até o começo da noite. Terminamos a comida. Continuamos na cozinha. Estava gostoso por lá. Batemos um longo papo. O Roberto queria nos avisar para tomarmos cuidado com as forças da repressão. Insistiu mil vezes que nós podíamos fazer o que bem entendêssemos, mas tínhamos de evitar as bobeiras. Desafiar o sistema de forma muito ostensiva era pedir para levar bordoada.

A gente não ficou ali apenas engolindo um sermão. Levamos o debate adiante. O que era afinal esse tal sistema? Como se estruturava? Quais seus mecanismos de coordenação? Mais importante: quem era o sistema? Existiria um sistema internacional distinto do sistema brasileiro? Ou seria tudo a mesma merda? Papo para muitas horas. Fustigamos o Roberto com perguntas e mais perguntas. Metralhamos de dúvidas cada uma de suas afirmações. Ele se saiu bem. Suas idéias não vinham de manuais de quinta categoria. Estavam fundadas em vivências profundas. Longas meditações. E defumações espaçosas.

— *Babylon system!* — ele explicou.

Boiamos. Foi preciso que o Roberto fizesse uma longa preleção sobre o pensar rastafari. Não levamos muito a sério. Ele possivelmente estava de curtição com a nossa cara.

— Esse tofu subiu à sua cabeça, Roberto.

— Qualquer dia vocês vão me entender.

— Entender o quê?

— Que Marx, Freud, Heidegger, Wittgenstein, todas essas feras do intelecto escreviam muito, mas no fundo não sabiam de nada. A verdade é só uma: todas as respostas estão em Bob Marley.

Certas idéias plantadas na nossa cabeça pelo Roberto só vieram a dar frutos alguns anos mais tarde. Muito do que ele costumava dizer não fazia sentido. Mas acabava ajudando que nossos olhos se abrissem no momento adequado. Aquela tarde terminou com uma sessão de Wailers. Sonzinho maneiro.

— Um dia vocês vão me entender.

Fizemos cara de incrédulos. O guerrilheiro insistiu:

— A obra de Bob é o *Cantar dos Cantares* dos tempos modernos!

Vimos que estava na hora de puxar o carro quando o Roberto começou a contar sobre os funerais do Leão de Judá. Desculpamos o delírio choramingado. O cara era fã de carteirinha. Assim que soube da tragédia, se mandou de imediato para o Galeão, e agarrou cinco conexões na esperança de chegar a Kingston a tempo. Esbarrou em mil dificuldades. No fim das contas, só conseguiu ir até Montego Bay. Morreu na praia, literalmente. Perdeu a refestança. Fazia uns poucos meses. Ele ainda não tinha se recuperado do choque. Falava do assunto com os olhos cheios d'água:

— Bob não morreu. Ele subiu aos céus numa carruagem de fogo.

Estava já ficando tarde. Mas só obtivemos permissão para partir depois de aceitarmos levar conosco umas tantas fitas e bolachões. A nata do rasta. Dever de casa.

27

Voltamos para Copa. Tomei uma chuveirada, pus um jeans surradão, meu *all-star* nacional e uma camisa de grife, afanada na calada da noite, do armário do meu irmão. Pelo menos para isso ele servia. Boyzinho. Ainda em casa, tive aquela sensação de que estava esquecendo algo. Parei, pensei: dinheiro, chaves, carteira de estudante... roupa espertinha, nenhuma mancha, nenhum botão faltando, zíper fechado... desodorante numa boa, coloniazinha de alfazema na medida... Olhei ao redor. Vi a letra da minha nova música.
— A-ha!
Peguei o violão. Toquei a cançãozinha duas vezes mais, para ter certeza de que já a sabia de memória. Legal. Tudo em riba. Saí. Tornei a andar pela bilionésima vez os sete quarteirões que me separavam da casa do Marquinho. Adentrei os aposentos do pelasaco com pontualidade suíça. Quase na mesma hora que Alex e PP:
— Porra, Johnny, 'tamos te esperando faz 40 minutos!
Convenci os apressadinhos a tirar um tempo para o digestivo. Ouvimos sem muito entusiasmo algumas fitas do Roberto. Seguimos então os quatro para a festa do Cláudio.
Chegamos lá. A casa estava começando a encher. Nem todo mundo sabia o motivo da festa. Para muitos de nossos colegas, fumar maconha era assunto de Christiane F. Contar a essa galera a verdadeira história da minha passagem pelo planeta dos macacos seria a maior sujeira. Melhor deixar os coroinhas na inocência.
A Carla chegou acompanhada da Valéria. Evitei sair voando em cima dela. Pus máscara de naturalidade; fiquei na minha. Estava tentando explicar ao Alex o que o Roberto nos havia dito. Ele reagiu:
— Uma tese que tenta explicar tudo acaba não servindo pra nada.

Confessei que algo naquele papo havia me impressionado bastante, apesar dos exageros do final da tarde. *Babylon system*.
— Tenho de pensar mais a esse respeito.
Outro dia. Naquele exato momento, eu só estava mesmo tentando não dar muito mole para a Carla. E consegui. Ela veio me cumprimentar:
— É seu aniversário hoje?
— Não. Mas o Cláudio acha que eu nasci de novo.
— Por quê?
— Porque escapei de um acidente muito grave. Praticamente ileso.
— Dá pra ver que você se machucou. Nossa! Dói muito o seu rosto?
— Já passou.
— Quem é que 'tava dirigindo o carro?
— Um cara lá que eu nem conhecia, e espero nunca mais rever.
— Você 'tava no carro de uma pessoa desconhecida?!
— Me ofereceram carona pra voltar da praia. Numa camioneta Chevrolet. Eu nem queria aceitar. Mas eles insistiram...
— Você é louco, João! Podia ser um tarado.
A Carla deve ter ficado com certa pena de mim. Foi muito boazinha a festa toda. Me paparicou e tal. Trouxe uns copinhos de cerveja, ajudou a providenciar uma pipoca, me explicou uns segredos mineiros para tirar o inchado e o vermelho do rosto. Passou a noite me dando papo. Deixei rolar, estava felizão.
O Marcelo foi o último convidado a chegar. Vinha carregando um violão debaixo do braço. Logo saquei. Estavam tramando uma seresta. Com a conivência do Cláudio. Amigo da onça. Festa em minha homenagem, o cacete! Trotskista safado.
— Cripto nacionalista — resmunguei.
— Sambista enrustido — apoiou-me Dom Marcos.

28

Não tardou muito até cortarem o som. Sentado num banquinho, o Marcelo começou a desfiar aquelas coisas manjadonas. A negada entrou na onda. Todo mundo fez roda. Começaram a se aventurar na cantoria. O poeta se retirou para a varanda, arrastando o Alex consigo. Mas eu fiquei ali. A Carlinha estava gostando. Pediu até para o Marcelo tocar algumas músicas do Beto Guedes. Lá veio o chororô do clube da voz fininha. Pathos de Minas. Agüentei estoicamente. Tinha meus motivos.

A certa altura, o Cláudio pediu que eu tocasse. Falei que não dava pé. Precisava de um violão folk. Cordas de verdade. Insistiram. Até a Carlinha me pediu. Não pude resistir. Sentei no meio da roda. Mandei ver:

— *Sitting in the morning sun / I'll be sitting when the evening comes.*[16]

Dei seguimento com *Love in vain*. Começaram a reclamar que eu só cantava músicas que ninguém podia acompanhar. Pediram algo em português. Fiz corpo mole. Negada mais ignorante! Ameacei passar o violão adiante. Disse que aquela não era minha especialidade. Já estava quase driblando a galera, quando o PP resolveu me botar no fogo. Sugeriu que eu tocasse alguma das minhas músicas. Gostaram da idéia.

Inútil resistir. Pensei rápido em algo que tivesse escrito sozinho. Me veio à mente um *blues* que compus logo após o final de Abbey road. Gênero putão da vida:

— *Há muito que estou farto da verdade dos jornais / Há muito que estou farto de mentiras sempre iguais / então me tranco neste quarto / prefiro ouvir o corvo a grasnar "nunca mais!"*.

---

16. "Sentado sob o sol da manhã / Estarei sentado quando a noite chegar", da canção de Otis Redding *Sitting at the dock of the bay*.

Não agradou muito. Os filisteus ficaram incomodados. O Tavico tinha certa razão, concedo. Meus *blues* eram mesmo incompatíveis com o espírito de andança e lambança das infames rodinhas de violão. Desisti de hostilizar os seresteiros tão abertamente. Pensei em algo mais palatável. Lembrei-me de *Pane*. A única composição minha na qual o Fernando se amarrava, sem restrições. Ele fazia o diabo com sua guitarrinha veloz naquele rockabilly. Ok. Pão e circo para a galera careta:

— *Foi no carburador que a pane começou / Na rua Redentor, quando meu carro parou / Briguei com meu amor numa tarde cinza, em pleno verão / Como fazia calor, em meio àquele mormaço / Mecânico amador não vence nem por cansaço / Meu amor criou um caso, me chamou de palhaço e me enfiou a mão.*

Dessa vez, a negada gostou. Pediram mais. O PP lembrou então do maldito *Rock do vestibular*. Um dos momentos mais infames da minha vida musical. Quase enfio a mão na cara do linguarudo.

— Vil traidor! — rosnei entre os dentes.

Foi aquele auê. Todo mundo querendo ouvir a musiquinha bunda. Tentei mudar de assunto. Eu sabia perfeitamente que aquele rock era uma bosta. Ninguém pode acertar o tempo todo. Escrevi essa infâmia com o Tavico quando o Fernando começou a cursar o terceiro científico. Queríamos ser engraçados, para que nosso guitarrista não levasse aquela nóia tão a sério. Resultado pífio, absolutamente constrangedor. Lei dos rendimentos decrescentes: cada vez que eu pensava naquela música, ela me parecia pior.

O Pedro insistiu. Explicou que eu fazia um monte de brincadeiras com todas as fórmulas decoreba que nos ensinavam na preparação para o vestibular. O populacho, a massa ignara, a malta abrutalhada, enfim, os bestializados acharam aquela idiotice a idéia mais legal do mundo. Não houve jeito. Tive de tocar a música infeliz, antes que me linchassem. Um, dois, e... Grande êxito! Todo mundo se esbaldando com minhas rimas infames:

— *A^2 é igual a b^2 mais c^2 / Quanto mais o rock rola, mais me seduz.*

Eu merecia ovo na cara! O povo aplaudiu. Queriam me dar contrato de gravação, espaço nas rádios, clipe no Fantástico, disco de ouro. O mundo é assim, uma terra desolada. Só prospera o lixo.

Absolutamente humilhado, fui dando por encerrada a apresentação. Não quiseram saber. Pediram mais. Toca outra. Bis. Parou por quê. Por que parou. Etc:

— João! João!
E eu dizendo:
— Não e não!
Mas a Carlinha pediu. Com aquela voz doce. Os olhos meiguinhos... Me derreti todo! Caí na apelação. Cheguei pertinho, e disse:
— Vou tocar uma música que fiz pensando em você.
Mostrei ao mundo as overdoses de açúcar do meu coração. *Conselho de amigo* não chegava a ser uma música ruim. A melodia tinha seu encanto e os acordes eram bem mais elaborados que meu costumeiro I-IV-V. Eu mudava de tonalidades, passava de maior para menor, subia e descia as oitavas, fazia umas firulas com a voz, deixava tudo muito colorido. Parecia até que a música havia sido composta pelo Tavico. Enfim, um desastre. Acinte total. Desrespeito atroz às minhas mais caras convicções.
Pois era precisamente isso que estava acontecendo comigo. Esse comportamento esquizóide. Eu maldizia o Tavico, e adotava seus tiques. Louvava o *blues*, e cortejava a Carla com uma balada melosa. Retrato de um adolescente em crise: Joãozinho, drogado e prostituído. Sacarina na veia.
A canção foi um sucesso. Dei por encerrada a exibição. Agradeci os louvores. A Carla não disse nada. Nem precisava. Parecia um turista sueco depois do primeiro dia de praia.
Fui à cozinha pegar um copo de água. Estava com muita sede. Quando voltei à sala, o Cláudio havia colocado um disco do Police na vitrola. A animação continuou. Algumas pessoas começaram a dançar. O relógio bateu uma da manhã. A noite apenas começava. Me aproximei da Carlinha. Ela tinha acabado de desligar o telefone. E assim me disse:
— Daqui a pouco vou embora.
— Tão cedo! Por quê? Seu carro vai virar abóbora?
— Meu pai vem me buscar. Não posso sair muito tarde.
— Liga pro seu pai outra vez. Diz que eu vou te deixar em casa. Ele não precisa se preocupar.
— Vai me levar como, João! Você não tem carro.
— A gente chama um taxi. Ou então apanha um Mercedes bonitão, com motorista e trocador.
— Algo me diz que meu pai não vai concordar com a sugestão. Além disso, eu tenho de levar a Valéria comigo.

— A Valéria não é problema. O Marquinho pode dar um jeito nela. Liga aí pro seu pai outra vez, vai. Explica a ele que você tem de ficar aqui mais um pouco. É muito importante.
— Por quê?
— Porque eu ainda não te dei um beijo.

Doutor Clodoaldo foi bastante pontual. Em vinte minutos, cravados, o Passat estava encostando na porta da casa do Cláudio. A Carla desceu. Entrou no carro. Da varanda, dei adeus à minha namorada.

29

No dia seguinte à festa, liguei para a Carla. Combinei de irmos ao cinema. Ela quis chamar mais gente. Não me importei. Passamos essa tarde de domingo de mãos dadas, beijinhos, carinhos diante de todos. Achei aquilo bastante legal, aquela exibição pública de afeto. Já estava de saco cheio das pegações em fim de noite, dos agarros nos cantos escuros das discotecas. Queria muito uma namorada. Alguém com quem tivesse a oportunidade de ir mais fundo, com quem pudesse descobrir a vida. Pois consegui a menina que desejava. Estava contentão, orgulhoso de mim:

— Eu te adoro, viu. 'Tou louco por você — falei, depois de um longo beijo junto à portaria do seu prédio. Ela me sorriu de volta, e baixou os olhos.

Perfeição maior não poderia existir. Entrou a semana. Chegou a vez de estarmos namorando diante de todo o colégio. Mais uma vez, tudo correu bem. Eu contava os minutos para as aulas terminarem, só pensando em ver a Carlinha durante o intervalo e poder chegar perto dela, pegar na sua mão, afagar seus cabelos. Era sensacional estar passeando pelo recreio com o braço em volta daquela cinturinha delicada: minha namorada.

A segunda semana foi uma espécie de repeteco da primeira. Mais cinema, mais colégio, reiteradas exibições de namoro explícito. Chegamos a ser considerados o par mais bonitinho do colégio:

— Eu e mais um monte de gente 'tamos querendo colocar vocês dois como apresentadores da cerimônia de formatura — disse a Silvinha. — Vai ficar tão legal, tão tudo a ver.

— Ainda falta um monte de tempo pra isso — respondi, meio que desconversando.

— A gente já tem de programar tudo desde agora — emendou a Valéria. — Quatro meses passam voando.

— Mas é uma eternidade quando se trata de namoros — interrompeu o Alex.

— Vira essa boca pra lá, seu frango de macumba! — respondi, de bate-pronto, sem entender direito por que o nosso filósofo andava com o humor tão à flor da pele.

Muitos beijos e amassos mais tarde, tudo ainda corria bem. Eu e Carla completamos um mês. Foi então que a novidade começou a perder o frescor. Estava chegando o momento da nossa relação ganhar maior seriedade. Onde antes só havia sorrisos e carinhos, começaram a surgir algumas sombras:

— Por que é que a gente tem sempre de sair com escolta? Será que não dava pra gente passar um pouco mais de tempo a sós?

— A sós pra quê, João?

— Pra conversar, pra falar das coisas importantes.

— Que coisas?

— Ah, sei lá! O que eu não curto é esse lance de que sempre que a gente sai, vem toda a torcida do Flamengo atrás. Toda vez que eu 'tou com você, parece que a gente 'tá numa vitrine. Assim, fica tudo muito artificial. Tudo planejadinho e programado.

— Você quer dizer então que 'tá ficando cansado de sair comigo?

— Nãããão!! Pô, Carlinha, eu te adoro. Você sabe disso perfeitamente. Mas é justamente porque eu te adoro que eu quero ficar mais tempo junto. Eu e você, só nós dois, sem a galera.

30

E finalmente a casa da Gávea ficou pronta. Conclamado pelos demais pares do reino a tomar uma atitude, o PP decidiu organizar aquela puta festa de inauguração. Parafernália, luzes, sonzaço. Em homenagem aos velhos tempos, eu e Tavico fomos convocados como DJs. Passei meu lugar a Dom Marcos:
— Prefiro ficar dançando com a Carla.
Normalmente, o Marquinho teria pegado no meu pé, e torrado a paciência. Mas ele estava tão na fissura de tocar uma zorra com a sua coleção *punk-new wave*, que nem se lembrou de me atazanar. Depois de anos aturando o som alheio em festinhas polenta, o poeta tinha enfim sua chance de ir à forra:
— Tardou, mas chegou o dia da vingança! Vou detonar os ouvidos reumáticos dessa geração Rádio Cidade com doses cavalares de The Clash!
Veio metade do colégio à festa do PP. Cheguei por lá com a Carlinha a tiracolo. Fizemos o social de praxe, beliscamos uns petiscos, tomamos uns tragos. Começamos então a dançar, sem muito entusiasmo. A Carla estava estranha naquela noite, nossas conversas mal começavam e já caíam no vazio, como retirantes que desabam sob o peso da inanição. Atribuí o clima agreste a um mau humor qualquer, algo a ver com a aproximação do vestibular. Ninguém estava muito bem ao nosso redor, para falar a verdade. Havia muita tensão no ar, até uma certa histeria. A festa do PP foi um retrato disso. Reinava um verdadeiro pandemônio em toda a parte social da casa.
— 'Tá muita confusão aqui — ela me disse.
Concordei. Nos sentíamos deslocados no meio daquela zorra. Queríamos um pouco de paz. Precisávamos bater um papo, conversar a sério sobre para onde queríamos levar aquele nosso namoro. Decidimos subir até o quarto do PP em busca de alguma tranqüilidade. Ilusão.

Bastou chegarmos lá, e nos demos conta de que, pela primeira vez, estávamos sozinhos de verdade. Quatro paredes, e um olhando para a cara do outro. Pegamos fogo. Rapidamente, o agarro começou a entrar por mares nunca dantes navegados. Mão aqui, mão ali — gritos e sussurros. Tinha um animal dentro de mim, eu estava me sentindo completamente dominado por uma força desconhecida. Agia por instinto, sem pensar, sem refletir, sem nenhuma interferência da razão. Me guiava o rosto da Carla, o gosto da sua boca, o cheiro do seu corpo, o toque da sua pele. Sem nem bem saber como, tirei sua blusa, soltei o fecho do soutien e cravei os dentes sobre seus peitinhos rosados. Eu havia chegado ao paraíso com um fogo dos infernos queimando dentro de mim.

Mas bem na hora em que eu estava começando a desabotoar os seus jeans, entrou o PP no quarto. O coitado ficou completamente sem graça. Balbuciou algumas desculpas, fechou a porta e se mandou. Ainda tentei retomar o assunto no ponto em que havia sido interrompido. Não adiantou. A Carla foi de imediato acometida pela maior crise de consciência que jamais presenciei. Se vestiu rapidinho, começou a dizer que nunca tinha feito nada assim, que estava assustada consigo mesma, que aquela não era ela. O espírito repressivo das suas raízes católicas baixou da forma mais radical. Fechou o tempo:

— Me leva pra casa, vai.

Chamei o rádio-táxi e a acompanhei até a Fonte da Saudade. Não trocamos uma palavra sequer durante todo o trajeto.

31

Depois desse incidente, iniciou-se a longa agonia. Um distanciamento cada vez maior. A gente ainda chegou a encarar outros agarros: no carro, no elevador, no cinema. Mas a coisa nunca se repetiu da mesma forma. A Carla nunca mais se soltou completamente, nunca mais deixou rolar. Esse câncer foi crescendo. Até consumir tudo:

— O que é que você tem?
— Nada.
— Você 'tá estranha, distante.
— Não é nada.

Mas, de fato, lá estava a Carla, com a camisa branquinha do uniforme, me olhando como se eu não estivesse diante dela. Continuamos a nos ver todo dia no colégio. Passávamos a maior parte dos recreios juntos. Só que era um junto desconjuntado. Ela conseguia a proeza de estar fisicamente ao meu lado, deixando claro que seus pensamentos andavam passeando por outra parte. Já não era a mesma menina com quem comecei a namorar.

Eu não tinha a menor idéia de como contornar a situação. Era ainda bastante atolado. Não tinha certeza se tudo havia ficado tão estranho por conta do incidente na casa do PP, ou se algum outro fator contribuíra para aquele esfriamento. Como poderia ser que uma mera noite mal terminada estivesse pesando tanto entre nós dois? Devia haver algo mais. Talvez ela houvesse perdido o entusiasmo por mim, talvez esse entusiasmo nunca houvesse realmente existido. Era até possível que algum antigo namorado mineiro estivesse rondando seus sonhos. Como eu ia saber?

— A coisa 'tá mal parada, Marquinho.
— Vai lá e dá uma decisão.
— Como?

Boa pergunta. Eu não fazia a mínima idéia de como abordar o assunto. Achava que tudo entre nós deveria acontecer naturalmente. Estava difícil. Eu não tinha carro nem nada. As oportunidades da gente se soltar um pouco mais eram praticamente inexistentes. E também não adiantava querer chegar ao tema de maneira indireta. A Carla respondia a todas as minhas perguntas de forma lacônica. Em face de tanta opacidade, eu me sentia tão impotente quanto o super-homem diante de uma parede de chumbo:

— Eu queria ter uma visão de raio X, pra ver dentro do seu coração.

— E se você não gostasse do que achasse lá dentro?

Carlinha Criptonita. Aquela situação foi me deixando cada vez mais desconcertado e deprimido. Eu sentia como se toda a minha vivacidade estivesse me abandonando. Em cima de tudo isso, lá vinha o fantasma do vestibular se aproximando ameaçador. Droga. Meu balão estava perdendo altitude, e eu já não tinha mais lastro. Todos os meus sacos de areia já haviam sido usados.

32

— E o que é que você acha da gente ir a Lumiar, passar o fim de semana no sítio do Roberto?

Alex e o poeta estavam azarando umas meninas italianas que tinham vindo visitar o Brasil e ficaram hospedadas com uns conhecidos do filósofo. O convite para o fim de semana na casa de campo havia caído do céu. Presentão do primo. Mencionei à Carla o convite, sem muitas esperanças de que ela aceitasse. Seria uma oportunidade legal para a gente ficar numa boa, eu disse. Surpreendentemente, ela concordou em vir comigo:

— Pode deixar que eu falo com os meus pais.

No dia seguinte, voltei a tocar no assunto. Ela respondeu que já tinha acertado tudo. Confiei. Não devia. Quando veio o sábado, e cheguei à casa da Carla, encontrei o rebu armado. Ela tinha falado com os pais apenas por alto — deixou para comentar os detalhes do programa na última hora. Os legítimos representantes da tradicional família mineira vetaram a viagem, total e completamente. Não importava se era um programa com gente conhecida, ou se o primo jornalista do Marquinho estaria se ocupando da meninada. Na ausência de pais católicos, apostólicos e romanos, a negativa veio categórica:

— Nem pensar, minha filha. Que maluquice!

A princípio, fiquei atônito. A Carla estava possessa. A mãe tentava explicar que não era questão de falta de confiança em nós. A filha tinha de entender que eles não podiam permitir uma viagem assim: o que é que os outros iriam dizer! A Carla gritava que eles já haviam concordado. A mãe respondia que ela não tinha avisado nada direito; somente agora estava explicando que nenhum "adulto responsável" estaria viajando conosco. No meio dessa zorra, dona Denise se virou para mim, e disse:

— Se ao menos a Carla tivesse falado sobre o assunto antes, talvez eu ainda pudesse ter telefonado para a mãe desse seu amigo Marquinho e pensado melhor sobre o assunto.

Cometi então um erro fatal. Magnífica pisada na bola. Achei que podia resolver o assunto na base do bom-mocismo. Disse que entendia a posição da dona Denise e que tinha inclusive avisado à Carla para conversar com os pais sobre o assunto com bastante antecedência. Eu estava querendo acalmar os ânimos, mostrar à dona Denise que era um menino responsável, que a filha não ia viajar com nenhum maconheiro cheio de más intenções. No grito, nada se resolveria. Banquei o diplomata, para ver se a mãe se tocava que era melhor deixar a filha viajar. Afinal, já estava todo mundo lá embaixo, esperando no carro. Um veto à viagem seria um grande vexame, quase um insulto.

Eu e minha boca. Devia ter ficado calado. No que dei a vaselinada, a Carla resolveu ficar putaça comigo. Achou que eu estava tomando a parte da mãe dela:

— João, você é o puxa-saco mais idiota que eu já conheci!

E saiu para o quarto, batendo a porta. Dona Denise se desculpou muito. Ainda assim insistiu que não podia autorizar a viagem, apesar de sua confiança total em mim. Ou seja: me fudi, de verde e amarelo. Só me restava esmurrar as paredes do elevador. Desci com a maior cara de otário. Expliquei ao pessoal a confusão. Eles viajaram, eu fiquei no Rio.

Esse incidente foi um golpe de morte no nosso namoro. Daí para a frente, a Carla foi esfriando, esfriando, até virar pedra de gelo. Nosso namoro ainda continuou por quase um mês. Mas o fim já havia acontecido. Faltava apenas oficializar. Nem no colégio ficávamos juntos direito. Começaram umas aulas não-obrigatórias, estava tudo meio zoneado. Não havia mais aquela rotina de intervalos e hora do lanche. Todo mundo mergulhou no pique final de preparação para o vestibular. Não dava para pensar muito em nada. A Carla fez as provas da PUC, andou sumida por uns dias. Depois disso, seguiu estudando.

Fui ficando deprimidaço. Não queria que o colégio acabasse, não queria fazer vestibular, não queria estudar, não queria entrar em droga nenhuma de faculdade. Eu sentia que estava a ponto de tomar uma porradona da vida.

33

Os tempos negros começaram já no final de novembro. Antes que o terceiro científico acabasse, veio o sinal inequívoco do apocalipse. A profecia gaulesa. O céu desabou sobre nós. Amanhecemos naquele dia negro sendo informados da iminente partida do Alex. Foi um choque. Algo totalmente inesperado. Inconcebível.

— Você acha mesmo que ele vai embora? — perguntei.

— Parece que já 'tá tudo acertado— respondeu o Marquinho.

— Isso é ridículo. Os amigos do cara 'tão todos aqui. A vida dele 'tá toda aqui. O Alex fala português melhor que italiano! E falta só um mês pra terminar o colégio. Por que isso? Os pais desse puto não vão continuar aqui? Por que não deixam o filho fazer faculdade no Fundão, como qualquer brasileiro normal?

— A mama não quer de jeito nenhum. Ela acha que o Brasil é uma terra de índios, um fim-de-mundo onde se come queijo com doce. 'Tá pressionando o marido pra voltar à Itália, já faz um bom tempo. Agora ela conseguiu um trunfo. Se o Alex sair na frente, já é meio caminho andado.

Era difícil ficar de braços cruzados, assistindo a nosso amigo ser deportado para um campo de concentração à carbonara, uma sibéria à parmiggiana. Eu estava a ponto de perder a cabeça:

— Nós temos de contratar alguém pra apagar essa mafiosa! Não podemos deixar que ela estrague a vida do Alex!

— Tem jeito não, Johnny. A mulher não quer deixar nem que o Alex espere até janeiro e faça as provas do Cesgranrio. Acho que ele vai ter de sair fora no começo de dezembro.

— Isso é muito escroto! As aulas lá só começam em setembro! O Alex pode perfeitamente fazer o vestibular aqui, entrar na UFRJ e ainda cursar um semestre inteiro. Depois disso, ele tranca a matrícula, dá um pulo na Itália, analisa bem os prós, os contras...

— ... e chega à conclusão de que prefere ficar aqui mesmo? É justamente isso que a mama não quer que aconteça. Ela 'tá planejando mandar o Alex de volta pra casa, sem bilhete de retorno. O papo de que ele tem de chegar na Itália com uns meses de antecedência pra dar uma recuperada na língua é pura enrolação. A estratégia é cortar de uma vez os vínculos dele com o Brasil. Vestibular nem pensar.

O Marquinho sabia o que estava dizendo. Tinha sido o primeiro a tomar conhecimento da tragédia. Ele vivia na casa do filósofo. Desde a fase de preparação para o exame de entrada na quinta série haviam sido melhores amigos. O poeta era minha última esperança. Precisava fazer algo para impedir aquela loucura:

— Porra, Marquinho! Você já tentou convencer o Alex de que ele 'tá entrando na maior roubada? Eu ensaiei tocar no assunto, mas o cara ficou lá calado, sem nem dar resposta. O que é que ele vai fazer na Itália? Sozinho!

— Eu já falei com ele, Johnny. Não adianta. O Alex não consegue confrontar a mama. Se deixou levar, caiu direitinho na armadilha. É até difícil de acreditar. Ele entrou bonitinho na nóia de que o Brasil não passa de uma fase passageira, de que ele é italiano e seu lugar verdadeiro é lá na terrinha.

— Você acha que essa decisão tem volta?

— Acho difícil. O Alex fica se enganando com umas histórias de que pode voltar pro Brasil depois de terminar a faculdade. Eu duvido. Se ele sair daqui justo agora, é pra não voltar nunca mais. Eu 'tou putão com essa história toda. E o pior é que o Alex ficou uma porrada de tempo na moita, sem dizer nada pra ninguém. Ele só abriu o jogo depois da merda toda decidida. Me sinto meio traído, sei lá. Porra! Se eu tivesse sabido disso antes...

— Não dá pra entender! O porra do Alex passa nove anos penando no Brasil, e quando chega finalmente o momento de comer todas as menininhas, resolve ir embora. Não entra na minha cabeça.

— Nosso filósofo é o homem absurdo!

Falamos disso durante horas. O tempo sobrava. Estávamos os dois sentados num ônibus, rumo ao Primeiro Congresso Nacional dos Estudantes Secundaristas, que aconteceria em Curitiba. Eu e Marquinho fomos escolhidos como representantes do colégio. A viagem ao Paraná era longa a não poder mais. Não acabava nunca. Calculamos que naquele ritmo levaríamos uns quatrocentos anos para chegar ao Sul.

Nosso país, essa coisa ilimitada, é sempre assim: um pedaço de Brasil cercado de Brasil por todos os lados. Como bem disse o poeta, ali tristonho no seu assento, o olhar perdido através da janela embaçada:

— Acho às vezes que no mundo inteiro só existe Brasil. O resto é troço sem traço. Troça de ficção invencionista. Como pode um de nós ir morar num lugar tão irreal quanto a Itália?

34

Eveio o dia da formatura. Eu e Carla apresentamos a segunda parte do evento. Ela de um lado do palco, eu de outro. Quilômetros de distância entre nós. Segui à risca o *script* redigido por algum professor mongol. Não estava em noite das mais inspiradas. Somente no final, me permiti fazer um breve improviso. E terminei minha fala dizendo que não seria possível esquecê-lo. Ali em cima do palco, diante de mil pessoas. Falava em nome dos que restavam. Com eles ao meu lado, comentei a infelicidade da quinta parte da nossa estrela não poder estar presente naquele dia tão importante:

— Mas pra nós quatro, é como se estivesse. Sempre que nós voltarmos a nos reunir, em qualquer lugar ou tempo, ele vai estar conosco.

Entreguei então o diploma ao pai do Alex. Na véspera havíamos decidido que caberia ao poeta fazer o pequeno discurso. Na hora H, contudo, ele amarelou. Ficou com medo de chorar, creio. Me deu um empurrão, e disse assim:

— Fala aí você, Johnny. Não levo jeito pra essas coisas.

Eu estava já passando o microfone para ele. Acabei engatando uma quinta e fazendo o pequeno discurso eu mesmo. Tinha de dizer algo sobre o fato do Alex não ter podido comparecer àquela cerimônia de formatura. Pensei em fazer uma denúncia. Eu chamaria o *New York Times*, a Cruz Vermelha, a Anistia Internacional:

— A Gestapo acaba de deportar nosso camisa 10!

Mas a mama não estava lá. Detestava tanto o Brasil que nem quis dar as caras naquela formatura de curumins. O pai do Alex apareceu sozinho na cerimônia para apanhar o diploma do filho. Deixei de lado o protesto. Fiquei no sentimentalismo mesmo. E encerrei minha participação naquela cerimônia.

No que desci do palco, os avós de algum formando me cumprimentaram. Disseram que minhas palavras haviam sido muito comoventes. Pela cara deles, devem ter achado que eu estava falando de algum colega que havia morrido antes de completar o terceiro científico. Não resisti à deixa. Tive de esclarecer:

— O falecido veio à cerimônia sim. Estava ali no palco com a gente.

Tomando minha afirmação por licença poética, o casal de idosos sorriu amavelmente. Tadinhos. Não se deram conta de que eu estava falando a mais pura verdade. O morto, ao vivo. Realidade concreta. Ali de pé, ao lado dos três sobreviventes. Ainda bem que o poeta teve o bom senso de não passar a palavra para ele. Eu ia ficar muito puto. Assim que os três se acercaram ao púlpito, não pude evitar de pensar:

— O que é que esse palhaço 'tá fazendo no palco?

Porra. Na hora de ir ao aeroporto se despedir do Alex, *Mistah Kutz* preferiu ficar em Angra. Fim de semana supermaneiro. Numa ilha! Com as barangas riquinhas. Andando de lancha e surfando no esqui. Triste.

35

Naquela noite, estavam todos comemorando os resultados do vestibular da PUC. Fiquei de fora das celebrações. Ignorei a oportunidade por completo. Não ia mesmo ter dinheiro para pagar uma universidade de boyzinho. Além disso, havia perdido sentido continuar a estudar com os padres. Era hora de deixar para trás o colégio:

— Não posso continuar vivendo uma ilusão.

Me agarrei a essa convicção. Coloquei todas as fichas no vestibular dos merda-pobre. Eu queria estudar de graça e dispensar meus pais. Já estava cansado deles me jogarem na cara o sacrifício enorme que faziam para me manter num colégio de boa família.

Assim foi. Na noite da formatura, o colégio inteiro estava comemorando os resultados da PUC, exceto eu e os aspirantes a carreiras da área biomédica. Fiquei em boa companhia, ao menos. Marquinho e PP me deram apoio na decisão de cagar geral para as faculdades pagas:

— Merda-pobre tem mais é que passar pra Nacional.

Confesso que não foi nada legal ver a comemoração da galera. Me senti como se já não pertencesse àquele grupo de pessoas, como se, à última hora, me tivessem roubado todos os anos de colégio. Só me restava ir ao banheiro. Sufocar as tristezas.

Encontrei por lá o Dedinho, meu amigo dos tempos de primário. Ele estava contente. Tinha passado em segundo lugar no exame de Engenharia. Ia ganhar bolsa integral. Coisa merecida. O Dedo sempre foi o aluno mais fodão do colégio. Gênio total. Desde o primário, só tirava dez. Se pintasse um noventa e nove, eu desconfiava logo de erro na correção. Apesar de tanto brilho, ele era o mais normal dos mortais. Grande camisa 8. Armava o jogo com sublime inteligência. Lançamentos desconcertantes. Um verdadeiro Gérson em campo. Inteligência esperta. Anti-CDF convicto. Fiquei feliz em saber que ele havia arrebatado no vestiba da PUC. Convidei-o para liquidar comigo o tira-gosto. Em homenagem aos tempos pré-cambrianos. Demos boas risadas:

— E aí Dedo, você ainda curte aquelas merdas tipo *Ashes are burning* e *Selling England by the Pound*?

— Falou o Johnny Rotten de Vigário-Geral!

— Olha que um dia eu conto pra todo mundo que você gostava do Rick Wakeman e dizia que *Voyage to the Center of the Earth* era o maior disco de todos os tempos...

— Melhor que você, seu puto. 'Tá pensando que eu esqueci que você aprendeu a tocar aquelas músicas todas dos Carpenters só pra agradar à Lili?

Sacanagem vai, sacanagem vem. Alertei o Dedinho:

— Se você aceitar essa bolsa dos padres, vai ter de aturar o Luis Otávio por mais cinco anos.

O homem que vendeu seus trinta talentos estava festejando um quarto lugar no vestibular de Economia da PUC. Ia ganhar meia-bolsa. Coisa apropriada a um boyzinho fajuto. Teria de pagar metade dos seus estudos universitários, e se dava por satisfeito com isso. Já havia até anunciado aos sete ventos que nem iria fazer as provas do Cesgranrio.

Realmente. Devia ser muito irritante estudar na UFRJ, com um bando de gente que não tinha casa de praia. Gente que nunca passou férias fora do Brasil. Gente que não podia se sentar numa roda do Iate e dar sua opinião relevante sobre as diferenças entre o esqui aquático e o esqui de neve. Devia ser muito irritante ter um monte de colegas merda-pobre.

— Faz já quantos anos que te avisei que esse cara era um babaca?

A cobrança do Dedinho calou fundo. Me vi forçado a reconhecer:

— Se lembra que no início da quinta série a gente vivia angustiado querendo encontrar alguém que pudesse explicar as gírias das músicas em inglês?

— Claro!

— Pois só agora eu entendi de verdade aquela frase de *How do you sleep?*.
— Qual?
— *Those freaks was right when they said you was dead.*[17]
— Antes tarde...

---

17. "Aqueles malucos estavam certos quando disseram que você morreu", da canção que John Lennon fez para Paul McCartney após o fim dos Beatles *How do you sleep?*.

36

Contei ao Marquinho sobre esse encontro. Tomei o maior esporro:
— Que sacanagem é essa de fumar unzinho e não chamar os amigos? Traição imperdoável. Tive de cumprir penitência no ato. Lá fui eu. Arrancar nosso terceiro remador de perto dos seus parentes. Nem custou tanto. Expliquei à família do PP que o pessoal da Maria Joana estava querendo levar um papo com ele:
— Rapidinho gente. Só o tempo de dar um alô.
A mãe do Pedro ficou muito orgulhosa. Namorada nova, hein!
— Ah, meu filho, traz a moça aqui pra eu dar uma beijoca nela.
— Ih, Dona Janete — alertei— a senhora tem de ir com calma. A Maria Joana detesta ser apresentada a gente mais velha.
— Me mostra então onde é que ela 'tá, Joãozinho?
— Pra falar a verdade, nem sei direito. Essa garota vive se escondendo. Deve de estar malocada por aí, em algum lugar.
— Menina difícil, é?
— Íxe! Pra lá de difícil! Mas vale a pena, Dona Janete. A Maria Joana é menina de boa cepa. Vem de uma família com raízes profundas nas terras brasileiras!
E pedi licencinha. Arrastei o PP comigo. O cara estava lívido.
— Você é louco, Joãozinho?
— Ah! Tua mãe nem desconfiou.
Demos algumas voltas pelo salão nobre para despistar a espionagem. Teria sido tudo mais fácil se a formatura houvesse sido feita no próprio colégio. Até hoje me pergunto de quem foi a idéia de montar a festa no Hotel Nacional. Coisa mais brega. Algum vascaíno deve ter-se infiltrado na Comissão de Formatura. Essa gente transforma qualquer zona sul em Barra da Tijuca.
Já no banheiro, o PP perguntou:
— E o Tavico?

— 'Tava lá de papo com a galera mané — explicou o Marquinho. — Não consegui arrancar ele de lá.

— Porra! — reclamou o Pedro. — Já faz um tempão que esse puto não fuma com a gente. Ele 'tá ficando meio besta.

— Também não é assim — aliviou o poeta. — A recusa era previsível. O Tavico não resiste a fazer um social.

Fiquei na minha. Os dois estavam cansados de saber que eu andava putaço com o Judas Excarioca. Nem adiantava insistir na malhação. Sempre que eu tocava no assunto, o Marquinho saía em defesa do Tavico. Fazia questão de bater o pé na crença de que as coisas iriam melhorar depois do vestibular:

— Quando a gente se mandar de férias pra Bahia, dou um jeito de convencer o Tavico a parar com essa bobagem de faculdade burguesinha. O único problema é que eu vou ter de fazer todo o trabalho sozinho. E isso porque o viadinho do Johnny 'tá de birra e não quer vir com a gente.

Recusei efetivamente o convite. A última coisa de que eu estava precisando era passar um mês inteiro escutando o Tavico falar dia e noite sobre sua prancha nova. Se o Marquinho se dispunha a fazer do seu ouvido pinico, eu não ia me meter. Mas deixei claro:

— Duvido que essa viagem sirva pra reconduzir o Tavico ao bom caminho. Nos últimos seis meses, ele só fez pisar na bola.

Minha má vontade não era o único motivo que me fazia recusar o convite do Marquinho. Eu não estava mesmo com disponibilidade para passar um mês na Bahia. Meu namoro com a Carla não ia bem das pernas. Se eu me mandasse para o norte, seria o equivalente a dizer:

— Tchau, bença, 'té logo, não volto mais nem morto!

Eu não queria pôr tudo a perder. Por mais capenga que andasse, aquele era o namoro que eu tinha. Me apeguei à esperança de que as coisas podiam voltar a funcionar como no início. Eu gostava da Carlinha. Não dava para viajar. De jeito nenhum.

O Marquinho ainda insistiu:

— Porra, Johnny, por que você não vem com a gente? Já basta o PP ter caído no conto de viajar com o irmão pro Peru.

— Vou mesmo, e vai ser maneirão — disse o próprio.

— Du-vi-de-o-dó! Teu irmão é um porre!

— Eu sei disso. Mas 'tou a fim de ir pro Peru!

— 'Tá legal. 'Tá le-gal! Mas depois não vá a senhora se queixar de que eu não avisei! — versejou o poeta. E logo voltou a insistir:

— E você, hein, Johnny, larga de ser pentelho, vem com a gente!
— Não dá pra ir, já expliquei — respondi, meio sem ânimo.
O Marquinho estava com a macaca naquela noite. Cismando de pegar no meu pé. Justo quando eu não me sentia muito legal. Bateu o maior bode. Todas as piadas e gracinhas não podiam encobrir o travo amargo na língua. A Carla andava tão estranha. Nem tinha falado direito comigo. Pairava no ar um perfume de tragédia. O baiano encravado tornou a me pressionar:
— Explicou da maneira mais esfarrapada possível.
— 'Tou sem um puto, cara.
— Papo brabo, Johnny! Pra cima de moá? Não cola. Nós vamos no fusquinha da avó do Tavico. Sai mais barato que ficar parado aqui no Rio. Já te disse pra não esquentar com esse lance de grana. Chegando em Salvador, tem hospedagem de graça. Não vejo onde possa estar o problema. Eu até te empresto, se for preciso.
— Deixa esse assunto pra lá, Marquinho. Prefiro ficar por aqui mesmo.
— Por quê? A Carla não vai pra Belo Horizonte?
— Vai. Mas volta duas semanas antes de vocês.
— Pois é o maior vacilo. Ouve bem o que eu 'tou te falando: não entra nessa roubada! É fria! Se a Carla decidiu ir pra Belo Horizonte e não fez questão de ficar aqui nas férias com o namoradotário, você tinha mais era de se mandar pra Bahia com os seus amigos. Papo sério, Johnny. O melhor que você pode fazer é sair de viagem, pegar onda adoidado, azarar tudo que é baianinha, fumar dez quilos por noite, e depois voltar queimadão e feliz da vida, pra ver qual é a boa. Se a Carla 'tiver mesmo a fim de você, ela que te espere!

Melhor teria feito se seguisse os conselhos do poeta. Mas eu não sabia como fazê-lo. Estava mergulhando de cabeça numa longa *bad trip*. Tudo que era bom parecia ruir diante de mim. Eu não tinha vontade de entrar em nenhuma faculdade. O Alex fora embora, nosso grupo andava disperso. Tavico McCartney havia desaparecido, fazendo surgir em seu lugar o acusador, o adversário. Ele havia dito que tudo estava errado comigo. Que meus sonhos eram pesadelos. Que meu talento de nada serviria para enfrentar o mundo. O que pensava ser meu maior trunfo era, na realidade, meu pecado original, minha perdição. De um momento a outro, o mundo se revelara hostil. Eu estava só.

37

Cansamos de conversar sobre a tal viagem à Bahia. Sentamos no chão de mármore e ficamos fumando por um tempo. Em total silêncio. O poeta se pôs então a reclamar da ausência do Alex. Coitado. Não era do tipo que demonstrava sentimentos. Mas, naquele dia, estava claro que tinha por dentro uma ebulição de tristeza. Havia perdido seu melhor amigo. Eu tinha noção do que era isso. Podia entender.

O poeta sabia se comover na hora certa. No aeroporto, entregou ao Alex uma folha de papel. Nosso filósofo deu uma lida rápida. Depois disso, colocou a mensagem no bolso. Não disse nada, não a mostrou para ninguém. Logo entendi do que se tratava. Vi a emoção no seu rosto. Era na certa um poema. Como só Dom Marcos sabia fazer. Um poema, sua única forma de dizer.

E ficamos ali sentados. Eu estava triste. Assim como o Marquinho. Sentados os dois no chão, costas apoiadas na parede, éramos soldados exaustos na desolação das trincheiras. Apenas o PP seguia alegre, fumando o seu. Eu podia notar que algo estava a ponto de acontecer com o Pedro. Era como se ele houvesse entrado num clima de despedida. Parecia a ponto de dizer adeus a si, para vir à tona como si mesmo. A coisa vinha chegando. O Coisa se anunciava. Píter Punk não tardaria em nascer.

Sem se dar conta do quão abatidos estávamos eu e Marquinho, o gigante moreno começou a rir de felicidade. Olhamos o dono dos dentes. Totalmente doidão. Completamente torto. Pedro Paulo cabecinha. Decolava com qualquer poeira. No que notou nossas expressões de censura, foi se explicando, cheio de baianice:

— Puseram tóchico na minha maconha!

A gente teve de rir com ele. Nego bobo. Grande PP. Amigão de verdade. Quem perde amigos, acaba sempre redescobrindo a amizade daqueles que sobram.

38

Saímos do banheiro. A cerimônia estava acabando. Nos separamos. Finalmente encontrei minha mãe e meu pai. Só chegaram no final da festa. Nem perguntei por que. Provavelmente tinham ficado discutindo em casa por algum motivo sacal. Meu irmão não deu as caras. Estava ocupado, possivelmente. Nunca soube direito que porra meu irmão fazia com a vida dele. Também não posso dizer que haja me interessado. Para todos os efeitos, minha família se resumia à minha avó. Era a única pessoa que contava. A única pessoa. Os outros, nem pessoas eram. Mais bem se tratavam de vegetais móveis. Repolhos evoluídos. Verdadeiro milagre da natureza.

Minha avó não pôde vir. Caiu doente. Sem ela, tudo aquilo perdia sentido: o terninho transado, os sorrisos todos, o par dourado apresentando a cerimônia, as fotos, caras e bocas — bobagens colossais. Para quê, para quem? Gente mais esquisita. Lá estavam meus pais, e eu me sentia sozinho. Nunca souberam perguntar o que devia ser perguntado. Sempre que encontravam alguma bifurcação, tomavam o caminho errado. Fiquei calado, ouvindo os dois dizerem bobagens sobre como os pais de uns boyzinhos execráveis que se formavam comigo eram pessoas pra lá de *very* importantes. Depois desse vexame, *mummy and dead* começaram a apontar alguns dos meus colegas e perguntar quem ia fazer vestibular para quê. Logo vi que estavam dispostos a me encher o saco outra vez. Eles não se conformavam com a faculdade que escolhi cursar.

Dito e feito. Lá veio a cantilena de que eu devia ter feito o vestibular para o curso de Direito da PUC — porque meu irmão já estava lá, porque eu podia perfeitamente conseguir uma bolsa feito ele, porque era bom continuar estudando com os padres, porque eles já me conheciam, porque eu ia estar ao lado de gente decente, gente que poderia me ajudar no futuro. Eu abominava aquela visão oportunista dos meus pais. Me dava um embrulho no estômago

a idéia de ficar amigo de alguma pessoa porque ela me ajudaria a subir na vida.
— Como pode alguém subir se abaixando?
Com o término da cerimônia, me despedi dos dois. Disse-lhes que estava indo para a festa dos formandos, na Papillon. Ali mesmo, do outro lado da rua. Voltaria de carona com o PP.
— Ele já tem carro, sim. É um Voyage. Novo. Totalmente novo. Cheirando a novo. Só dele. É. Os pais têm dinheiro sim. Vocês sabem perfeitamente disso. Não, nem tanto. Classe média alta. A casa da Gávea já ficou pronta. Ficou legal sim. Muito embora não faça meu gênero. Não, não sei se o PP é novo-rico. 'Tou cagando pra isso. 'Tá bom, desculpa. Não digo mais "cagando". Eu 'tou me lixando e andando pra esse lance. Os pais dele? Advogados. É. Os dois. Pomba! Já contei isso aí quinhentas mil vezes! 'Tou nervoso não. Vocês é que parecem esclerosados. Não. Não sei advogados de quê não. Se são gente de bem? Difícil de dizer. Acho que essa galera adevogada prefere ser gente de bens. Não, não vou reconsiderar minha birra não. Não vou fazer Direito nunca não. Perguntei a um homem o que era o Direito. Ele me respondeu que era a garantia do exercício da possibilidade. Esse homem chamava-se Galli Matias. Comi-o. Não, seu nome não era Galli Matias Comillo. Bah, esquece! Não, esquece! É, eu sei que vocês nunca entendem nada do que eu falo. Então vou repetir. Não vou fazer Direito nunca não. Nem morto! Vocês mesmo dizem que eu não faço nada direito. Minhas idéias são infantis sim. Minhas idéias são todas infantis. Mas eu gosto delas. São minha idéias, só minhas, vindas da minha cabeça oca, e são essas as idéias que eu quero ter. Saco! 'Tá legal, tá legal... 'Taí, concordo. Dessa vez concordo merrrmo. Em número, gênero e grau: o dia de hoje não tem de ser dia de discussão. Então é por isso que eu vou nessa. Tchauzinho. O quê mais! Cara de novos-ricos? Sei lá o que é isso — "cara de novos-ricos"! A pergunta não seria por conta da "cor de novos-ricos"? Não, não 'tou querendo vir com sarcasmo não. Perguntei só pra esclarecer. Sei lá de onde vem a família do PP! Alguma parte deve ter vindo da África. Isso com certeza. É, podecrer, valeu, muito bem dito, "na nossa família não tem disso não". Somos todos arianos-lusitanos. Vocês acham que tem algo de esquisito no jeito do PP? À parte essa cor marromenos puxada pro chocolate que o destino lhe deu? Sei disso não. Ele é meu amigo. Muito meu amigo, sim. Eu gosto dele. E ponto final. O Luiz Otávio 'tá por aí. Por que eu não 'tou do lado dele? Por con-

ta das moscas. Não, nada não, esquece. Da última vez que passei pelo Luiz Otávio, ele 'tava com o Frei Alberigo. No terceiro anel do nono círculo. Fica mais ou menos aí pela última estância. 'Tou falando coisa com coisa sim. É, o Luiz Otávio é um menino muito bonzinho. O único amigo meu de quem vocês realmente gostam? Faz sentido. Aliás, vocês podiam ter me alertado sobre isso alguns anos mais cedo. Teria evitado tanta aporrinhação! Os padres gostam do Luis Otávio sim. Ele vai fazer Economia. Melhor se fizesse Direito? 'Taí, concordo. Ele leva jeito. 'Tá sempre querendo fazer a coisa direita. Mas suspeito, muito cá entre nós, que ele, no fundo, no fundo, queria mesmo era fazer Astronomia. Verdade, 'tou brincando não. O Tavico anda se envolvendo com a estância Ptoloméia. É Ptolomaica que se diz? Xiiiii! Mais um erro ptolomeu. Desse jeito acabo levando bomba no vestibular. 'Tá legal, vou virar essa minha boca pra lá. Então é isso, né. Valeu gente. Tenho de ir nessa. Já foi quase todo mundo embora. Eu volto com o PP. Tem carro sim. Voyage. Novo. Mas será o eterno retorno?! Cadê o Tim Maia nessas horas em que a gente precisa dele! Ah, esquece vai. Piada das internas. O PP tirou carteira faz um mês. Tem perigo não. A gente não bebe nada. Juro. Pela minha mãe mortinha! Desculpe, desculpe, piada de mau gosto. Não, falando sério. Podem ficar tranqüilos. Verdade. Não vamos beber nada. Alcohol — só para desinfetar! Nosso lema. O Marquinho vem conosco também. Não acho que ele fez mal em escolher Biologia não. É. Mas pelo menos vai morrer de fome feliz. Pois eu acho que há gente que morre de fome feliz sim. Não, não me importa se o Marquinho vai dar certo na vida ou não. Ele vai sempre ser meu amigo. Se eu 'tou enganado é problema meu. Então 'tá. 'Tá legal. 'Táááá! Tchau, bença! Tenho de ir nessa. Bye.

39

"Onde se meteu a Carla?", pensei.
Ela havia falado comigo rapidinho no começo da cerimônia para acertar os ponteiros sobre nossa participação como apresentadores. Depois ficara o tempo todo com a família. Estava num daqueles dias esquisitaços. Aí vinha chumbo. Eu podia sentir. Cruzei a rua, caminhei até a Pappillon.
    Cheguei ao antro depois de todo mundo. Troquei algumas dúzias de tapinhas nas costas. Expliquei ao milésimo sujeito que não tinha ainda passado para curso nenhum pelo simples fato de não haver prestado o vestibular da PUC:
    — Chega de aula de Religião. Sou comunista ateu.
    — É isso aí! Falou o nosso João Guimarães Vermelho!
    Esse Marcelo era gente boa. Mas dizia umas coisas que não faziam o menor sentido para mim. O cara batia bola bem, mas não batia bem da bola. Nossos pontos de referência sempre foram muito diferentes.
    Ao cruzar com o homem que falava djavanês, ali na entrada da Pappillon, lembrei da confusão que tínhamos aprontado na Mikonos, no começo do ano. Lance maneiro. Noite radical. Pois lá estava o ponta-esquerda de fogo outra vez. Pronto para enfiar a mão no primeiro burguesinho que folgasse com ele.
    Aconteceu justamente como eu temia. Já se aproximando o final da noite, interrompeu-se a seqüência maldita de música sintética. Assim, de repente. Ninguém entendeu nada. Pensei que algum boiola havia pedido para colocarem *New York, New York* ou porcaria semelhante. Essas pragas daninhas costumavam sempre aflorar em momentos de breguice explícita. Fui surpreendido por ultraje ainda mais aviltante. Após alguns segundos de silêncio e expectativa, as duzentas caixas de som da disco infernal começaram a cuspir *Frevo mulher*, com toda potência de que eram capazes.

Marcelo e a turma da seresta (meia dúzia de gatos pinguços) num segundo ocuparam o palco iluminado e, como que vestidos de dourado, saíram pulando freneticamente. Pareciam uns russos enlouquecidos. A esquerda nacionalista. Mais tarde alguém diria:
— Subornaram o DJ com ouro de Moscou e subsídios da Sudene!
Aquele momento não se prestava, no entanto, a demonstrações de bom humor. No mais puro espírito da provocação assassina, as cinco hienas fascistóides invadiram a pista de dança. Na rabeira deles, vinham Çççézar, seus amigos judocas e mais outros tantos palhaços. Os ânimos se acirraram com velocidade espantosa. Em questão de segundos, estava rolando a maior porradaria. Vislumbrei a confusão de longe. Deixei que os gladiadores se matassem. Não me meti. Há quem diga que eu dormi de toca, que perdi a boca, que fugi da briga, que caí do galho e que não vi saída — que morri de medo quando o pau quebrou. Não se tratou disso. Nunca fui do tipo que se esquiva de uma boa briga. A bem da verdade, quando aquela zona toda começou, eu já estava nocauteado.

Ao chegar à boate, havia imediatamente procurado a Carla. Encontrei-a. Mas não a encontrei. Pedra de gelo. Estivemos juntos-distantes o tempo todo. Noite de puro sofrimento. Olhar para todo o canto e jamais encontrar seus olhos. Entender que ela pensava em tudo, menos em mim. Agüentei essa tortura por algumas horas. Até que desabei. Caí na asneira de perguntar-lhe o que havia. Ela ainda procurou desconversar. Apenas para se certificar de que eu repetiria a pergunta. Inocente que era, vesti um vasto olhar de compreensão. E mordi a isca.

Final de noite no Maracanã. Lá vinha eu, descendo tranqüilo pela ponta-direita. Driblei o lateral com estranha facilidade, olhei o espaço vazio à minha frente, avancei em direção à grande área. Fiz o cruzamento com arte e precisão. Carlinha Rivelino encheu o pé, acertando a pelota de voleio. A redonda era a minha cabeça. Numa bandeja de prata, já pelas tabelas. Presente de formatura.

Fiquei tão zonzo que tive de correr para o banheiro. Enfiei a cabeça na pia, debaixo do jato de água gelada. Quando finalmente levantei o rosto, perguntei aos olhos vermelhos refletidos à minha frente:
— Espelho mágico, espelho meu, existe alguém no mundo mais fudido do que eu?

40

Se a briga tivesse começado cinco minutos antes, eu certamente teria entrado na confusão e aproveitado em uns tantos murros toda tensão que vinha guardando desde o início da noite. Mas o chute poderoso da menina dos olhos de mel veio primeiro. Eu estava acabado, rifado, vendido. Nocauteado. Num bagaço total. Naquela noite, desabei por dentro. Como se tivesse engolido dinamite.

No que estourou a confusão, eu mal conseguia mover as pernas. Os braços pareciam atados a bolas de ferro. Me arrastei em direção ao banheiro. Precisava desesperadamente enfiar a cabeça debaixo de um jato de água gelada. Ainda pude ver o Marcelo acertando duas das hienas. Busquei em mim alguma reação. Nada pude encontrar.

Necessário explicar. O ponta-esquerda não brigou sozinho. As hienas vieram em cima dele, mas houve quem o socorresse. Ele tinha lá seus amigões: Marreco, Pota, Galo, Zeno. Toda essa turma apareceu para encarar a porradaria. Também o Cláudio se meteu na confusão. E ainda Dedinho e Nonô — em honra aos velhos tempos. Até o PP entrou na onda. Não ia perder uma última oportunidade de enfiar a mão naqueles vermes.

A confusão começou a crescer. Foi todo mundo entrando na briga, de um lado ou de outro. Mesmo o Marquinho, sujeito pouquíssimo chegado a se atracar com machos, acabou se jogando em cima da moçada. Distribuiu tabefe a quem estivesse por perto.

— Aos que vêm da lama, a lâmina! — lema samurai.

A porrada comia solta na Papillon. Me limitei a andar como um zumbi em direção ao banheiro. Noite merdona. Terminada a confusão (e expulsos uns tantos caras da boate), ainda houve quem quisesse dançar. Já passava das cinco da manhã. A turma do quero-mais seguiu insistindo. Eu estava fudidaço. Queria me mandar dali o mais rápido possível. Não havia como. Arrancar o PP de uma pista de dança era ainda mais difícil que tirá-lo de frente da televisão.

Me joguei num banco qualquer, no canto mais escuro da boate. Fiquei pensando, procurando entender o que teria feito de tão errado para minha vida estar atolada em tamanha lama. Já-era colégio, já-era conjunto, já-era turma de amigos, já-era namorada. Já-era eu. Vestibular dentro de duas semanas.

Uma hora de tortura. Até que começaram a fechar a Papillon. O Marquinho me achou deitado em assento-caixão.

— Porra, Johnny, pensei que você já tinha se mandado!

Não pude responder. Apenas contraí o rosto, como a ponto de vomitar. Eu ainda estava caindo. Já havia tocado o chão diversas vezes. A cada pensamento, ele tornava a se abrir sob mim.

— Levanta, Johnny, a gente precisa ir nessa.

Tentei levantar. Não conseguia. Me faltava vontade de me mover.

— Você 'tá de porre, cara? O que é que houve? Te acertaram? Como? Não vi você no meio da briga...

No que tentei dar uma resposta, arrebentei. Comecei a chorar. Chorar mesmo. Sem fazer muito ruído, ou me descabelar. Sem teatro. Chorando apenas. De verdade. Lágrimas e soluços. Desconsolo. Feito criança.

O Marquinho não disse nada. Puxou uma cadeira, se sentou. Pôs a mão em cima do meu ombro, e ficou ali, até que a crise acabasse. Sei lá quanto tempo durou! A eternidade.

Depois que a estiagem veio sobre mim, o poeta me ajudou a levantar. Creio que fomos os últimos a sair da disco. Encontramos o PP lá fora. Dia claro.

— Festaço, hein, galera!

— Vamos pra casa Pedro, 'tá todo mundo cansado!

Não tenho palavras para descrever a forma como cruzamos a avenida Niemeyer. O PP achava que dirigir era uma espécie de videogame. Parecia convicto de que se o carro capotasse, bastava colocar mais uma fichinha na máquina para recomeçar a brincadeira. Ele era o pior motorista que jamais havia surgido sobre a face da terra. Totalmente péssimo. Ignorava os mais básicos conceitos sobre a estabilidade de um carro. Desconhecia a utilidade da palavra "redução". Só dirigia em quarta. Na hora de parar, freava. Às vezes, se lembrava da existência do ponto-morto.

Foi esse demente, com uma carteira de motorista recém-comprada, quem, às seis e quinze da manhã, depois de haver fumado todos e tomado todas, entrou na Niemeyer a cento e vinte por hora, botando a turma toda do passeio pra fora. Quinhentas curvas dentadas na mais absoluta banguela. Fiquei um pouco enjoado, porém não me incomodei. Olhava os paredões de pedra vindo em nossa direção, os penhascos nos convidando a saltar sobre o mar, os carros brincando de se desviar da nossa frente — e nem ligava. Eu já estava morto. Não tinha medo de morrer.

TERCEIRA PARTE

1

Natal em família. Pesadelo. Depois disso, que jeito! Reta final. Mergulhei de cabeça num esquema intensivo de preparação com o poeta. Dezesseis horas por dia. A conta exata de traçar trocentos livros, um zilhão e meio de exercícios, 28 LPs e dois *get backs*. Terapia. Só paramos para ir a uma festinha de reveillon na casa do Roberto. Foi lá que encontrei uns sujeitos do Partidão. Pegaram meu telefone e ficaram de me ligar para que eu fosse a umas tais reuniões:

— A gente precisa reforçar a participação do pessoal mais jovem na militância. A luta só pode seguir adiante com a ajuda de sangue novo.

Chegou o vestibular. Unificado. Fiz as oito provas direitinho. Passei sem brilho ou problemas. Filosofia não era mesmo um dos cursos mais concorridos. Não precisei de muito esforço para ser aprovado. Com o Marquinho aconteceu parecido. Quando abrimos o jornal para ver os resultados, nem celebramos muito. Tudo pareceu natural, como se o vestibular tivesse sido uma mera formalidade e aquelas provas todas uns simples formulários. Burocracia.

O PP estava já no Peru a essa altura. Passou para o segundo semestre de Medicina na UFRJ. Grande vitória. Ele chegou a nos mandar um cartão-genital a esse respeito. Mostrava uma daquelas estátuas pré-colombianas com macheza pré-histórica. E dizia assim:

Cambada,
Resultado do caralho. Me dei bem pra cacete. Simplesmente matei a pau. Seis meses pra fazer porra nenhuma! Pena que a viagem pelo Peru ande à meia-bomba. Meu irmão é muito pentelho demais, nem falo mais com ele. Enchi o saco, geral. Resolvi mandar tudo pras picas. Cheguei a uma conclusão: "Vou-me já sozinho pra Europa!". Falando sério, negada, quero mais é despirocar. Me garantiram outro dia que na Inglaterra os pênis são moeda corrente. De repente, pinto na Itália pra visitar o Alex.
Ass: PP

Assim fez o Pedro. Se mandou para a Europa. Rodou um pouco e, no início de março, atravessou os Alpes com o objetivo de visitar o Alex. Depois disso, deu mais uma rodada pelo velho continente, a toque de caixa. Tinha data marcada para cruzar o Canal de la Mancha e perder de vez o juízo.

Sua ida a Londres foi arranjada com o pretexto de fazer um suposto curso de Inglês, mas ele nunca apareceu em uma aula sequer. Simplesmente caiu na gandaia. Ampla, geral e irrestrita. Não sei da missa a metade. Posso apenas afirmar que o nego aprontou. As histórias que ouvi mais tarde já deram para sentir o clima. Pedrinho Primavera estava desabrochando em forma esplendorosa. Fez questão de prolongar essa fase ao máximo. Em julho, convenceu os pais de que seria melhor estudar com os alunos do primeiro semestre, e trancou a matrícula por mais seis meses. Ele só iria voltar da Inglaterra no ano seguinte.

Também o Marquinho saiu do Rio no final de janeiro. Conforme combinado, ele e Tavico foram para a Bahia. Nunca me interessei em saber os detalhes dessa viagem. Parece que os dois subiram pelo litoral: Porto, Ajuda, Trancoso, Morro, Itaparica. Chegando a Salvador, se hospedaram na casa do padrinho de Dom Marcos. Um pouco antes do carnaval, começaram a descer o litoral outra vez.

Resumindo: naquele final de janeiro, me vi sem colégio, sem grana, sem namorada, sem nenhum dos meus amigos por perto. Eu ainda encontrava algumas pessoas na praia, mas ninguém com quem realmente pudesse conversar. Senti um vazio enorme. Pintou a política.

2

A primeira reunião a que fui realizou-se na casa de um senhor chamado Reinaldo. Estavam por lá cerca de quarenta pessoas. Ao darem o salão por cheio, um famoso cientista político pediu a palavra para expor-nos sua análise da situação política do país. Com grande elegância e clareza, ele resumiu a estratégia do regime militar de legitimar-se por meio de uma pseudodemocracia. Expurgos, clientelismo, fraudes e manipulação de regras eleitorais haviam sido as armas com que a ditadura lograra, em seus 18 anos de existência, assegurar o funcionamento de um Congresso dócil e de um Colégio Eleitoral obediente. A nova reforma política, impondo o voto vinculado de vereador a governador, era mais um artifício dessa estratégia. O objetivo do poder central estava claro: impedir que as oposições conquistassem os governos dos principais estados da federação e garantir uma maioria pedessista na Legislatura que iria eleger, dentro de dois anos, o sucessor do ditador de plantão. Diante dessa manobra, as oposições deviam esquecer suas diferenças e se unir em uma grande frente democrática, única forma de assegurar a restauração da normalidade institucional e do poder civil no país.

Até aí, tudo bem. O imperativo tático da fusão dos autênticos do PMDB com os liberais do PP; a alienação purista do PT; o caráter daninho do caudilhismo brizolista — tudo isso fazia muito sentido. Raciocínio impecável. Mas havia no Rio de Janeiro um obstáculo imenso à formação de uma grande frente oposicionista. Para unir-se ao PP do governador Chagas Freitas, o PMDB local precisava abrir mão de seus princípios e de sua dignidade. Afinal, o chaguismo não passava de uma adaptação fluminense do regime conservador, corrupto e clientelista que dominava o país.

O renomado politólogo explicou, contudo, que nada disso importava. A nobreza dos fins justificava plenamente a torpeza dos meios. Além do que, mal ou bem, o governador fazia parte da oposição, e seu herdeiro político vinha dando claros sinais de que se dispunha a ser tutelado pelos intelectuais da esquerda.

Eu devia estar com as faculdades mentais completamente embotadas naquele momento para não me dar conta do desastre inevitável a que nos conduziria a patinada conceitual do sofista lua-preta. Mas o destino não quis me poupar. Antes mesmo da reunião terminar, eu já havia decidido cerrar fileiras com as hordas comunistas, no seio imenso do glorioso PMDB.

3

Assim que o Marquinho voltou da Bahia, tentei chamá-lo para outros desses encontros. Ele compareceu a apenas um deles, e logo perdeu o interesse. Se sentia incompatível com a noção de uma voz da unidade. Lá no Fundão, o poeta ainda ensaiou meter-se com política estudantil. Acabou desistindo. Quem não estava em algum partido ou tendência era carta fora do baralho. A política estudantil consistia então numa luta feroz e sem quartel entre PCB, PCdoB, MR-8 e as 5 milhões de tendências que compunham o PT. Não sobrava espaço para nenhum socialista mais rosinha meter-se a fogueteiro.

Até onde eu podia ver, o Partidão encarnava o espírito da moderação e da sensatez. Todo o resto do movimento estudantil se acreditava à esquerda do PCB, fosse por radicalismo, basismo, mau-caratismo ou psicose. Eu estava muito satisfeito em poder juntar-me ao pessoal tradicionalista. Virei membro do Partido Comunista Brasileiro, com orgulho.

Nunca cheguei a assinar ficha de filiação, contudo. Eles nem tinham disso. Só mesmo o pessoal lá de cima era registrado. No DOPS. O povão pós-adole das bases estudantis se inscrevia nas fileiras do PCB apenas verbalmente. Assim aconteceu comigo. Fui aparecendo em umas tantas reuniões, até sacarem que eu estava a fim de coisa séria. No começo de fevereiro, passaram a me chamar para umas panfletagens, colações de cartazes, pichações. Muito trabalho braçal: em rodoviárias, estações de trem, portas de fábricas, favelas, universidades. Até no Carnaval dei duro.

Me diverti como pude. Ia para onde estava o povão, brincava junto com todo mundo e aproveitava para distribuir uns panfletos. Quando chegou o dia da Banda passar, lá fui eu para o coração do mundo, com a fantasia estufada de material subversivo. Entrei na folia, e comecei a gritar:

— Viva o Partido Comunista de Ipanema!
A galera se amarrou. Nunca entendi direito por que usavam essa expressão de modo pejorativo. Eu achava a idéia de um PCI o lance mais maneiro do mundo: os comunistas felizes, em paz com a vida, com seus corpos bronzeados, cheios de beleza física e espiritual. Se todos os partidos comunistas houvessem tido essa sabedoria, a história do mundo poderia ter sido diferente.

Pois eu estava em plena exaltação do comunismo dionisíaco, quando vi aproximar-se de mim a figura estranha de um metaleiro, com roupa de couro preto e toda uma parafernália de anéis, correntes, brincos e tachinhas. Demorei a reconhecer a figuraça:
— Marcelo!
Carnaval é isso aí. O pagodeiro sai de punk, e eu caio no samba.
— Grande Joãozinho! Gostei da fantasia. Você 'tá parecendo um membro do Bando da Lua.
— E você um integrante do Mundo da Lua.
Papo rápido. Carnaval não foi feito para ficar jogando conversa fora. Perguntei ao Marcelo como tinha ido de vestibular.
— Passei pra História, na UFF. Mas vou deixar trancada a matrícula na PUC. Sabe-se lá!

Após dar uma olhada nos panfletos, o ponta-esquerda me disse:
— Então você finalmente resolveu cumprir a promessa de se comunistar em modos ortodoxos...
— É mais ou menos isso que eu 'tou tentando fazer.
— Legal, dou o maior apoio. Seu candidato pelo menos é da área *light* do Partidão. Mas, me perdoe a franqueza, essa união de vocês com o chaguismo é uma roubada total.

Expliquei ao cara-pálida que esse tipo de purismo moralista só fazia bem ao PDS:
— A aliança com o fisiologismo é um mal necessário. Somente assim a gente vai ter condições de derrotar o regime.
— Concordo não. Temos aí o Brizola.
— Isola!

Não posso dizer que tenha ficado surpreendido quando o folião trabalhista insistiu no tema:
— Ele é o homem, Joãozinho. Só não cresceu ainda nas pesquisas porque o Roberto Marinho não deixa. Mas pode escrever: o engenheiro vai chegar lá e empolgar o povão. Brizola na cabeça!
— O Brizola é um caudilho.

— Isso é conversa da direita. Aqui no Rio, derrotar os militares significa eleger o Brizola. Já tentei convencer o Cláudio disso, mas ele cismou com essa história de PT.

Muito bem lembrado. Pedi mais detalhes:

— E como é que 'tá o nosso trosko?

— Feliz. Passou pra Matemática no Fundão. Mas acho que ele vai estudar mesmo é na PUC. Comodismo, atavismo, sei lá. Ele descolou bolsa, isso é fato.

Perguntei então se a tal história do Cláudio ter entrado para o PT era verdade:

— É sim. Uma pena. Eu disse a ele, com todas as palavras, "o PT não tem chance nenhuma". Mas o teimoso cismou que prefere perder a eleição a tergiversar com seus princípios.

— Era de se prever.

— Pois é. Mas eu agora 'tou avisando a você pra não bancar o otário também. Nem todo o dinheiro do mundo vai dar essa eleição ao chaguismo. O Brizola vai passar feito um trator por cima dessa canalha corrupta. E, de quebra, vai ainda arrasar o boiola do Moreira e aquela vaca afogadora de mendigos.

Tentei retrucar, sem muito êxito:

— O Brizola é uma figura autoritária, um esquerdista antiquado.

— Nada disso, João! O engenheiro é o grande líder do nacionalismo progressista. Antiquada é essa história de fazer aliança com os corruptos, achando que eles podem ser manipulados em favor das forças populares. Foi pensando assim que o Partidão ajudou a eleger o Adhemar de Barros, em 1962. Deu no que deu, o cara acabou apoiando a Gloriosa.

— Essa história aconteceu há vinte anos. Os desafios da esquerda agora são outros. A gente precisa se unir pra reconquistar a democracia.

— E vai, meu caro, com a ajuda do Briza. Acorda, João! Miro Teixeira não dá pé. Ouça um bom conselho, eu lhe dou de graça: astrologia de lua-preta só tem quadratura.

Acabei cortando o papo. Era muito difícil conversar com o Marcelo. Demasiadas diferenças. Nos despedimos. Continuei a curtir meu carnaval.

4

Que logo acabou. Quando me dei conta, já estava na hora de começar a faculdade. Me apresentaram a um veterano do IFCS. Futuro sociólogo:
— Serjão, esse aqui é o Joãozinho. Grande promessa. Vai estudar com você no Instituto. Cuida bem dele.

Assim foi. Já cheguei à faculdade me enturmando com o pessoal vermelho. O IFCS era um antro de esquerdistas, gente de todas as tendências. O PT andava crescendo bastante, porém o PCbão velho de guerra ainda mantinha o controle. Entre membros ativos, simpatizantes e ex-militantes, todos reconheciam no Partido Comunista Brasileiro o grande celeiro dos esclarecidos:
— Foi do Partidão que saíram as principais contribuições ao debate intelectual nos últimos cinqüenta anos — me garantiram os veteranos.

Num primeiro momento, cheguei a achar que tinha feito a escolha certa. Ali estava eu, iniciando uma vida nova, a caminho de me tornar um verdadeiro intelectual socialista, alguém capaz de dar sua contribuição ao país e influir nos destinos da nação.

Era necessário, contudo, passar pela fase de bucha de canhão. Johnny Zero, soldado raso revolucionário. Muito suor e pouco questionamento. Só muito de vez em quando eu me arriscava a puxar uma palavra de ordem:
— Contra o Padre Vieira, autor de nosso primeiro empréstimo!

Pois foi assim, desse modo algo informal, que acabei por tornar-me um militante da juventude pecebista. Pena que para nós já não existissem registros formais de membro do Partido. Carteirinha de comunista, com retrato 3x4, tarja vermelha e selo de foice e martelo era algo que eu jamais poderia guardar num velho baú de prata para um dia mostrar aos meus netos. A ilegalidade não tinha dessas coisas.

5

Estava eu, pois, começando a faculdade. Lá no Instituto não havia nem sombra do pessoal do colégio. Meu único contato real com o passado era o Marquinho, muito embora só pudéssemos nos encontrar nos finais de semana.

Ao entrar na faculdade, Dom Marcos caiu em estudo de graça. O Fundão ficava longe pra diabo, mas o cara estava curtindo. Sempre que a gente se falava, ele me contava novas histórias. Relatava tudo com muito gosto: como, quando, quem conheceu; o que fez, o que fazia, o que iria ainda fazer. Três meninas estavam dando mole:

— Vida dura, hein, Marquinho!

O rei das calouras se fez de gostoso enquanto pôde. Ciscou aqui, bicou ali, brincou por uns meses, tirou o atraso. Veio finalmente a hora de escolher. Das três, havia que ficar com apenas uma. Moleza. Bastava escolher a mais formosa. O poeta ainda tentou inventar moda:

— Ficarei com aquela que mais se parecer a meu Páris-ser.

— Receita certa pra um futuro padecer — alertei.

Mas o destino conspirou a favor do bardo. Deu-lhe a Sandrinha. Lembro bem do dia em que a gente se conheceu. Manhã de sábado. Dom Marcos resolveu aparecer de surpresa lá em casa, acompanhado. Quando abri a porta, tomei aquele susto. Logo entendi que a coisa era séria. Fiquei até nervoso, sem saber como reagir. Sugeri de imediato que a gente se mandasse dali. Expliquei que tinha de comprar uns livros.

Descemos. Desandei então a falar sobre política. *Non-stop*. Contei da reunião do Partidão no dia anterior, fiz mil análises da situação eleitoral, expliquei a necessidade de uma aliança com os liberais, mostrei que a posição mais acertada para derrubar o regime era a formação de uma frente ampla, defendi a aliança com o Chaguismo, repeti nosso lero doutrinário sobre o enraizamento do

fisiologismo na cultura brasileira, e até citei o Manifesto Comunista para justificar aquela estratégia porca:
— Marx e Engels votariam no Miro.
Demorei um tempo para me redimir desse vexame. Em todo o ano de 1982, saí muito pouco com o casal. Eles estavam ainda se conhecendo, ao passo que eu vivia atolado com as minhas nóias políticas. Para piorar as coisas, Marquinho e Sandra começaram a andar direto com o Tavico e sua mais recente namorada.
— E aí, Johnny, vamos ao show da Blitz? Vai rolar um som maneiro. Tavico e Heloísa já confirmaram presença.
— 'Tou fora, Marquinho.
— Tu é teimoso, hein, cara! Continua de birra?
— 'xá pra lá...
Embora tivéssemos poucas oportunidades de nos ver, procurei ficar atento ao que se passava no coração do poeta. Dom Marcos não costumava falar de modo aberto e franco sobre coisas de sentimento, mas eu tinha meus truques. Era preciso entender o poeta pelas entrelinhas, pelas pausas e caretas, pela forma como fugia deste ou daquele ponto complicado. Havia que soltar uma isca aqui, outra ali. Cercar em modos de caçador o bicho maroto.
— Essa Sandra pareceu super a fim de você.
— Que é isso!
— Vai por mim, rapá! Ela 'tá babando geral.
— Não exagera.
— Opinião isenta. A menina apaixonou.
— *No way!*
— Cuidado pra ela não pegar no teu pé!
— Tem galho não...
Veredicto: Marquinho foi fisgado.

6

Nesse primeiro ano de faculdade, meu barato era estudar o pensamento revolucionário e falar, agir, comer, respirar política o dia todo. O Serjão me apresentou à nata da militância do Instituto. Me enturmei também com a calourada interessada em política. Quando não pintava alguma atividade partidária depois das aulas, a gente se sentava nos bares ali perto para discutir o futuro do país. Variações em torno do tema:
— Ou o Brasil acaba com o monetarismo...
— ...ou o monetarismo acaba com o Brasil!
E lá vinha a conclusão inevitável:
— O Roberto Campos é uma saúva alienígena!
Também gostávamos de ir em grupo assistir a conferências de intelectuais da esquerda. Havia uma febre de palestras naquele ano. Vibramos muito com o show de bola que um certo economista galante deu lá na ABI, desancando o canalha do Delfim e sua estratégia míope de jogar o país nos braços do FMI. Era muito bacana saber que ainda existia gente séria nessa profissão mundana:
— Os erros de política econômica que estão sendo agora cometidos — sentenciou o herói da resistência — vão custar ao Brasil uma década inteira de desenvolvimento!
Quando a eleição veio se aproximando, começaram a proliferar os debates. Verdadeiras batalhas campais. Nós fazíamos as vezes de milícia popular e torcida organizada. Houve um debate em que o PT inteiro deu as caras. Devem ter trazido uns 400 ônibus de São Paulo. Nós estávamos em clara desvantagem, cercados de estrelinhas por todos os lados. Lembro perfeitamente de ter cochichado ao ouvido da Leleca para ela avisar ao Bode para passar um recado ao Jonas que era para ele dizer à Hilda para ela dar um toque no Cauby. Se o cara não fizesse logo alguma intervenção desestabilizadora, a Chauí ia acabar jantando nossa campeã portuguesa:
— Manda esse puto botar o gogó na linha!

Eu gostava desses eventos porque neles se falava sobre o que me interessava naquele momento: o Brasil, a crise do modelo econômico, a necessidade de reformas profundas, a maneira mais adequada de dar combate à ditadura. Meu curso de Filosofia havia se provado um pouco decepcionante. As matérias introdutórias versavam sobre fatos e idéias lá atrás no passado. Era um mundo fechado, com indisfarçável desprezo pelo imediatismo do presente. Logo me dei conta de que teria de esperar um monte de semestres até poder discutir os revolucionários a sério.

Por sorte, pude me juntar a um grupo de leituras, organizado por um pessoal mais adiantado, que estava se reunindo para estudar o jovem Marx. Eles me ajudaram bastante. Eu tinha uma sede enorme de aprender. E não ficava satisfeito em ler apenas os textos do início da carreira do barbudão. Decidi, por conta própria, encarar *O Capital* todo dia, antes de dormir. Minhas preces. Algo apressadas:

— Todas as respostas estão em Marx!

Me agradava o ambiente do Instituto, aquele prédio majestoso do princípio do século, agora decrépito, corroído pela falta de verbas. Era uma construção em decadência, no meio de uma área em decadência, justo no coração decadente da cidade. Tinha todo o jeito de quartel-general da revolução, um verdadeiro bastião anticapitalista. Para qualquer lado que eu andasse, topava com o passado e o presente do país saltando por dentro dos meus olhos. Era um choque de realidade. E eu apreciava isso.

7

Perambular pelo Centro: comer em botecos sórdidos, fuçar os sebos, entrar nas lojas de produtos ordinários, examinar as fachadas dos prédios, ver passar as pessoas com cara de povo. Novidades. Descobertas. Eu não estava acostumado a sair da zona sul. O que conhecia do Centro era ainda lembrança dos passeios que tinha feito por ali, muitos anos atrás.

Houve uma época em que minha avó me levava à Cidade, sempre que tinha alguma coisa a resolver por lá. Íamos de ônibus. Eu adorava cruzar o Aterro. Achava lindo o Monumento aos Pracinhas.

— Daniel ia gostar de ouvir você falar assim.

O irmão da minha avó tinha morrido na Segunda Guerra. Ele era médico da Marinha e jazzista de mão cheia. Tocava um monte de instrumentos de ouvido e animava qualquer casa noturna onde aparecesse. Seu navio, o Bahia, foi torpedeado pelos alemães. O que houve exatamente com ele ninguém nunca soube. Quase toda a tripulação morreu na explosão ou se afogou quando o barco foi a pique. Uns poucos sujeitos ainda conseguiram se amontoar nuns botes precários. Desses, uma boa parte não resistiu à fome, à sede e ao sol. O socorro demorou muito, eles ficaram à deriva, enlouquecendo aos poucos, se jogando ao mar para apanhar o bonde que vinha passando.

Meses depois do acidente, um marinheiro sobrevivente apareceu na casa de minha avó para "conhecer a família do doutor Daniel". Disse que devia a vida a ele. Estava meio de miolo mole, mas assegurou a todos que só tinha se salvado porque seguiu os conselhos do médico de bordo:

— No dia anterior, eu tinha ido à enfermaria por conta de uns sonhos muito estranhos. Aquele navio era uma banheira velha. Eu 'tava com um medo danado. Acordava suado toda noite, achando que a gente ia afundar e eu ia morrer de sede no meio do oceano.

Daí o doutor me disse pra eu não me preocupar, e garantiu que a melhor maneira de enganar a sede em alto-mar era arrancar um botão da farda e deixar ele embaixo da língua, fingindo de bala. Passeios à Cidade. Eu e minha avó costumávamos descer do ônibus nos arredores da Maison de France. Eu sempre queria passar na biblioteca da Aliança e pegar uns livros. Depois disso, seguíamos andando. Entrávamos em uns tantos prédios encardidos, onde minha avó resolvia assuntos insondáveis. Em seguida, passávamos em um par de livrarias, antes de chegarmos à nossa mesa predileta da Confeitaria Colombo. Eu enlouquecia só em pensar naquele lombinho com fios d'ovos:

— Vó, posso tomar guaraná também?

Noutros dias, nosso passeio começava na praça da Cruz Vermelha. Até meados de 1974, minha avó fazia parte do Conselho de Administração do IASEG. Nos dias de reunião, eu ficava numa ante-sala, brincando com as secretárias, ou saía para passear pelo hospital, acompanhado por alguma enfermeira. Eu costumava dizer que quando crescesse ia ser médico, como o tio Daniel. No terceiro científico, tornei a me lembrar dessas promessas. Mas elas haviam deixado de fazer sentido.

Em dia de hospital, os passeios propriamente ditos eram mais curtos. As reuniões do Conselho demoravam muito. Quando sobrava tempo, íamos andando até o Largo da Carioca. Eu resistia bem, contanto que pudesse tomar um caldo-de-cana. Findo o passeio, pegávamos outro ônibus de volta a Copacabana. Eu achava tudo muito interessante.

A última dessas idas à Cidade com minha avó ocorreu quando eu tinha dez anos. Nas imediações da Igreja do Carmo, passamos pela porta de uma loja furreca de discos. Ficava no térreo de um prédio minúsculo, com fachada portuguesa. A loja estava imunda, por conta da poeira que vinha da obra do metrô. Ainda assim, não resisti a entrar. No meio da lixarada musical, encontrei uma preciosidade — o *White Album*. Olhei para minha avó. Nem precisei dizer nada. Ela podia ler meus pensamentos. Ficou toda feliz em me dar um presente.

Oito anos mais tarde, vagando pela Cidade, eu pensava na minha avó. Ela não andava bem de saúde. Estava cada dia mais quieta e retirada. Eu tinha vontade de ficar mais tempo perto dela. Porém todos os dias chegava em casa já tarde da noite. Costumava entrar de mansinho no seu quarto, só para constatar que ela havia adormecido sentada na sua poltrona de leituras. Eu recolhia o livro caído sobre seu colo, tirava-lhe os óculos, acomodava sua cabeça com alguns travesseiros, a cobria com um cobertor. Me sentava então por ali, e passava algum tempo a vê-la dormir. Ela estava se despedindo. Aquilo me deixava triste.

8

Passei um semestre inteiro longe da zona sul. Longe dos meus amigos, longe do mar, das ondas, dos campos de futebol, das festas, da música. Longe de mim mesmo. Minha vida estava diferente. Era a vida de outra pessoa. Entreguei os últimos trabalhos do semestre, fiz as provas finais. Tudo meio nas coxas. Não tinha tempo para estudar. Fazia o estritamente necessário para não ficar em nenhuma matéria. Tentava captar o essencial durante as aulas. Sabia que, fora dali, minha cabeça começaria a flutuar em outra dimensão. Meu negócio era fazer política, viver política e estudar as obras do barbudão. Só conseguia pegar nos textos das matérias introdutórias quando chegava a véspera das provas. Me entupia de café frio sem açúcar e passava a noite recuperando o atraso.

Desde meados de junho, no entanto, meu trabalho partidário andava prejudicado. Não bastassem as tarefas de fim de semestre, havia a Copa. E com isso não era possível tergiversar. A revolução que esperasse:

— Campanha pelo tetra é tarefa de horário integral!

Discussões intermináveis sobre a escalação do time, concentração antes dos jogos, torcida coletiva durante a transmissão, festejos atrás do trio-elétrico. Assisti aos jogos do Brasil na casa da Leleca, juntamente com o pessoal da juventude-comunista do Instituto. A gente sabia direitinho da armação que o regime estava querendo montar em cima daquela vitória inevitável. A ditadura moribunda imaginava poder repetir a história de 70:

— E como farsa!

Paciência. O general Figueiredo que tentasse fazer seu 18 Brumário. Isso não importava. Nada importava. Só a vitória. Quando o timaço canarinho passou feito um trator em cima da Argentina, não tive dúvidas. Tratei de anunciar ao mundo:

— Essa vai ser a Copa do Zico!

Três dias mais tarde, a inconcebível tragédia. Itália 3x2 Brasil. Fiquei atônito, afônico e anóxico. Quase morro. Jamais hei de me conformar com essa derrota. Ao sair do estado de choque, bradei aos céus a dialética de meu desabafo:

Tese: cinco de julho de 1982 — data da mais atroz injustiça da história da humanidade — Deus não existe e o Universo é regido pelo caos.

Antítese: cinco de julho de 1982 — data em que pagamos os pecados da Copa de 70 — Deus existe e governa o Universo com mão de ferro.

Síntese: Porra, Deus! Que sacanagem!

Foi a partir daí que a política esquentou de verdade. A desilusão do país fez que crescesse o descontentamento com a ditadura apodrecida. Aquelas ruas enfeitadas com as cores do Brasil, decoradas com todo tipo de desenhos — mostrando os jogadores invencíveis, os adversários a serem esmagados e o bonequinho simpático de nome Pacheco — aquelas ruas passaram a ser denúncias gritantes da nossa alienação, focos de revolta contra o regime impostor.

Para que esse despertar pudesse ocorrer, foi necessário que perdêssemos a Copa. Doeu muito. Zico, Sócrates, Falcão, Cerezo, Júnior. Craques inigualáveis. Aquele time jogava um futebol digno dos deuses, um futebol heróico, soberbo, sobre-humano. Era a arte em movimento. A permanente reinvenção do mundo. O balé de Shiva dançando sobre o Universo. Beleza, alegria, garra e coração. Amor à bola e amor à camisa. A seleção mais Flamengo de todos os tempos.

9

Depois do jogo maldito, passei a dedicar-me 100% à política. Só abri exceção por conta da via crucis do alistamento militar. Eles estavam arrochando. Fiquei esperto:
— A última coisa que eu preciso é virar reco.
Me apresentei no escritório de alistamento do Posto Seis, juntamente com Dom Marcos. Pedimos para fazer as provas do CPOR. Nos tinham garantido que assim seria mais fácil sair no excesso de contingente:
— Tem muito nego fudido de olho no emprego.
Cada doido com sua mania. Miséria por miséria, eu preferia mil vezes a carreira de assaltante. Entrar para o Exército era a pior punição que podia imaginar. Fui logo ameaçando:
— Viro Lamarca!
Essa novela se arrastou por todo o segundo semestre. Em julho, tirei um dia para preencher fichas e outro para fazer exame médico. O primeiro deles. Tive de sofrer um milhão de exames médicos até ser dispensado. Os milicos botavam a gente duas horas debaixo do sol, esperando por Godot. Depois disso, nos faziam aguardar mais outra hora, em posição de sentido:
— Todo mundo pelado!
Uns pederastas da pior espécie. Não havia nenhuma necessidade de mandar todo mundo tirar a roupa antes do exame começar. Estou absolutamente convicto de que faziam isso movidos pela mais despudorada perversão:
— Devem ser fãs do Village People — deduzi.
Meu maior medo era que resolvessem me ferrar por conta da tatuagem. Solzinho maneirão. Talismã. Eu me amarrava muito nele. Sempre me havia protegido. Mas agora talvez contribuísse para minha perdição. Os milicos costumavam ferrar qualquer cara que aparecesse por lá com ares de alternativo. Cabelo comprido, cabelo colorido, brincos e tatuagens eram receita certa para ir parar no quartel. Assim aconteceu com o Cabana. Fiquei nervoso. O Marquinho me sugeriu esconder a tatuagem.

— Como é que eu vou poder tapar o sol?!
— Tatua uma peneira por cima dele.
Pensamos a sério no que fazer. Acabei optando por cobrir a tatuagem com base cor de pele, pintar o deltóide esquerdo com mercúrio cromo, lambuzar o suposto ferimento com uma pomada amarelada, botar uma gaze enorme por cima da gosma e fechar tudinho com esparadrapo.
Logo no primeiro exame, me perguntaram o que era aquilo. Falei que tinha sido um furúnculo. O milicomédico ainda quis dar uma olhada, mas desistiu no meio do caminho. Deve ter ficado com medo de se contaminar ou coisa parecida. Milicomédia.
— Aposto que esse aí comprou o diploma.
Repeti a dose nos vexames médicos subseqüentes. Fui mudando a mentira de acordo com a cara do charlatão. Falei que era goleiro e tinha ralado o braço numa defesa espetacular em final de campeonato. Contei que a empregada tinha tropeçado com a panela de batata frita na mão e espirrado óleo fervendo em cima de mim. Expliquei que o doberman hidrófobo da vizinha estava atacando uma criança indefesa:
— O que me forçou a interferir a ponto de até me ferir!
Colou. Pois está escrito:
— Bem-aventurados os ricos de imaginação!
Além da palhaçada dos exames médicos, eu e Marquinho tivemos de enfrentar os exames do CPOR. Começamos com uma espécie de vestibular. Provão enorme, diversas matérias, múltipla-escolha. Perdemos quatro horas de vida sentados lado a lado no estádio de São Januário:
— Sempre desconfiei que esses milicos eram todos vascaínos.
Passamos fácil. Moleza de prova. Eu e Marquinho tiramos exatamente a mesma nota. Ficamos deveras surpreendidos com tamanha coincidência. Especialmente quando nos demos conta de que havíamos acertado as mesmas questões. E cometido erros idênticos:
— Estamos diante de um fenômeno para anormal!
Após os resultados sincrônicos do vestibular, tivemos ainda de fazer exames de QI e provas psicotécnicas no estádio de remo da Lagoa.
— Essa aí vai ser a etapa mais difícil...
Passamos quase um mês nos preparando. Colorimos vários livros, ligamos os pontos, decoramos o alfabeto inteirinho, aprendemos a tabuada até as multiplicações por três, assistimos a diversos tapes de programas da Hebe Camargo e, para arrematar, espanca-

mos um bom número de mulheres, crianças e pessoas de idade. Ao cabo de tanto esforço, éramos capazes de pensar e agir como verdadeiros militares. Veio a nova fase de exames. Fomos aprovados com louvor:

— QI de ameba!

Chegamos então à fase dos testes físicos. Fomos obrigados a comparecer ao quartel, às seis da madrugada. Nos deixaram debaixo de sol por quatro horas, antes de darem início aos testes. Finalmente, começaram a chamar turmas de 15 pessoas. Cada grupo era posto para correr durante vinte minutos numa pista de asfalto. Os milicos contavam e descontavam os resultados dos concorrentes. Fiquei no penúltimo grupo. Só comecei a correr às onze e meia da manhã. Fazia um calor infernal. Eu estava morto de fome e sede. Pensei que ia desmaiar. Lembrei-me então do Cabana. Ignorando a exaustão física, dei tudo que pude.

Dom Marcos estava escalado para o último grupo. Ficou assistindo ao meu desempenho atlético. Se divertia. Cada vez que eu passava pela curva onde ele estava sentado, ouvia a gozação:

— Olha o rápa! Olha o rápa!

Minha forma física não estava lá essas coisas. Excesso de política. Completei o teste quase morto: 3.400 metros percorridos. O milico filho-da-puta anotou 3.000. Logo entendi o espírito da coisa. Passamos às barras. Alguém me avisou que o limite mínimo eram 6 barras. Paguei 13. O examinador contou 10. Próxima etapa: flexões de braço. Das 35, levei 24. Partimos para os abdominais. Vi meus resultados partidos em dois. Por fim, saltei 60 cangurus. Mantive comigo 45.

— Gente escrota...

Eu estava me lixando para o fato de me garfarem. Partindo da galera verde-oliva, a sacanagem não surpreendia. Fiquei na minha. O importante era ser aprovado. Eu vinha me saindo bem o suficiente para resistir aos cortes. Ainda com todos os descontos, fiquei entre os cabeças daquela competição idiota.

Terminados os testes, acompanhei o que restava da série do Marquinho. A performance dele foi ruinzaça. Depois do deságio, sobrou com 2.500 metros na corrida; 3 barras; 15 flexões de braço; 21 abdominais; 35 cangurus. Fiquei preocupado. Disse a ele que a coisa estava mal parada.

— 'Tou cagando — foi sua resposta.

10

Alguns dias mais tarde, veio o resultado. Eu fui aprovado. Podia escolher entre ficar no CPOR ou sair no excesso de contingente. O Marquinho levou bomba no teste físico. Estava de fora do CPOR e escalado para servir na tropa. Teria de se apresentar no Forte Copacabana, em duas semanas:

— Me sacanearam, porra! Me sacanearam!

Depois de jurar por sua própria honra que havia feito seis barras, o coitado se entregou ao mais franco desespero. Prometeu desertar e fugir para o Paraguai. Disse que jamais serviria ao Exército. Preferia o exílio. Quanto mais se aproximava a data fatídica, mais se aprofundava seu colapso nervoso. Fiquei bastante preocupado. Nada pude fazer, contudo. Além de não conhecer ninguém que pudesse livrá-lo da condenação ignóbil, andava completamente imprestável naquele mês de dezembro de 1982.

O poeta chegou a escrever uma carta-testamento e fazer as malas para fugir do país. Dona Marisa caiu no choro. Não queria passar pelo mesmo sofrimento que a cunhada. Ela suplicou ao filho que não fugisse:

— Para esse seu crime não vão fazer nenhuma anistia!

A coisa estava séria. Quem salvou a família da desgraça foi o Roberto. *Ateus ex machina.* Assim que soube do rolo, ligou para um meio-irmão do seu pai, deputado federal pelo Maranhão. O Roberto detestava a família paterna. Dizia que eram todos uns fascistas da pior espécie. O ex-guerrilheiro só gostava dos seus parentes baianos:

— A família de mãeinha...

Ainda assim, engoliu o orgulho e ligou para o meio-tio deputado. Depois de se desculpar por não ter dado as caras na última década, caiu direto no assunto. Precisava que ele intercedesse pelo Marquinho:

— É o filho de Altamiro, irmão de minha mãe.

— E esse menino é comunista também, feito você?
— Não, tio. Ele quer virar cientista.
— E qual o problema dele servir ao exército, então?
— O garoto vive nos livros, tio. Não pode interromper os estudos pra fazer serviço de tropa. Ele tem alma de poeta...
Foi a deixa que o Quarto Vice-Líder do PDS necessitava para sair-se com a tirada bairrista. Comentários de praxe entre o clã maranhense:
— Essa família de sua mãe só tem gente frouxa. Cansei de avisar a seu pai que não se metesse com esse povo da Bahia!
— Pára de implicar, tio.
— 'Tou implicando coisa nenhuma, Roberto! Esses baianos vivem de se esfregar com a negralhada. Ninguém ali trabalha. Ninguém! E ainda tem uns desses vadios que passam o dia inteiro se emaconhando. Pensa que eu não sei!!
— Exagero, tio.
— Exagero uma pinóia, Roberto! Baiano pensa que a vida é poesia. Baiano tem sangue ruim. Baiano não presta! É por conta dessa parte baiana que você nasceu metade estragado.
Pronto. O ex-guerrilheiro respirou fundo. Não havia muito o que fazer. A ladainha era completamente previsível. O meio-tio sempre fazia questão de repeti-la por inteiro:
— Na época de Médici, quando seu pai me ligou pedindo que intercedesse por você, eu tive de dizer a ele: "Ribamar, a culpa é sua! Esse seu filho anda com essas idéias malucas, porque é um tonto que nasceu de mãe baiana!".
O bravo Roberto agüentou horas de sermão. Até que finalmente o tio prometeu falar com o Sarney. Um par de telefonemas salvou Dom Marcos do exílio. Os milicos, no entanto, só concordaram em liberar o menino depois que ele se apresentasse. Não quiseram se privar do gostinho de rapar a cabeleira do poeta.

11

As eleições estavam chegando. Havia muito o que fazer. Nós da ala jovem éramos a linha de frente da infantaria revolucionária. E agora estávamos de férias. Nos puseram para fazer campanha nos suburbões e interior do estado. Rotina pesadérrima. Todo dia o mesmo massacre. Acordar cedo, ir para o ponto de encontro, entrar numa Kombi, encarar tráfego e estrada até Bonsucesso, Ramos, Penha, Olaria, Irajá, Duque de Caxias, Nova Iguaçu, Nilópolis, Bangu, Santa Cruz, Campo Grande, Volta Redonda, Rezende, Barra do Piraí, Vassouras, São Gonçalo, Itaboraí, Casimiro de Abreu, Friburgo, Trajano, Macaé, Campos, e já meio quebrado, participar de comícios, gritar *slogans*, distribuir panfletos, pregar cartazes, comer qualquer coisa rapidinho, tornar a entrar na lata de sardinhas sacolejante, e passar todo o caminho de volta comentando nossas impressões sobre mais aquele passo decisivo em direção à derrubada da ditadura.

Chegando de volta ao ponto de partida, o lance era tomar uma última cervejinha com o pessoal, pegar um ônibus de volta para casa, jantar um prato frio, tomar uma chuveirada rápida, dar um beijo de boa noite na avó e então ir para o próprio quarto, agüentar o irmão pastel reclamar do barulho, fazer ouvidos de mercador, deitar com *head-phones*, curtir um som maneiro, ligar uma luzinha de cabeceira e ler um pouco da bíblia revolucionária, até os olhos embaralharem, o livro cair da mão e um sono avassalador acertar a cabeça como um golpe do Muhammad Ali.

Mais uma vez, acordei cedinho. As férias estavam acabando. Era dia de semana. Quinta-feira, creio. Eu tinha de encontrar com o pessoal na casa de um colega do Instituto. Cheguei na hora combinada. Nessa época, estava tão fora de mim que até conseguia ser pontual.

— Tempo é revolução! — eu pensava.

Saímos em dois carros. Estávamos comandados por uns sujeitos da velha guarda. Bolaram um programa diferente. Nada de subúrbios ou interior do estado. Íamos à Favela do Vidigal. Favela quase fidagal, eu diria. Favela é sempre favela — aquela favelice. Não vou romantizar a pobreza. Mas ruim mesmo é a favela plana, longe de qualquer trabalho decente, longe das áreas bonitas da cidade; onde o horizonte está coberto por imagens de pobreza e tudo que se inspira é fedor e calor.

— Favela zona sul é outra coisa...

Avenida Niemeyer, curvas e mais curvas. Tomamos enfim a saída da direita. Estacionamos ali onde acaba o calçamento. O pessoal do morro já sabia dos convidados de honra, ninguém ia tocar nos carros. Subimos. Fui olhando os barracos. Alguns eram até bonitinhos; outros me pareciam bastante sujos. A média pendia para o pitoresco. Gostei dos botecos ao longo do caminho de barro. Bastante simpáticos. Os moradores do morro também. Buscaram ser amáveis, lá do modo deles. Nos olhavam com curiosidade. Um bando de jovens branquinhos, vestindo camisetas novinhas em folha. Quanta cor!

— Aí, ruço, você não tem umas camisetas pra gente?

— Tenho. Mas só se vocês prometerem votar no partido do russo.

Fui repreendido pela tirada clientelista. Não era assim que se trazia consciência política ao povo. Calei a boca. Quem era eu para discutir com o companheiro Rivaldo, um ancião de 32 anos, que tinha no bolso a chave da Kombi. Me limitei a resmungar:

— Mas quem garantiu nossa entrada no morro foram os chaguistas...

Continuamos a caminhada. Era uma estradinha favela acima, cheia de curvas e sulcos profundos, pelos quais as chuvas de verão lavavam o lixo cotidiano. Quanto mais subíamos, mais me estarrecia a beleza do lugar. Ainda existia pobreza ao meu redor, porém no rosto das pessoas brilhava uma indisfarçável alegria. O visual fabuloso que tanto me impressionava era parte do cotidiano daquela gente.

Chovesse ou fizesse sol, houvesse carne no prato ou apenas arroz e farinha, aquele morro seguia sendo, dia após dia, um imenso mirante sobre a área mais deslumbrante da cidade mais bonita do mundo. À frente, o mar imenso. À esquerda, Leblon, Ipanema e as montanhas verdes do Parque da Tijuca. À direita a praia do Pepino, com seu espetáculo permanente de pássaros humanos. Acima de nós, o granito nu do morro Dois Irmãos. Tive de parar para tomar fôlego. Enfim, proclamei:

— Isso aqui é bonito pra caralho!
O dia não foi dos mais proveitosos, contudo. Nós e os favelados falávamos línguas distintas. Ninguém ali estava muito preocupado com o regime militar. O grande assunto era como fazer para descer o lixo e vê-lo recolhido. Eles queriam saber de água e esgoto. Podia vir do modo que fosse. Pela mão do diabo em pessoa, se preciso. O que a gente podia dizer àquele pessoal? Que uma nova Constituição ia dar jeito em todos os seus problemas? Que com a chegada da democracia os pobres passariam a estar nas prioridades do Poder Executivo? Que uma nova política econômica ia fazer todo mundo ali arrumar um emprego decente?

Mas valeu a viagem. Lá em cima do morro, depois que os barracos acabavam, havia um campão, muito do maneirinho. Lugar bucólico, cercado de árvores. Acabamos distribuindo camisetas. Vermelhinhas de deputado estadual para um time, brancas de deputado federal para outro. A equipe amarela dos vereadores ficou na qualidade esperançosa de time-de-fora. E rolou o futebol. Ali no alto do morro, à beira do mar.

Cheios de gentileza, os craques da pelota perguntaram se algum de nós queria participar do jogo. Entrei na lateral-direita da equipe federal. O Agamenon foi fechar o gol estadual. Eles ganharam de 6x4. Perdi feliz. Tive pelo menos o prazer de fazer um golzinho naquele arqueiro safado. Passe do Paulo César, pivetinho bom de bola, todo cheio de classe com sua carapinha acaju. Driblou dois e me tocou a pelota limpinha. Eu vinha de trás, na corrida. Emendei de primeira, em modos de Carlos Alberto:

— 'Tá no filó!

Podia até faltar comida por aquelas bandas. Mas ambas as traves estavam devida e honradamente forradas de redes branquinhas. Coisa bonita, ver a bola estufando a malha e escorrendo amansada pelo nylon mágico. Aquele foi um gol gostoso de fazer, um gol tesudo. Não me contive. Tive de gritar bem alto:

— E agora, vanglorioso e avidíssimo Atrida!

Depois de um papo final com o pessoal da associação de moradores, demos por encerrado o dia. Quando descemos, caía a tarde, feito um viaduto. Voltamos todos para nosso ponto de encontro, no Leblon. A Marina perguntou quem estava a fim de tomar um choppinho no Caneco 70. Bode, Agamenon e Leleca se voluntariaram. Eu passei. Não tinha disposição nem grana. Mas a Marina insistiu tanto, que acabei me deixando levar.

12

A Marina ainda falava com algum sotaque. Bem leve. Quando estava muito cansada, nervosa ou curtindo com a cara alheia escorregava num portunhol mais pesado. Seu pai era um ex-deputado chileno, exilado político. Meu primeiro comentário ao saber da história:

— Como é que alguém resolve escapar de uma ditadura latino-americana e vem morar em outra?

Ela me explicou que o pai nem era tão socialista assim. Ele fazia parte da ala esquerda da Democracia Cristã. No Chile de Pinochet, entretanto, isso constituíra pecado suficiente para justificar uma longa temporada no Estádio Nacional. A mãe da Marina teve de apelar a todo mundo que conhecia para que a ajudassem a salvar o marido. Os amigos do encarcerado levaram mais de duas semanas para tirá-lo da ante-sala da morte. Sob a condição de que fosse embora do país.

Três dias mais tarde, a família embarcou para a França. Saíram indocumentados. Os fascistões seguraram os passaportes deles. Disseram que o país não queria mais gente daquele tipo. A trupe fugitiva chegou a Paris na maior pindaíba. Todos os seus bens estavam retidos em Santiago. Eles tiveram de passar quase seis meses vivendo de favor na casa dos outros. Com o tempo, tudo se arrumou. O pai começou a lecionar na Sorbonne, conseguiu um apartamento na rive gauche e a família se adaptou à nova vida.

A Marina dava graças por toda essa desgraça. Na sua opinião, viver em Paris foi muito melhor que ficar na pátria de Neruda, entoando o Canto ao General. O único problema que ela via nisso tudo era a tristeza do pai. Aquela nostalgia esmagadora, uma saudade sem remédio. O velho deputado aceitou o convite para vir dar aulas de Direito Internacional na PUC só para estar mais perto do próprio país. Ele não ligava a mínima para o fato do Brasil ser também uma ditadura. O que importava era colocar os pés de volta no

continente americano e poder sonhar que aquela brisa fresquinha dos fins de tarde vinha soprando desde os Andes.
A Marina era uma menina corajosa. Nunca teve as frescuras do Alex de não poder fazer política. Estava pouco se lixando para o estatuto dos estrangeiros. Tinha sido comunista na França, seguia militando no Rio e continuaria a ser comunista em qualquer lugar do mundo onde não houvesse comunismo. Na União Soviética, na Iugoslávia ou na China, a Marina possivelmente ajudaria os dissidentes. Teria feito tudo para minar aqueles regimes impostores, estou certo.

Eu admirava a coragem e a determinação da baixinha. Admirava também a bundinha dela, muito imbuída de convicções revolucionárias. Que capacidade de levantar as massas e despertar a consciência popular! Nesse dia do Caneco 70, a Marina estava muito gostosinha. Ela definitivamente tinha seus encantos.

Quando a chileninha se levantou para ir ao banheiro, fiquei na cola daquela arrebitância. Devo ter dado a maior bandeira. Fato foi que o Bode me berrou baixinho:

— Olhando assim desse jeito, você seca a moça!

Tentei disfarçar. Não tinha muito jeito. No que a Marina veio voltando, outra vez dei aquela encarada. Começaram a rir da minha ostensividade. A ninfa sacou tudo. E sem o menor pejo me perguntou, abusando o quanto podia do sotaque sem-vergonhista:

— Entonces, Juanito, aprovaste el material?

Fui sincero:

— Com menção honrosa.

13

Ainda falamos algumas bobagens. Aos poucos, a conversa voltou à normalidade. A questão era saber se Cuba podia ser salva ou não da lata de lixo do socialismo real. Marina e Leleca diziam que a revolução cubana se desvirtuou depois da saída do Che, quando se deixou dominar pelo autoritarismo-burocrático soviético. Não entrei na onda revisionista:

— Vou sempre defender o Comandante.

— Apesar de todas as cagadas que ele fez? — perguntou a Leleca

— Apesar de tudo.

— Pensa ben, Joao. Ao se alinhar de modo acrítico con Moscú, o régimen cubano pasó a fazer o jogo de Miami — argumentou a Marina.

— Bobagem, negada! Fidel é História. O resto é escória.

Nosso papo terminou por desistência coletiva. Estávamos todos exaustos. Resolvemos ir para casa. No dia seguinte tínhamos panfletagem na Leopoldina. Haja saco.

— Fazer revolução cansa pra diabo!

O Bode morava em Laranjeiras; se ofereceu para acompanhar a Leleca até o Flamengo. O Agá vivia no Jardim Botânico. A Marina perguntou se eu me importava de ir com ela até o Leme. Respondi na educação:

— Com uma proa dessas, quem é que vai recusar!

Pegamos o 591. Fomos conversando amenidades enquanto descíamos a Ataulfo de Paiva. Já na Visconde de Pirajá, a Marina começou a ler as linhas da minha mão. Falou que eu era muito criativo, mas tinha dificuldade em encontrar meu caminho verdadeiro. Só ia conseguir as coisas que realmente me importavam na base do esforço e da perseverança. Nada cairia do céu para mim. Minha linha da vida a intrigou bastante. Interrompia-se e recomeçava. Algum desastre, talvez.

— Vira essa boca pra lá!

Fiz cara feia. A Marina se dispôs a me dar um beijinho para passar o mau humor. Santo remédio. Entramos em Copa naquele clima:

— Ai minha Nossa Senhora!

No que chegamos à casa da Marina, ela me convidou para subir. Eu disse que já estava tarde. Me sentia cansado, suado, acabado. Ela jurou que era só por um instantinho. O tempo de me preparar um sanduíche de caranguejo, sua especialidade. Cedi, que jeito. Entramos no apartamento. Encontramos a família se preparando para dormir.

— Oye, papito, te presento Joao.[18]

Após me apresentar, a Marina justificou-se sobre estar chegando em casa tão tarde. Não entendi chongas daquele espanhol andino. Fiquei sorrindo feito um idiota. Tentei ser simpático. Os pais me agradeceram por ter vindo trazer a filha em casa. Gente agradável. A Marina disse que ia nos preparar uns sanduíches de centolla. E dispensou a velharada:

— Pueden irse a dormir. No vamos a tardar mucho.[19]

O irmão mais novo seguia com a cara grudada na TV. Ignorou a conversa até o ponto em que se mencionou o sanduíche:

— Uno pa' mi tam'ién, Mari! Por fa'...[20]

A Marina consentiu o pibe. Tudo se acertou. Os pais foram dormir. A gente se instalou na cozinha. Observei a preparação dos sanduíches. Detonamos tudo rapidinho.

— Muito bonzão demais!

Depois da comilança, a Marina me pediu que ficasse quietinho ali na cozinha e foi levar o sanduichinho para o irmão, que continuava na sala, hipnotizado. No que o moleque começou a comer, ela caminhou até a porta de saída, abriu-a, chamou o elevador, se despediu de mim, e falou:

— Javier, te están saludando![21]

O fedelho, sem nem virar a cabeça, soltou um resmungo de adeus. Já de volta à cozinha, a Marina fez sinal de silêncio. Tomando minha mão, ela me levou para o seu quarto, e trancou a porta.

---

18. "Oi, pai, esse aqui é o João."
19. "Vocês podem ir domir. A gente não vai demorar muito."
20. "Um ta'mém pra mim, Mari, por favorzinho."
21. "Javier, estão dizendo tchau pra você."

14

Momento maravilha. Aquele partidaço. Batemos um bolão. Com direito a primeiro tempo, segundo tempo, prorrogação e nega. Depois de tudo, ficamos juntinhos, numa boa. Até as cinco da manhã. Daí, a Marina me tocou para fora de casa, sem a menor cerimônia. Eu estava roxo de sono. Ela nem quis saber. Me mostrou o olho da rua. Ainda resmunguei. Estava tão no bagaço que preferia ficar ali dormindo, mesmo que isso me custasse despertar debaixo de pauladas. Mas a chilena foi implacável no enxotamento — puxou o cartão vermelho. Judiação abominável, sadismo, tortura atroz. Estávamos em julho.

— Y qué?[22]
— Lá fora 'tá escuro e frio.
— Ni tienes idea de lo que sea eso![23]
— Eu sei o que é frio, sim senhora. Já fui a Teresópolis.
— Llega de tonterías, muchachito. Vete![24]
— Quer fazer o favor de falar comigo em língua de gente!
— Bye!

Fiz minha melhor cara de cachorro abandonado. Caprichei. Não adiantou. Nem assim a chilena se apiedou de mim. Emprestou-me uma suéter, e pimba: me echó en la calle.[25]

Voltei caminhando pelo calçadão. O sol nascia, e eu xingava. Nem os oito braços de Shiva seriam capazes de me proteger daquele sereno polar. A opção de um cooperzinho matinal se assemelhava ao suicídio. Segui adiante do jeito que pude.

Cheguei em casa por volta das seis da manhã. Meus pais nem notaram que eu tinha passado a noite fora. Estavam já acostumados a dormir muito antes que eu chegasse. Beleza. Tirei os sapatos, e desmaiei na cama.

---

22. "E daí?"
23. "Você não tem idéia do que seja isso!"
24. "Pára de falar bobagem, menino. Vai embora logo!"
25. "Me botou na rua."

15

Ao olhar o relógio, me dei conta de que havia emborcado. Estava seis horas atrasado para a panfletagem na Leopoldina. Não cheguei a me preocupar muito com isso. Minhas convicções revolucionárias tinham amanhecido frágeis naquela tarde nublada. Paciência. A ditadura que descansasse tranqüila por mais um dia:
— Ninguém é de ferro — eu disse.
E logo complementei, rindo de mim mesmo:
— Só a cortina!
Levantando da cama, fui tomar banho. Fiquei debaixo do chuveiro pensando na Marina. Não sabia muito bem como reagir. Tinha um certo tesão por ela. Além disso, gostava muito dos nossos papos. Mas, no fundo, não estava a fim de nenhum lance. Ou estava? Tudo muito confuso.

Resolvi passar no quarto da minha avó. Ao seu lado, eu sempre me tranqüilizava. A encontrei relendo *Os Sertões* — numa edição antigona, com desenhos, mapas e tudo mais. Ela tinha fixação nesse livro. Quanto mais envelhecia, mais obcecada ficava com o assunto.

E até com alguma razão. Minha avó nasceu no ano da Guerra de Canudos, no arraial de São José, um povoado do sertão, às margens do rio Itapicuru. Antônio Conselheiro tinha passado diversas vezes por lá e organizado os trabalhos de reconstrução da igreja local. Durante toda sua infância, ela ouvira histórias sobre aquela grande tragédia, histórias contadas por gente que tinha conhecido o santo na época das suas peregrinações e visto o arraial dos beatos nascer.

Quando entrei no seu quarto, ela baixou o livro. E me disse:
— O Euclides nunca entendeu nada!
Se a minha avó, sertaneja legítima, e antes de tudo uma forte, achava isso, não seria eu, um reles mestiço neurastênico do litoral, quem iria sair em defesa do proto-antropólogo. Devo confessar, a

propósito, que somente em olhar sua foto eu já podia notar, no relevo de circunvoluções expressivas, as linhas essenciais do crime e da loucura:

— Um escritor vascaíno, sem dúvida!

Sentei-me um pouco por ali. Fiquei ouvindo minha avó falar sobre sua infância. Quanto mais se aproximava da morte, mais perto suas lembranças chegavam do dia de seu nascimento. Toda sua vida ia perdendo importância e significado. Sobravam apenas os anos passados no sertão.

Ela me contou então que, quando tinha três anos e meio, toda a gente da região estava certa de que o mundo iria acabar na virada do século. Canudos fora o aviso, o confronto do Apocalipse. Houve quem desandasse a cometer loucuras por conta da proximidade do fim. Muitos habitantes da região foram tomados por ímpetos místicos. A família da minha avó procurou manter uma vida normal.

Veio chegando a data. Não se falava mais de outra coisa. Minha bisavó resolveu então preparar uma grande ceia. Convidou todos os parentes e amigos mais próximos a virem passar juntos o ano novo do fim do mundo. Montaram uma mesa enorme no pátio. Comeram fartamente, beberam com moderação. Após a leitura em voz alta de algumas passagens da Bíblia, sentaram-se todos na varanda da casa e ficaram olhando o céu à espera das trombetas da derradeira hora.

Veio a meia-noite, e nada ocorreu. A decepção foi bastante grande. Os convivas ainda permaneceram em seus lugares por um bom tempo, imbuídos da convicção de que até mesmo o fim do mundo tinha o direito de atrasar-se um pouco. Já farta de tanto esperar, Dona Maroca, a matriarca sertaneja, levantou-se enfim, e disse:

— Eu bem desconfiava de que esse Conselheiro era um santo de araque!

Minha avó estava contando essa história, e achando tudo muito engraçado, quando de repente parou de falar. Contraindo o rosto, ela levou as mãos à cabeça. Perguntei o que havia. Ela me sinalizou com a mão para esperar um pouco, e logo respondeu que não era nada. Mera enxaqueca. Eu disse para ela se consultar com um médico. A teimosa nem quis saber:

— Desde a morte do doutor Patrocínio, nunca mais pude encontrar um médico decente. Esses patifes que andam agora por aí não valem nada. Estragaram o IASEG[26].

Turrona. Pensei que devia falar com a minha mãe para ela levar a vovó ao médico. Já bastava a úlcera e os problemas no coração. Melhor garantir que não havia nada de errado com a sua cabeça. A tal história de enxaqueca era novidade.

Naquela mesma noite, avisei a minha mãe sobre os estranhos sintomas. Não adiantou nada. Meu comentário entrou por um ouvido e saiu por outro. Eu devia ter tomado a iniciativa de levar minha avó ao médico. Não o fiz. Fiquei achando que cabia aos adultos cuidar dessas coisas. Grande erro.

---

26. Após a fusão dos estados da Guanabara e Rio de Janeiro (1974), o nome do hospital mudaria para IASERJ.

16

Passei o resto da tarde lendo. Mais tarde, liguei para o Serjão. Me desculpei pelo furo. Expliquei que tinha capotado. Ele disse que não fazia mal, ninguém ali era robô. Me perguntou então se eu estava me sentindo mais descansado agora. O fim de semana ia ser barra-pesada. Eram os últimos dias de férias. Estava tudo programado para darmos uma conferida na zona oeste. Muito voto sobrando naquela área. Falei que eles podiam contar comigo.

Depois do jantar, e de mais um sermão idiótico dos meus pais sobre a falta de rumo na minha vida, me mandei para a casa do Marquinho. Acabei não contando nada sobre a transa com a Marina. Eu queria estar ali numa boa, ouvindo um som maneiro:

— Põe aí um Bob Dylan! — solicitei, em nome da poesia.

Enquanto *Blood on the tracks* sangrava no prato, fiquei escutando Dom Marcos contar sobre sua vida de faculdade. A gente estava se vendo pouco. Eu queria saber das novidades. Ele me pôs em dia dos últimos acontecimentos. Tinha começado a trabalhar num laboratório fodão da Bioquímica e parecia entusiasmado com a nova namorada. Achei isso muito bom. Grande poeta. Tudo que ele contava era gostoso de ouvir. Ou quase tudo.

— O Tavico anda reclamando que você sumiu.

— Ele tem meu telefone.

— Que, aliás, não adianta pra nada. Tentei te chamar ontem pra sair, mas você agora não pára quieto em casa. A gente foi ao Circo, rolou um show do Lulu Santos...

— Dessa aí eu 'tava fora de todo modo. Ainda se fosse nos tempos do Vímana...

— Tem esse papo de nos tempos dos dinossauros não. Você agora parece que anda fora de todas, cara. Que porra! Olha só o monte de *shows* maneiros que você já perdeu: Barão Vermelho, Paralamas do Sucesso, Lobão...

— Eu sei, Marquinho. É que agora anda tudo muito confuso na minha vida. Depois das eleições isso passa. O que eu não sei se vai passar é a tendência ampla, geral e irrestrita do Tavico a se tornar um zombie.

— Não começa, Johnny! O cara reclama de você também, mas tem até alguma razão no que diz. Lá no *show* do Lulu, ele passou quase meia hora insistindo na tecla de que era uma idiotice esse lance todo de política e que o seu lugar verdadeiro era ali com a galera do surfe...

— É, podecrer! Meu lugar verdadeiro é com a juventude lobotomizada, cantando que eu vou pra Califórnia viver a vida sobre as ondas. Vai nessa!

— *Ok, você venceu!*

— Porra, Marquinho, *gimme a fucking break*!

— Falando sério, ô mané. Descontado o conservadorismo freudiano e as digressões de surfista-sem-cabeça, o que o Tavico disse tem um certo sentido. Talvez você esteja indo longe demais nessa história toda. Tenta equilibrar um pouco mais as suas prioridades.

— Quando o regime militar cair, daí eu passo o resto da vida no equilíbrio. Agora, é vai ou racha. Eu pensei que você já tivesse entendido isso.

— Já entendi sim. Eu sei que você tem a melhor das intenções e tal. Mas dá um desconto pros velhos amigos. O Tavico é um cara legal. O arrivismo dele e toda essa preocupação com grana e *status* são só uma couraça superficial.

— Já pensei assim também, Marquinho, mas vi que 'tava enganado. Escreve aí: você ainda vai me dar razão.

— Ou vice-versa.

17

Sábado, acordei cedinho. Fui-me juntar ao pessoal da campanha. Dia de zona oeste. Longa viagem. Chegamos enfim a Jacarepaguá, e dali esticamos até Santa Cruz e Campo Grande. Rodamos por aquelas bandas, colamos alguns cartazes, distribuímos santinhos, plásticos de carro, cédulas preenchidas, panfletos contra o arrocho salarial, bonés, *buttons*, uma ou outra camiseta. Fomos a todos os lugares onde havia povo: pontos de ônibus, estações de trem, portas de fábricas, botecos, restaurantes de prato-feito. Nas horas de entrada do trabalho, saída e almoço, era a maior correria. Muita gente passando. Tínhamos de aproveitar ao máximo aquele curto espaço de tempo. Depois do *rush* vinha um longo período de calmaria. Poucas pessoas nas ruas, todo mundo trancado entre quatro paredes. O único jeito era atuar com mais calma, ir colando alguns cartazes e tirar um ou outro transeunte desprevenido para uma conversa mais demorada sobre a real situação do país.

Achei o dia bastante sacal. Aquelas paradas todas me aborreciam. Eu preferia o trabalho de panfletagem no Centro. Lá, fervilhava de gente o dia todo. Era possível distribuir material de propaganda por horas a fim. E nem fazia mal dar uma paradinha para conversar. Alguns pedestres passariam em branco, mas logo atrás deles viriam outros. O povo seguia aparecendo o tempo todo, não havia limite de horário. Isso sim era um trabalho divertido.

A zona oeste ficava em outro mundo, onde tudo era sazonal. Nas horas de calmaria, eu não sabia direito o que dizer à Marina. Ela estava fria, na dela. Não demonstrou nenhuma afetação. Uma expressão opaca cobria seu rosto. Impossível saber o que passava por sua cabeça. Seus pensamentos estavam trancados em uma fortaleza inexpugnável. Eu me sentia completamente atolado. Diabo de situação incômoda. Agir de modo natural me parecia algo completamente impossível. Quando abria a boca, nada saía, apenas frases estúpidas:

— Foi legal ontem a panfletagem na Leopoldina? Perdi a hora...
Eu não sabia o que dizer, e muito menos como me portar. Seria mais simpático se eu pegasse na sua mão e lhe desse um beijo no rosto? Ou era melhor chegar perto dela e fazer algum comentário espirituoso sobre nosso fim de noite? Não, não, nada disso. A hipótese de fingir que nada acontecera me parecia ainda mais absurda. Fiquei nessa tortura por algumas horas. Por fim, entreguei os pontos. Cruzei a rua para alcançar a calçada em que a Marina estava distribuindo panfletos, e confessei:
— Eu não faço a mínima idéia do que dizer pra você.
— Você no precisa decir nada...
A palavra escrita pode muito pouco. A mera reprodução do que a Marina me disse nada explica sobre o que se passou naquele momento. A mesma frase poderia ter sido enunciada de tantos modos distintos, expressando sentimentos tão díspares. Um timbre seco, um olhar enviesado ou um leve sinal de tensão nos lábios poderiam ter-nos afastado por completo naquele momento. Não foi assim. Ao ouvi-la, me senti como um mergulhador que retorna à superfície e pode enfim encher os pulmões de ar fresco. O que realmente me tocou, e me trouxe imenso alívio, foi a Marina ter-se desarmado completamente ao escutar minha confissão de incapacidade. Ela me olhou sem nenhuma censura, e também sem qualquer expectativa. Em seus olhos havia apenas ternura. Eu podia ser, simplesmente. Com todas as minhas dúvidas e falhas. Isso era tão bom! Dei férias imediatas a meu superego. Em um ato de desvario explícito, tomei a Marina pela cintura, derrubei dezenas de panfletos no chão e lasquei-lhe um beijaço cinematográfico.

18

Existe namoro de férias, namoro de verão, namoro de carnaval e outros tantos namoros marcados pela transitoriedade. O nosso foi um namoro de campanha. Banhado a comícios, passeatas, pichações, manifestos, panfletagens e infindáveis discussões sobre política. Nós ficávamos juntos por muitas horas, mas pouquíssimo tempo a sós. Talvez isso tenha sido um obstáculo ao aprofundamento do nosso relacionamento. Mas é também possível que o mergulho na política fosse o verdadeiro alicerce da nossa aventura, o real combustível de nossa paixão fullgás.

Pele. Havia entre nós um compromisso de corpo. Nossa comunhão de espíritos, no entanto, era apenas temporária. Isso foi ficando evidente à medida que a campanha avançava. Em meados de outubro, começou a configurar-se o desastre. A despeito do imenso esforço da massa militante e do considerável apoio da intelectualidade carioca, a candidatura Miro Teixeira começou a ruir.

— Candidato de mierda, buesta de partido — eu disse, na galhofa.

Dessa vez, a Marina não achou graça no meu sotaque portenho da praça XV. Repreendendo-me pelo humor fora de hora, ela insistiu que a esquerda tinha de se unir em torno do candidato e não deixar transparecer nenhuma dúvida sobre o acerto de sua escolha:

— La estrategia de los militares es exactamente la de provocar esas divisiones! — ela disse, algo irritada. E complementou, já sem saber direito que língua estava falando — Si Moreira Franco gana aqui no Rio, o próximo presidente de Brasil vai a ser otro militar!

Havia uma certa urgência em sua voz. Isso me fez pensar pela primeira vez nas razões mais profundas do envolvimento da Marina com a política brasileira. Ela lutava aqui pelo futuro do seu próprio país. Acreditava que enquanto persistisse o governo militar no gigante adormecido, não havia nenhuma chance de se reverter o quadro sinistro da ditadura chilena.

— Eu entendo sua posição — respondi —, mas penso diferente. Não sobre o Chile. A esse respeito, ela tinha toda a razão. Em 1982, o general Pinochet continuava a impor seu reino de terror como um Médici perpétuo. A oposição chilena havia sido aniquilada. Quem não estava no exílio jazia esquecido em uma vala comum ou no fundo do mar. A pobre pátria da Marina somente iria mudar movida por pressões externas, quando se tornasse inconcebível a manutenção de regimes ditatoriais na América do Sul. Era uma longa guerra, e o Brasil constituía, naquele momento, o cenário de sua mais decisiva batalha.

Com tudo isso eu concordava, porém meu coração já não se comovia com grandes elucubrações estratégicas. Como todos os brasileiros, eu vinha me dando conta do óbvio. O regime militar apodrecia a olhos vistos. Sua queda era inexorável. Um par de anos a mais ou a menos, não restava dúvida de que os civis retomariam o poder no país. Os anos de chumbo já estavam sumindo na bruma do passado. A liberdade vinha se impondo sobre todos os artifícios caducos do regime. E o povo, decididamente, estava a fim da cabeça do Delfim. O abre-alas da mudança já sambava exuberante na passarela do destino. Nossa verdadeira questão era saber que tipo de democracia estávamos dispostos a construir:

— Não quero que o Moreira ganhe, e muito menos a Sandra Cavalcanti — expliquei, — mas está cada vez mais difícil de engolir esses chaguistas. Eu não vim ao mundo pra encher a bola de gente feito Jorge Leite e Cláudio Moacyr. Essa canalha é o que há de pior.

— Esquece o chaguismo, Joao — argumentou a Marina, retomando o controle das suas habilidades lingüísticas. — Quem vai governar con Miro somos nós. Eso de voto camarao es suicídio!

Mais uma vez, ela tinha razão e não tinha. O candidato estava, de fato, disposto a abandonar seu antigo padrinho e jogar-se nos braços ilustrados dos luas-pretas cariocas. Somente nós sabíamos disso, contudo. Para o eleitorado, ele continuava a ser o galã requentado do chaguismo decrépito. Sua queda nas pesquisas estava sendo acentuada pela pouco convincente guinada para a esquerda. Sentindo-se traída, a máquina corrupta do governador havia decidido abandonar o candidato à sua própria sorte:

— Você 'tá errada, Marina — esclareci. — Quem vai votar camarão são os chaguistas. Com uns aliados assim, nosostros, ó! Top, top. Era bem esse o quadro. Numa de minhas poucas horas vagas, eu tinha ido com o poeta detonar uns tragos na casa de Bob primo. O guerrilheiro reformado, agora pioneiro da militância verde, não custou muito a me convencer do desastre iminente:

— Eu me sinto até meio culpado por ter te apresentado ao pessoal do Partidão — ele disse. — Mas é sempre bom rever os próprios erros. Ouve bem, Joãozinho. Eu conheço esses caras faz muito tempo, sei de todos os podres. Nossos comunistas não passam de uns coitados. Se acham muito espertos, mas só entram em roubada. São uns carneiros em pele de lobo.

19

Nem tudo em nosso namoro era política. Tivemos uns tantos momentos de paz. Especialmente depois que uma amiga argentina da Marina saiu de viagem, entregando a ela a chave do apartamento com o pedido de que regasse as plantas e desse de comer ao gato.
— Alimentação felina é coisa séria! — fiz questão de ressaltar.
Muito bom demais poder ficar por lá horas a fim, totalmente a sós com a Marina. Sem medo de estarmos falando alto, sem preocupação com os ruídos ao nosso redor. Passamos juntos algumas noites memoráveis. Viva a revolução! Se os militares iam cair ou não, era natural que ainda persistissem opiniões conflitantes. Mas já não podia restar qualquer dúvida quanto à queda da Bastilha. Eu tinha chegado enfim à Estação Finlândia, completado minha Grande Marcha através da Sierra Maestra:
— Acabou-se o cabaço!
O apartamento da amiga argentina foi uma bênção. Motéis equivaliam ao mais torpe anátema no mundo militante da Marina. E mesmo que eu estivesse disposto a encarar tal possibilidade com maior flexibilidade, me faltavam meios para operar semelhante reviravolta em nosso relacionamento:
— Sem grana e sem carro, fica difícil!
Em maio, eu tinha completado 18 anos. Continuava a pé. Andava tão envolvido com a política, e tão irritado com meus pais, que sequer passou pela minha cabeça tirar algumas semanas para comprar uma carteira de motorista. A hipótese de utilizar o Opalão velho estava descartada *a priori*. A última coisa que eu desejava era criar maiores vínculos de dependência. No final de julho, uma nova briga "definitiva" havia acontecido. Eu tinha passado o domingo inteiro panfletando em Petrópolis e, quando retornei, me deparei já com as malas do meu pai no corredor. Não quis nem to-

mar conhecimento do que se havia passado. Antes que me vissem, dei meia volta, e fui andar pela praia, até o Leblon.

Não esquentei muito com mais essa crise familiar. Eu tinha minha faculdade, minha namorada e uma ditadura a derrubar. Segui adiante sem maiores dificuldades. Confiante. Cabeça erguida. Absolutamente alienado.

Meu ânimo só começou a baixar em meados de outubro. A evidência do desastre eleitoral foi, por certo, o estopim da crise, porém nem de longe sua única causa. Apenas me despertou de um longo sono letárgico. Em questão de semanas, todas as minhas frágeis certezas começaram a ruir.

No dia da eleição, o edifício todo veio abaixo. Eu estava em plena avenida Atlântica, distribuindo material de boca de urna como um autômato, sem nenhum entusiasmo. De repente, vi passar dois garotos em bicicleta, com suas pranchas debaixo do braço. Estavam a caminho do Arpoador. Não pude evitar o pensamento de que talvez eles tivessem também um conjunto, e gostassem de tocar suas guitarras como se o futuro da humanidade dependesse da força de um acorde.

— Qué tienes? — me perguntou a Marina, naquela mesma noite, ao ver-me absorto em pensamentos, olhos fixos no teto estrelado do apartamento da amiga argentina

— Nada ao meu redor faz sentido — respondi.

— Como así?

— Eu sinto como se estivesse vivendo a vida de outra pessoa.

Foi então que nossas diferenças começaram a ficar por demais evidentes. Sem que eu precisasse dizer mais outra palavra, a Marina entendeu que toda aquela aventura política estava se transformando em um pesadelo para mim. Eu já não podia me reconhecer no militante entusiasmado de meses atrás. Marx, Partido, Socialismo — nada disso ecoava no meu espírito. O verdadeiro João esteve soterrado sob *slogans*, palavras de ordem e montanhas de escritos teóricos impessoais. Talvez a Marina pudesse ter conversado comigo sobre o assunto. Não foi assim, contudo. Minhas dúvidas constituíam uma ameaça para suas certezas monolíticas, conquistadas ao longo quase de uma década de exílio. Ela não podia se permitir nenhuma fraqueza. Pulando para fora da cama, se preparou para partir e, após um longo silêncio, disse-me finalmente:

— Pues mi vida es esta y no la quiero cambiar![27]

Nosso relacionamento havia começado com uma palavra de aceitação. Aquela súbita interrupção mostrava que tínhamos chegado ao fim da linha. No dia seguinte, cheguei à faculdade sem capacidade de concentrar-me em qualquer assunto que fosse. Eu estava outra vez em queda livre.

---

27. "Pois essa é a minha vida, e não quero mudá-la."

20

Do ponto de ônibus à minha casa eu tinha de andar muito pouco. Cruzei a distância sem dar-me conta de que caminhava. Eu era uma cabeça flutuando à deriva de seus pensamentos. Tinha abandonado a maldita aula que comparava *A República* de Platão à *Política* do estagirita. Ficar lá para quê? Não havia mesmo muito sentido em discutir os conceitos gregos de virtude e cidadania em pleno zum-zum-zum sobre o caso Proconsult:

— Querem roubar a eleição do Brizola... — ouvi alguém comentar.

Na verdade, eu pouco ligava para isso. De um momento a outro, tais assuntos haviam-se tornado terrivelmente enfadonhos para mim. Qual a importância daquilo tudo? Com Moreira Franco ou sem ele, com Brizola na cabeça ou não, a ditadura seguiria o rumo inevitável de sua longa agonia — e junto com ela se extinguiria também nosso sonho de liberdade. Já não havia unidade possível. A vitória abastada da democracia bastarda acabaria por derrotar-nos de forma impiedosa, dispersando-nos a todos como maçons de Babel. Tudo ao meu redor exalava alienação. Num cúmulo de irritação, interrompi aqueles pomposos debates eruditos (e não-ditos) para declarar:

— Pois eu acho que as luzes do lado de fora da caverna vêm das lâmpadas néon de um cassino imenso.

Me olharam como se estivesse de porre. Ninguém entendeu nada. Nem eu, para ser sincero. Sentia-me incapaz de compreender a mim mesmo. Quem era eu, afinal? Um joão mimguém, um pedaço de nada, uma fraude, um bosta consumado. Decidi sair dali. E tomei um ônibus infecto, em carona carôntica rumo à roma de Copacabana.

Cheguei enfim ao meu prédio. Cruzei a escadaria da entrada com seu tapete vermelho puído e ferragens de latão. Elevador. Quarto andar. Apartamento 402. Meti o dedo na campainha. Ninguém veio responder. Estranho. Revirei os bolsos, encontrei por sorte a chave. Abri.

— Alouuuu! — exclamei.

Acabei ouvindo uma voz débil que chamava meu nome. Corri até o quarto de minha avó. Ela está caída no chão. Tentava estender o braço até mim, mas só a mão se movia. Senti meu coração disparar:

— O que houve, o que houve?!

A levantei do chão com todo cuidado. Tudo nela parecia doer. Ela gritou-me um murmúrio, já quase sem forças. Deixei-a deitada em seu sofá-cama, e corri ao telefone para chamar uma ambulância. Nenhum hospital público dispunha de ambulâncias. Liguei para três serviços privados até conseguir socorro. Dei-lhes o endereço. Pedi urgência. Era um caso de vida ou morte.

21

Voltei para o quarto da minha avó, busquei seu talão do Banerj e o coloquei no bolso. Sabia imitar sua assinatura, não teria problemas em resolver o assunto do pagamento da ambulância. Enquanto o socorro não vinha, sentei-me a seu lado. Ela ainda estava consciente.

— Calma, vó — eu lhe disse. — Já resolvi tudo, vou levar você pro IASERJ, vai ficar tudo bem, não se preocupe, a ambulância vem aí.

Fui buscar gelo e uma toalha molhada. Ela tinha machucado a cabeça. A perna também não estava bem, talvez uma fratura. Tentei examiná-la para ver se descobria algo mais. Sem muito custo, dei-me conta de que não se tratava apenas de uma queda. Ela sofrera um colapso, um derrame, algo sério. Mal era capaz de se mover ou de articular palavras. Apenas seus olhos continuavam alertas. Tomei-lhe a mão, e pus-me a falar sem parar, tentando mantê-la acordada. Meu medo era que perdesse a consciência e já não pudesse voltar. A campainha tocou, enfim. Paramédicos, correria, instrumentos, soro, maca, elevador estreito, escadarias. Adrenalina. Entrei com minha avó no carro branco, escutei o grito medonho da sirene e vi começar nossa corrida contra o tempo, o tráfico e o sistema público de saúde.

Quando chegamos ao IASERJ, não havia ninguém para nos atender. Ameacei quebrar o lugar. Apareceu uma enfermeira já idosa, que por sorte sabia quem era minha avó. Ela correu para chamar algum estagiário. O aluno de primeiro ano, quando apareceu, constatou o derrame, e disse que minha avó precisava ser operada com urgência. Explicou, contudo, que não havia médicos para operá-la:

— Só vocês indo ao Hospital Universitário.

Voltamos correndo para a ambulância, e partimos rumo à ilha do Fundão. Atravessamos a duras penas a avenida que traz o nome do país e se esforça por ser seu retrato mais fiel. Eu continuava a segurar a mão da minha avó e a agarrar-me a seu olhar. Foi quase uma hora de agonia.

Uma vez no Hospital Universitário, a mesma farsa absurda se repetiu. Não havia ninguém; tornei a fazer uma ameaça de escândalo. Veio o interno de plantão nos atender. Ele confirmou o diagnóstico e a urgência da operação. Porém alertou-nos que não seria possível realizá-la ali. Havia médicos, sim. O que não havia era sala de cirurgia disponível:

— Acabaram de entrar dois baleados na emergência — ele explicou.

Eu não dispunha de tempo para matar ninguém. Engoli a raiva em seco, e procurei informar-me sobre qual o maldito hospital em que seria possível operar minha avó. De posse da resposta, liguei para o hospital Pedro Ernesto, e certifiquei-me de que não estaria perdendo mais uma viagem.

Outra vez voltamos a enfrentar a avenida. Mais uma travessia Brasil adentro. Os olhos da minha avó começavam a perder o brilho. Sua mão repousava cada vez mais débil entre meus dedos. Eu seguia falando:

— Vó, tenta ficar acordada, pensa na minha voz, vai dar tudo certo, eu 'tou aqui do seu lado, sou eu, João, Joãozinho, seu neto...

22

Estado de choque. Fiquei assim por todo o tempo que minha avó esteve em coma, no Pedro Ernesto. Era como se me tivessem dopado. Minhas reações demoravam, as emoções haviam desertado meu peito. Eu vagava pelo mundo incapaz de me concentrar em qualquer assunto. Terminei o semestre letivo nem me lembro como. Eu mal podia entender como o país e as pessoas a meu redor continuavam a existir. Nada fazia sentido. A realidade me parecia imaterial e fantasiosa, como um jogo que pudesse acabar a qualquer instante.

Meu namoro com a Marina perdeu sua razão de ser. Nós havíamos compartilhado vastas emoções políticas e algumas noites de descoberta, porém nunca nos tínhamos aberto verdadeiramente um ao outro. Até aquele momento, eu jamais vira minha amiga chilena permitir-se qualquer momento de debilidade ou fraqueza. Ela jamais me falara de seus medos; era como se não os tivesse. A Marina não se permitia ser fraca. Talvez a rondasse um poço tão fundo, tão assustador, que fosse preciso a todo custo negar sua existência.

Tínhamos desde o princípio um forte companheirismo. Admiração mútua e carinho também. Tesão, sem dúvida. Mas nunca a comunhão verdadeira. E muito disso também por incapacidade minha. No fundo de mim, eu sempre havia duvidado de minha paixão pela Marina. Era como se algo estivesse faltando: uma atração irresistível, como a que sentira pela Viviane; ou uma disposição a entregar-me de peito aberto, como experimentara junto à Carla. Havia dentro de mim uma voz que não se cansava de acusar essa carência em nosso namoro. E na ausência de um verdadeiro arrebatamento a unir-nos, todo o demais perdia seu brilho.

Finda a campanha, esgotada a adrenalina eleitoral da luta contra a ditadura, sequer tivemos tempo de recompor as bases de nosso relacionamento. Confrontado com a morte, me vi invadido pelo vazio. Perdi a capacidade de lutar por nossa sobrevivência. A Marina também não fez muita força. Estava claro que agora nossos caminhos se separavam. Tivemos ainda duas ou três noites de despedida. Nossos últimos suspiros. Foram até momentos bonitos, marcados pela beleza natural daquilo que se sabe fadado a terminar.

23

O telefone tocava e tocava. Eu não tinha forças para responder. O calor da tarde havia devorado toda intenção de gesto. Alguém gritou. A voz estridente chegou a meus ouvidos como um murmúrio, indistinto das buzinas de carro e do movimento da rua. Veio o grito outra vez. Ainda mais alto, ainda mais longe do meu entendimento:
— Telefone pra você, porra!
Meu irmão veio então me sacudir. Enfim entendi o que se passava. Lenta e mecanicamente, caminhei até a sala, e tomei em minhas mãos o aparelho negro:
— Hola, soy Marina. Necesito mucho hablarte.[28]
Balbuciei em resposta algumas frases sem qualquer coerência. Fazia quase um mês que não nos víamos. Sequer me lembrava de ter saído do quarto nas últimas semanas. Tudo parecia irreal a meu redor. Mas agora uma voz urgente me comandava a enfrentar a luz do dia. Não parecia haver espaço para outro adiamento:
— Qué pasa contigo?![29]
"A língua espanhola, língua estranhola, língua à míngua que se enrola." Assim comecei a pensar, e no pensamento cacofônico encontrei insuspeito divertimento:
— De qué te ríes, Joao? No te burles. Me urge verte, coño![30]
O corte áspero e angustiado soou-me como o tiritar de um despertador. Recompondo-me do choque desse súbito amanhecer, entendi que era hora de regressar ao mundo. A Marina não estava sequer tentando falar outra língua que não a sua. Havia um toque de desespero em seus sentimentos castelhanos:

---

28. "Oi, sou eu, Marina. Preciso muito falar com você."
29. "O que você tem?!"
30. "De que é que você 'tá rindo, João? Não tem graça. Preciso te ver, droga!"

— 'Tou passando aí na sua casa — respondi, enfim.
E me preparei para sair. Em questão de minutos, tinha reencontrado a luz do dia. Nada havia mudado nas ruas de Copacabana. A mesma vida de alegrias e miséria vicejava alheia a tudo, tragando os pequenos dramas de cada um com seu turbilhão de indiferenças. Sob o sol de verão, duvidei da realidade de todo e qualquer sofrimento. Não parecia haver sentido sequer na minha própria tristeza. Estendendo o braço, sinalizei ao ônibus que parasse. Nas rodas do lotação, retornei à grande viagem.
Nos encontramos na portaria do prédio da Marina. Após um abraço longo, surpreendentemente longo, fomos andando em silêncio na direção do mar.
— E então, o que é que você queria tanto falar comigo? — perguntei, assim que nos sentamos em um dos bancos de cimento da praia do Leme.
A meu ver, não poderia restar dúvida sobre o fim do nosso namoro. Na última vez em que havíamos estado juntos, logo após o enterro da minha avó, tínhamos concluído sobre a necessidade de nos afastarmos por uns tempos. Nas duas ou três conversas telefônicas subseqüentes, tinha ficado claro que esta havia sido apenas uma fórmula cortês de nos despedirmos para sempre.
— Dime, Joao. Crees que tu y yo aún tenemos chance?[31]
O espanhol corrido dos Andes tornava ainda mais enigmática aquela questão. Qual o sentido de retomar semelhante assunto? Contemplei o rosto da Marina por alguns segundos, em silêncio. Ela estava nervosa, isso era evidente. Sua incapacidade de expressar-se em português denunciava seu desamparo.
— No puede ser que lo nuestro se haya terminado así, no más, verdad?[32]
A menina frágil e terna que eu tinha agora diante de mim não guardava nenhuma semelhança com a Marina-militante que eu havia conhecido no Instituto. Mais absurda ainda era aquela pergunta, se contrastada com a total falta de arrebatamento que tinha caracterizado o fim do nosso namoro. Refleti por alguns instantes sobre a transformação. Algo havia mudado. Algo profundo e des-

---

31. "João, você ainda acha que a gente tem chance?"
32. "Não dá pra acreditar que o lance da gente tenha acabado assim, sem mais, não é?"

conhecido se fazia antever na voz alquebrada dessa nova Marina a quem eu agora estava sendo apresentado:
— O que é que tá havendo?
— Contestame![33]
Mas eu não podia. Não havia resposta possível àquela questão. Melhor era guardar silêncio. Com um gesto amplo, tomei sua cabeça entre as mãos, beijei-lhe a testa, e a trouxe para junto do peito. Um choro acanhado molhou a minha camisa. Algum tempo passou até que voltássemos a nos olhar. Foi quando a Marina encontrou forças para me dizer:
— Estoy embarazada![34]

---

33. "Me responde!"
34. "Eu estou grávida!"

24

Canááááário!!!!!!!! Fiquei absolutamente atordoado. Balbuciei meia dúzia de interjeições, e logo perdi o dom da fala. Saímos andando pela areia, sem nem tirarmos os sapatos, e fomos até onde só se podia ouvir o barulho das ondas. Uma ressaca das mais fortes havia chegado ao Rio naquele dia. O mar arrebentava como se quisesse devorar a cidade. Ficamos juntos mais de hora, abraçados, em um quase total silêncio:

— Que tal se a gente voltar a falar amanhã sobre isso? — sugeri.

Ela entendeu. Eu precisava de tempo para absorver o peso da notícia. Após nos despedirmos, decidi ir caminhando até a casa do poeta, em busca de conselhos. Pensei um bocado durante o trajeto. Custou, mas enfim caiu a ficha. Eu ia ser pai!

Felizmente encontrei Dom Marcos por lá, junto com a Sandrinha. Me senti aliviado em poder dividir a angústia de tantas decisões com ombros amigos. Ou quase isso. Nem bem havia terminado minha exposição de motivos, fui logo alvejado pelo petardo sacanocrata:

— Porra, Johnny, você me começa namorando uma comunista chilena e acaba embarcando no maior dramalhão mexicano!

Respondi sem muito ânimo:

— Não goza, cara. E se esse for o meu destino?

— Ser pai? Você enlouqueceu? Só me faltava essa!

— Não vejo o que tem de tão insano em o João querer assumir o bebê— disse a Sandrinha, em meu socorro. — Acho até sinal de nobreza de espírito.

A intromissão não agradou em nada ao poeta. Isso ficou bem evidente. O bom humor com que ele tinha buscado encaminhar seus primeiros comentários de imediato cedeu lugar a uma indisfarçável irritação. O Marquinho não parecia disposto a dar lugar a mensagens dúbias:

— Não coloca lenha na fogueira, Sandra. Como é que pode um pivete recém-desmamado feito esse Johnny ser pai? E ainda mais quando o namoro dele com a Marina já acabou, sem nunca ter começado direito. Será que eu sou a única pessoa responsável por aqui?

Talvez. Mas eu havia tido três quilômetros e meio para refletir sobre o assunto:

— Ô, Marquinho, já pensei nesses lances todos de falta de maturidade e carência de meios materiais. Não 'tou falando em seguir adiante com a gravidez por histeria, e muito menos por burrice. A verdade é que tem um dilema moral me incomodando. Eu não consigo tirar isso da cabeça...

Uma evidente inquietação foi tomando conta do poeta. Enquanto arrematava a confecção do Jah-das-cinco, ele sentenciou:

— Não é possível que você ainda tenha alguma dúvida a esse respeito, Johnny. Acidente é acidente, porra, paciência. Quinhentas mil clínicas em Botafogo podem resolver esse seu problema mais que rapidinho. Chegou lá, vapt-vupt, lavou 'tá novo, e daí vocês dois podem seguir felizes, cada um pelo seu caminho.

A frieza do comentário surpreendeu enormemente à Sandra. Com os olhos saltando para fora das órbitas e a boca entreaberta, ela chegou a ter dificuldade em processar a informação:

— Que absurdo o que você acabou de falar, Marquinho! Eu não acredito! Como é que você tem coragem de propor uma coisa dessas com essa desfaçatez? Mostra algum respeito pela situação! Tem uma vida envolvida nessa história.

— Que vida o quê! Vamos parar com a carolice irresponsável. Nós 'tamos falando de três dezenas de células coladas numa parede de pele descamável. O que a gente não pode é deixar o assunto evoluir pra algo mais sério. Eu vou falar grosso mesmo, porque essa é a voz da verdade. Aborto *is beautiful*!

— Quer dizer então que se fosse com a gente...

— Com a gente é diferente, vai. Além do que, eu tomo cuidado.

— Toma coisa nenhuma! O que você faz é colocar a responsabilidade toda em cima de mim.

Tive de intervir. A elevação do tom da conversa e a falta de objetividade estavam já me dando dor de cabeça. Mesmo sem dispor de energias para me exaltar, busquei reconduzir o debate a seu propósito inicial:

— Aí, negada, vamos parar de brigar por bobagem — implorei.

— Quem 'tá com um problema sou eu...

— Só mesmo porque é teimoso — insistiu o boca-do-inferno.

— Amanhã, se você quiser, 'tá tudo resolvido.

— O assunto parece simples, mas não é — expliquei. — Quanto mais eu penso, mais confuso fico. E se esse bebê for a reencarnação da minha avó? Não é muita coincidência as duas coisas terem acontecido quase que simultaneamente, uma logo depois da outra?

Ao invés de tentar entender meus motivos, o Marquinho começou a rir da minha cara. Viadinho, filho de uma égua:

"— Camisa de força! Ca-mi-sa de for-ça! Merece uma manchete: *Bisavó de si mesma*"

— Pô, seu merda, não 'tou muito no clima de ser sacaneado.

— Isso não é sacanagem, porra — ele respondeu, deixando de lado a cara de deboche. — Isso é a voz da razão te passando uma descompostura.

— Mas que reencarnação existe, existe — registrou a Sandra, sem se importar com a opinião do namorado.

O comentário lorquiano exasperou o poeta. Sua imensa irritação passou a emprestar tons ainda mais carregados à debochada ironia com que buscava desqualificar minha proposta:

— Vamos parar com o misticismo de butique, por favor! A única alma com direito inalienável a transmigrar a seu bel-prazer é a rainha Nefertiti, que costuma encarnar, desencarnar e reencarnar nas peruas de sociedade, pelas graças de uns sacerdotes negros e fortes...

— Você é um grosso! — reagiu a Sandra. — Como é que pode!

— Melhor ser grosso do que conivente com o comportamento autodestrutivo dos amigos. Olha, Johnny, papo sério. Eu não posso deixar você levar adiante uma história maluca dessas. Você não chegou a falar nada disso pra Marina, espero?

Respondi a verdade:

— Não, ainda não. A gente falou muito pouco, pra dizer a verdade. E ainda não decidiu nada sobre nada. Mas, até onde eu pude entender, a Marina também não está muito pensando em aborto. A gravidez fez despertar nela, sei lá de onde, um atavismo católico qualquer. Aquela Marina durona e independente, a Marina-militante, desapareceu por completo. Ela está irreconhecível. Melhor, eu acho.

Exaltado, o poeta se levantou, num pulo. Já não podia seguir sentado. Braços ao ar, gestos amplos, ele foi tomado por grande agitação. Parecia agora ocupar o quarto inteiro. E falava, quase aos gritos:

— Ai meu cacete, só me faltava essa! Dois comunistas embarcando juntos na canoa da TFP... E é tudo culpa do Brizola! Não é possível que vocês tenham ficado tão traumatizados assim com essa eleição de bosta. Porra! E se o bebê for uma reencarnação de Átila, o huno? E se for uma reencarnação da dona Carlota Joaquina? Nesse rumo de delírio, pode ser também uma reencarnação do primeiro verme que mordeu as carnes frias do Brás Cubas. Vou organizar um bolo de apostas, pra ver quem acerta o palpite. O Roberto, na certa, vai ficar muito animado. Quem sabe o bebê não é uma reencarnação do Bob Marley?

— Eu até riria, em outras circunstâncias, mas hoje 'tá difícil— respondi, sem perder a calma. — Você tem de tentar entender, Marquinho. De fora, a confusão parece muito simples. Mas se coloca no meu lugar e no da Marina...

— E é isso que eu 'tou fazendo, precisamente. Vocês 'tão loucos? Vão ser pais como? Vão casar, depois de já terem chegado à conclusão de que não têm nada a ver juntos?

— De repente, eles podem voltar — tentou ajudar a Sandra, — ainda mais com algo tão forte em comum. A Marina é uma menina legal pro João.

O desânimo no meu rosto explicou à Sandra o quanto eu lamentava não poder concordar com ela nesse ponto. Não que achasse defeitos na Marina. Mas a antiga paixão que nos unira parecia ter desaparecido por completo, restando em seu lugar apenas a amizade profunda dos que se sabem ligados pelo infortúnio:

— Não, Sandrinha, não foi por aí que a gente pensou. Casamento, ou qualquer coisa do estilo, 'tá fora de questão. O que a gente pode fazer é se apoiar, continuar se vendo. Vou arranjar um emprego, sei lá. E tem a possibilidade de eu ir fazendo umas traduções. Dá um dinheirinho. Já tinham até me sondado sobre isso lá no Instituto.

Inútil. Não havia jeito de eu explicar ao poeta meu ponto de vista:

— Não adianta tentar me convencer de que existe uma lucidez por detrás desse emaranhado de asneiras. Acho melhor você esfriar a cabeça, pensar direitinho, e depois vai ver que eu tenho razão. A

Marina é mulher, e é natural que ela fique mais encucada com essa história toda.
— Machista! — disparou a Sandra, socando o braço do namorado.
— Machista ou não, eu 'tou é pensando com a cabeça — defendeu-se Dom Marcos. — Johnny, me escuta. Se você passar a encarar o assunto de forma racional, a Marina vai acabar caindo em si também.
O conselho não chegou a me convencer. Pelo contrário, a suposta obviedade do comentário fez apenas multiplicar minha angústia:
— E o que é ser racional, cara? É ficar frio diante de um caso desses? É tentar banir da minha vida tudo que não fizer parte do meu plano-mestre? Porra, eu nem sei qual é o meu plano-mestre! De repente, essa gravidez acidental aconteceu porque tinha de acontecer. Quem é que pode saber ao certo? Eu só posso é ser sincero comigo mesmo. 'Tou assustado pra cacete, 'tou morrendo de cagaço, 'tou confuso. Tudo isso é verdade. Mas a verdade é muito mais que apenas tudo isso. Eu simplesmente não consigo apagar da minha mente a convicção de que existe um vínculo profundo entre morte e vida. Quem sou eu pra me colocar no papel de árbitro e decidir quando é que essa engrenagem tem de ser interrompida?
— Puta que o pariu, Johnny! Não usa a sua inteligência a serviço da ignorância, por favor! Eu sei que você 'tá vindo de uma perda difícil, e que numa hora dessas um novo choque pode desestabilizar qualquer um, mas o meu papel é colocar os seus pés no chão. Me promete uma coisa só: que você não vai tomar nenhuma decisão antes de uma semana.
— Ah, Marquinho...
— Promete!
— 'Tá, 'tá legal, prometo.

25

— Me da miedo.

Mais de dez dias tinham se passado, e assim a Marina continuava a resumir sua incapacidade de chegar a uma decisão. A imensa fragilidade que pareceu tomar conta dela ao saber que estava grávida dava sinais de estar recuando. Ainda assim, ela seguia incapaz de optar por um curso de ação. Qualquer que fosse ele. Procurei entender melhor o que a afligia:

— Medo de quê? Dos seus pais?

— No. Es decir, no tanto. Con ellos habría algún problema, por supuesto, pero al final creo que todo se arreglaría.[35]

Não me surpreendi com a resposta. Havia feito a pergunta apenas para me certificar de que ainda era capaz de antecipar as reações da Marina. Por mais que ela tivesse mudado, não seria razoável que tivesse passado a temer os pais. Então qual era o seu problema? Ela mesma se encarregou de esclarecer a questão:

— Tampoco me da tanto miedo irme a una de esas clínicas de Botafogo. Ahí ya estuve para acompañar a una amiga. Te acuerdas de Marisol? Pues...[36]

Ou seja, a Marina não via problemas em enfrentar os pais, no caso de assumir a futura criança, ou em submeter-se aos procedimentos de uma clínica ilegal, caso optasse por colocar um termo à gravidez. Não, sua angústia não residia nos aspectos negativos que teriam de ser enfrentados para levar a cabo qualquer eventual solução. Suas dúvidas eram mais profundas e enraizadas. Diziam respeito à essência da decisão:

---

35. "Não. Quer dizer, nem tanto. Com eles teria algum problema, claro, mas no final tudo ia acabar se arrumando."
36. "Também não me dá medo a idéia de ir a uma dessas clínicas de Botafogo. Já estive lá pra acompanhar uma amiga. Lembra da Marisol? Então..."

— Lo que me da miedo es el echo de decidirme por un camino y no por el otro. No sé si quiero tener un hijo ahora y cambiar toda mi vida. Pero tampoco me lo quiero quitar. Ya lo siento como si fuera parte de mí. No lo puedo matar.[37]

Assim colocado, o dilema não me pareceu de todo incontornável. Tornei a pensar na conversa que havia tido com o casal legal. Qual a resposta racional à situação em que nós dois nos encontrávamos? Eu não sabia. Ainda assim, senti que precisava responder:

— Então 'tá decidido, Marina. A gente tem de assumir o bebê.

Sua reação foi tão somente de elevar a mirada e ficar me encarando com olhos firmes, talvez em busca de algum sinal de hesitação. Respirei fundo, e prossegui:

— Eu 'tou do seu lado nessa história. É sério, pode contar comigo.

A Marina tentou sorrir. Tomei a sua mão. Ela tornou a me fitar. Nos seus olhos havia um olhar de gratidão. E também de pena. Pelo que nós dois poderíamos ter sido e não fomos:

— No es así tan sencillo, Joao. Si por lo menos estuviéramos todavía enamorados, pero...[38]

O pensamento de que talvez tudo aquilo estivesse acontecendo para tornar a nos unir cruzou a minha cabeça, porém não teve como se sustentar. Logo me veio a idéia de que o peso da responsabilidade mais contribuía para nos afastar. Aquela fatalidade subtraía toda perspectiva de resgate da nossa antiga paixão.

— Me siento rara — prosseguia a Marina. — Ya no sé si quiero seguir en Brasil. Pienso regresar a Paris o a otro lugar en Europa. La verdad es que no tengo la más mínima idea de que hacer de mi vida.[39]

---

37. "O que me dá medo é o fato de ter que me decidir por um caminho e não por outro. Não sei se quero ter um filho agora e mudar toda a minha vida. Mas também não o quero tirar. Já sinto como se fosse parte de mim. Não posso matá-lo."
38. "Não é assim tão simples, João. Se nós pelo menos ainda estivéssemos apaixonados, mas..."
39. "Me sinto estranha. Já não sei se quero ficar no Brasil. 'Tou pensando em voltar para Paris ou para outro lugar na Europa. A verdade é que não tenho a mínima idéia do que fazer com a minha vida."

A ambigüidade da razão. Assim pensei. Seus caminhos infinitos eram todos possíveis, e nenhum deles necessário. Qualquer argumento de exclusividade me parecia postiço e ilusório:
— Olha, Marina, vou ser o mais sincero que posso. Quanto mais eu penso, mais eu vejo que não adianta muito pensar. Qualquer opção tem em si um pouco de céu e de inferno. O jeito é fechar os olhos e pular pra dentro do abismo da vida.

Ela até parecia concordar com o que eu dizia. Ainda assim, continuava insegura quanto ao que fazer. A compreensão da suprema vaidade de toda escolha não lhe trazia grande conforto:
— Creo que entiendo lo que me quieres decir. Pero cual es el abismo correcto?[40]

Eu tinha uma resposta debruçada na ponta da língua. Pensei em retê-la, por insuportavelmente ordinária. Porém, estranhamente, minha autocrítica se mostrou incapaz de conter o sentimentalismo de aluguel, que me invadiu a garganta, como se tivesse diante de mim um microfone de rádio AM. Com uma teatralidade quase novelesca, respondi:
— O abismo correto é aquele que à primeira vista nos parece o mais perigoso.

---

40. "Acho que entendo o que você quer dizer. Mas qual o abismo correto?"

26

— Me acompañas?
— Claro.

O churrasco de confraternização da juventude militante do IFCS não me parecia a melhor das opções para um sábado de sol, mas acedi ao convite de bom grado. Já que não havia modo de chegarmos a uma conclusão sobre o que fazer, eu pelo menos entendia que era o momento de ficar ao lado dela e deixar claro meu apoio incondicional.

Tal gesto surtiu sobre a Marina um efeito quase milagroso. Pela primeira vez em muitos dias, seu rosto se iluminou e um sorriso maroto voltou a se insinuar naquela boquinha carmim que tantas vezes havia me tirado do sério. Num gesto roubado aos velhos musicais, ela então me deu o braço, já levantando o queixo, como a esperar pela entrada da orquestra para sair cantando e dançando. Achei uma graça danada naquilo tudo. Por que não? Vesti a carapuça de Gene Kelly, em grande estilo:

— It's very clear, our love is here to stay...[41]

E foi assim, lépidos e fagueiros, que saímos caminhando pelas calçadas do Leme. A certa altura, virando-se para o mar, ela me disse:

— Oye, Juanito, quiero que sepas, no importa lo que pueda pasar entre nosotros, tu siempre vas a ser muy especial para mí.[42]

Chegando a Copacabana, embarcamos no primeiro 175 que apareceu, e seguimos em direção à Barra da Tijuca. O dia estava bonito e o ar se mostrava surpreendentemente leve. Pensei até que, se assim o desejasse, bastaria respirar a plenos pulmões para sair flutuando pelos ares amenos do Rio de Janeiro. O trajeto litorâ-

---

41. "Está bem claro, nosso amor veio para ficar", da canção de George e Ira Gershwin *Love is here to stay*.
42. "Oi, Joãozinho, quero que você saiba, não importa o que acontecer entre a gente, que você vai sempre ser muito especial para mim."

neo do ônibus contribuía ainda mais para alegrar a nossa conversa. Livres de toda inibição, partimos para outros temas, igualmente distantes da política e das responsabilidades da paternidade:

— Pues para mí el lugar más hermoso de Francia es el Mont Saint Michel. No sabes que preciosa está la ciudad y también el monasterio, todo así en estilo gótico, como en un libro de historias para niños, plantado ahí sobre una roca y con el mar al rededor...[43]

A Marina havia desistido por completo de dirigir-se a mim em português. A decisão não me incomodava. Enquanto o ônibus cruzava a orla da zona sul, a Marina foi-me contando sobre os anos que passou no exílio europeu e todas as viagens que pôde realizar. Amigos, trens, mochilas e catedrais — uma infinidade de histórias. Fiquei pensando se algum dia poderia também correr as estradas do velho mundo:

— Pois eu gostaria mesmo é de fazer uma viagem dessas numa moto.

— Moto es muy peligroso.

— Bobagem. Perigoso é andar de ônibus — respondi, a ponto de rir das bobagens que pulavam desimpedidas da minha cabeça para a garganta. — Você viu só a cara desses dois sujeitos que acabaram de entrar? É caso da gente se arrepender de não ter votado no Amaral Neto...

— Eres muy tonto, sabes?[44]

Em outras circunstâncias, a Marina teria criticado essa minha tirada preconceituosa, porém naquele fim de manhã ela havia se despido de toda ideologia, e entendeu por fim que eu seria sempre assim: apenas um menino do Rio, ligeiro e inconseqüente, como as ondas do mar.

* * *

Tragédia no lotação
Rio de Janeiro (30.01.1983) — Três pessoas morreram e onze ficaram feridas no desastre do ônibus da linha 175, ocorrido on-

---

43. "Para mim o lugar mais bonito da França é o Monte Saint Michel. Você não sabe como é linda a cidade e também o mosteiro, tudo assim em estilo gótico, como num livro infantil, plantado em cima de uma rocha, com o mar ao redor."
44. "Você é muito bobo, sabe?"

tem, em São Conrado, à altura do Shopping Fashion-Mall. O lotação, que trafegava acima da velocidade permitida, desgovernou-se ao desviar de pedestres que atravessavam irregularmente a estrada Lagoa-Barra. Após subir sobre o canteiro direito, o ônibus desceu pela encosta lateral e capotou, indo chocar-se contra o muro do Gávea Golf Club.

Segundo relatos, o acidente teve origem durante a travessia do túnel Dois Irmãos, quando dois assaltantes armados renderam os passageiros do ônibus. "Eles pegaram um menino de uns nove anos de idade, e puseram o revólver na cabeça dele, e começaram a gritar que iam matar todo mundo", contou Maria das Dores Almeida, doméstica. "O pobre do motorista ficou desesperado. A mãe do menino chorava muito. E os assaltantes ainda chegaram lá perto dele e começaram a berrar que tinham de ir pra Cidade de Deus, e que se ele não pisasse forte no acelerador ia ver o que era bom", complementou José dos Santos Ferreira, bancário.

Ainda de acordo com o depoimento dos sobreviventes, o motorista Jorge Quintanilha passou a dirigir o lotação sob nítido descontrole emocional, preocupado mais em olhar para o menino-refém do que para a rua à sua frente. "Os pedestres parece que surgiram do nada. O Jorge só se deu conta deles quando um dos bandidos soltou um berro. Daí em diante, nem me lembro de nada", informou Romualdo Gomes Pereira, trocador.

As vítimas foram socorridas logo após o desastre, pelo Corpo de Bombeiros e pela Polícia Civil. Na colisão, morreram o motorista e um dos assaltantes, ainda não identificado. O segundo assaltante, detido a duzentos metros do local do acidente, enquanto ensaiava uma fuga, morreu de traumatismo craniano no trajeto para o hospital Miguel Couto. Baleado no pulmão esquerdo, o menor M. V. G. encontra-se em estado grave. Quatro passageiros sofreram fraturas e outros seis, escoriações diversas.

* * *

Os jornais não chegaram a saber. Mas houve quatro mortes no acidente.

27

Escapamos relativamente ilesos do acidente. Relativamente. Buscamos absorver o impacto daquela fatalidade como um sinal do destino. Ele decidiu por nós. Ainda assim, doeu. Quando a Marina finalmente teve alta, pouco restava a dizer. Nos vimos apenas um par de vezes antes dela embarcar para a França. O Brasil era um capítulo encerrado na sua vida.

— Quando nos vemos outra vez? — perguntei-lhe, no aeroporto.

— Cuando prendan a Pinochet![45]— ela disse, buscando mostrar-se animada.

— Tanto tempo assim?! — exclamei, exagerando no pessimismo burlesco.

— Bueno, quizás antes de eso— capitulou a chilena.— En serio, si algún día vienes a Francia, llámame, ok. No te vayas a olvidar de mí.[46]

— De acuerdo, nena— emendei.— No te preocupes.[47]

— Ya ves como tu español está mucho mejor...[48]

— Mas continua a não ser língua de gente.

A voz mecânica anunciou seu vôo. Dirigimo-nos todos ao portão de entrada da área internacional. Com tanta família por perto, ficava algo difícil trocarmos mais que duas palavras. Assim que tive chance, dei-lhe enfim um último abraço:

— Cuídate, niña.[49]
— Tu también.

---

45. "Quando prenderem o Pinochet!"
46. "Bom, talvez antes disso. Falando sério, se algum dia vir à França, me chama, 'tá. Não vai esquecer de mim."
47. "Pode deixar, gatinha. Não se preocupe."
48. "'Tá vendo como seu espanhol melhorou."
49. "Te cuida, menina."

28

Outra vez eu estava zerado. Precisava começar tudo de novo, e não fazia a menor idéia de que rumos tomar. Devo a Marquinho e Sandra haver conseguido driblar o fantasma da depressão. Quando os dois souberam do acidente, me ligaram de imediato:
— Como é que você 'tá, Johnny?
— 'Tou legal não. Maior merda.
— Esquece, cara. Esquece essa história toda. Vamos sair.
— 'Tá maus, Marquinho.
— Ah, deixa disso, cara. Nós 'tamos passando aí pra te pegar, falou?

Eu já não tinha família e era incapaz de amar. Eu havia deixado de lado meus sonhos e caíra no vazio de um mundo corrompido. Ainda assim, Marquinho e Sandra me fizeram sentir como alguém especial, que merecia sair daquele abismo e reconquistar a vida. Eles me queriam bem, tinham confiança em mim. Era como se me tomassem pelo braço, e murmurassem ao meu ouvido:
— *Go, Johnny, go!*[50]

Aproximando-se o carnaval, aceitei o convite deles para ir a Lumiar, secar as lágrimas nas águas da serra. Ficamos por lá uma semana. Eu, Marquinho, Sandra, Roberto, sua namorada Gisele e mais quatro amigos deles. Pessoas de paz, espíritos livres.

Era uma casa de pau-a-pique, sem eletricidade. Tudo muito rústico. Pouco havia para fazer. Com isso, nossos dias puderam ser intensos. Jogamos cartas, cuidamos do jardim, combatemos cupins e formigas, consertamos algumas telhas quebradas. Demos longos passeios por estradas de barro que se esbarravam às margens de matas quase virgens. Tomamos banhos de rio, nos jogamos em cachoeiras, brincamos de galo-de-briga em piscinas naturais. Passa-

---

50. "Vai fundo, Johnny!", da canção de Chuck Berry *Johnny B. Goode*.

mos tardes na varanda, deitados em redes, lendo livros, vendo o céu, ouvindo reggae no gravador a pilha que o Roberto trouxera.

Ao cair da noite, iluminados pelo luar, nos púnhamos a contar histórias sobre nossas vidas: pequenas lutas, grandes fracassos, curtos momentos de alegria e uma sempre perseverante esperança. O Roberto não contou histórias de armas. Preferiu falar de seus amores. A namorada de colégio de quem se separou quando começou a se envolver com a resistência. A companheira por quem se apaixonou durante a clandestinidade, e que acabou morta em um confronto com as forças da repressão. A holandesa vegetariana com quem se casou no exílio. A bailarina espanhola que fez seu casamento desmoronar.

Eram tantas e tão ricas histórias, que me pus a pensar sobre a pequenez do meu drama. Eu tinha ainda muito a viver. Muito a conhecer. Sobre o mundo, sobre os outros, sobre mim. Recentemente, me sentira lançado num abismo. Esse despenhadeiro era, no entanto, apenas a porta de entrada à grande aventura da vida. Os mesmos golpes que me haviam derrubado me forçavam agora a seguir adiante e enfrentar novos desafios.

Quando enfim descemos a serra, o pior havia passado. Eu ainda estava perdido e desorientado, porém me sentia outra vez capaz de caminhar.

29

Ato contínuo, apareci no Instituto para recolher as prometidas recomendações que me abririam as portas do mundo editorial. Muito embora fazer traduções não chegasse a dar muito dinheiro, aquele pouco era já suficiente para que eu pudesse fazer planos de reestruturar minha vida. A primeira encomenda que consegui me encheu de animação. O livreco besta-seller do *paperback writer* nem era assim tão ruim. Decisão imediata:

— Vou juntar grana pra comprar uma moto.
— Ei, essa é uma idéia legal — comentou a Sandra.
— Sei não — ponderou o poeta, — fica muito difícil de dirigir fumado.
— Melhor andar careta do que a pé — sustentei. — A decisão é irrevogável. Já até liguei pra moto-escola do Roxy. Eles me descolam uma carteira bem baratinha.
— Eu, se fosse você, guardava esse dinheiro pra sair de casa o mais cedo possível. Até o fim do ano, quem sabe. A gente podia até pensar em dividir um apê, hein.
— Não é má idéia! Mas deixa eu juntar a grana primeiro. Se Deus quiser, neste ano as vacas vão engordar. 'Tou vendo aí a possibilidade de um emprego de meio expediente na UPI. Um dos editores de lá é conhecido daquela argentina amiga da Marina.
— A dona do abatedouro?

Nesse mesmo dia, experimentei outra vez a vontade irrefreável de sentir o violão colado ao peito. Tirando o instrumento de sua capa empoeirada, passei horas a fim exercitando a linguagem da alma. Chegada a madrugada, celebrei o reencontro compondo *Down*, uma balada folk em tom menor. Era como se tivesse voltado aos tempos de Abbey road:

— *Às vezes me dá uma vontade de sumir, desaparecer / abandonar tudo, e me mandar pra um outro mundo / sem ninguém, sem*

você, sem ninguém / é tudo tão absurdo, estou cego, mudo e surdo / e estou tão down.
 Aquela canção saiu de mim tão pronta, tão redonda, que me surpreendi. Era apenas um desabafo, no entanto. Fruto tardio do abismo em que estivera mergulhado. A velha mágica ainda não estava de volta. Os quase dois anos de estranhamento com a música logo fizeram sentir seu preço. Minha voz já não era a mesma, os dedos haviam perdido toda agilidade, o ouvido hibernava e as idéias custavam a florescer. Eu tinha diante de mim uma longa estrada ladeira acima.

30

Foi justamente nessa época que o PP reapareceu. Ou melhor, desapareceu. Fazia mais de ano que ele tinha saído do Rio. Durante todo esse tempo, nos mandou uns poucos cartões. Nunca foi chegado a escrever. Eu e Marquinho ficamos no escuro, quase sem notícias. Felizmente, o Alex nos escreveu uma longa carta quando o furacão esteve por lá. Trecho:

(...) Desde que chegou, o Pedro passa o dia inteiro fumando hash e lendo um livro desse tal de Tolkien. Só sai de casa à noite, com a condição de que eu o leve a um bar movimentado ou a uma disco. Como essas coisas são raras por aqui, tenho de ficar escutando o lero de que vim me esconder num Piauí com neve. Já tentei convencer o Pedro a visitar alguns lugares interessantes nos arredores de Bologna, mas ele responde que não está disposto a conhecer velharias. Se tento perguntar que merda então ele pensa fazer na Itália, recebo a resposta de que veio aqui me visitar e coçar o saco em paz. (...)

O PP ligava a calefação à toda no estudiozinho, e ficava o dia inteiro passeando na jaula, vestindo apenas uma toca peruana colorida. Quando o Alex voltava para casa, levava mais de meia hora até convencer o Pedro a colocar pelo menos um short. Explicar ao cara que cada tostão de seus míseros proventos era poupado com parcimônia para honrar os custos da calefação no final do mês não adiantava de nada. Muito mais efetivo era o grito de alerta:

— Porra, PP, eu não sou índio pra chegar em casa todo dia e ficar vendo homem pelado!

Parecia mesmo que uma força estranha estava brotando de dentro do Pedro. Em vão, o Alex tentava convencê-lo a sair um pouco do casulo e visitar alguns monumentos. A metamorfose ambulante nem escutava. Dizia que não tinha pressa, que o tempo havia sido abolido. Ele era agora Pedro Mutante: uma provocação, por vocação. Que prometia dar uma passada em Florença:

— Só pra vestir uma cuequinha no rei Davi...

Essa visita ocorreu em fevereiro, já no final do inverno. Nas férias de verão, os dois se encontraram outra vez, em Amsterdã. Uma nova carta do Alex contava que eles tinham passado três noites seguidas em claro, indo aos antros mais loucos. Haviam fumado tanto e tomado tantas bolas, que ficava até difícil lembrar os detalhes do que acontecera naquele fim de semana.

Eu e Marquinho, como de costume, nos reunimos para redigir uma carta-resposta ao Alex. Embora a essa época eu ainda estivesse ocupadíssimo com assuntos políticos, escrever para o nosso filósofo exilado era imperativo dos mais categóricos. A democracia que esperasse. Eu tinha de arrumar algum tempo e passar na casa do poeta. Assim fiz. Pudemos então perguntar ao Alex se ele andava provando daqueles cigarrinhos que fazem a gente acordar no dia seguinte com uma baita ardência no rabo. Veio a resposta:

(...) Se, como diz a lenda, todo italiano é ladrão ou bundeiro, ainda fecho com o time da máfia. O que não posso é colocar a mão no fogo pelo nosso PP. Ele anda tão partidário do escracho-total, tão fiel à máxima do liberou-geral-agora-vale-tudo, que vocês vão achar difícil de reconhecê-lo na volta ao Brasil. (...)

Mais uma vez, nosso informante de ultramar recusou-se a entrar em detalhes. Falou que era melhor aguardarmos pela surpresa. Correram seis ou sete meses depois disso. Despencando em direção a nossos infernos político-militares, eu e Marquinho praticamente esquecemos o assunto.

31

1983. Dois sábados após o carnaval. Sol rumo ao sono, sombras sobre o oceano. Eu estava na casa do poeta quando o telefone tocou. Do outro lado da linha, veio a inconfundível musiqueta:
— Eu voltei, voltei para ficar!
Fizemos o maior fuzuê.
— Voltou o PP! Voltou o PP!
Ficamos de nos encontrar mais tarde, no Barbas. Pegamos o corcel do Marquinho e descemos a Nossa Senhora de Copacabana no maior pau. Comecei a apertar a diamba ali na curva da Figueiredo de Magalhães. Mandamos ver nos explosivos enquanto atravessávamos o Túnel Velho. Veio então a calmaria. Velocidade de cruzeiro. Inspirado pela visão do cemitério, perguntei a meu comparsa evangelista:
— Os mortos estão do lado de dentro, ou do lado de fora?
Acabamos chegando ao tema de sempre. Após longa relutância, Dom Marcos admitira que o Tavico havia cruzado definitivamente o rio Estige. Toda vez que se encontravam, por mais que o poeta insistisse em tapar seus olhos e ouvidos à verdade, o Tavico dava um jeito de confirmar minhas críticas. Vinha sempre com uns papos otários, cagando regra sobre o que era necessário fazer para se tornar alguém de sucesso. Queria chamar o poeta para o time dos vencedores, para a equipe do sistema. Via nele alguém destinado ao sucesso, um grande cientista, um professor emérito, um empresário de biotecnologia. E confiava também na boa estrela do PP e do Alex. Era evidente que os dois iriam seguir um caminho coroado de êxitos: grandes médicos, grandes clínicas, grandes laboratórios, grandes bancos de sangue para vampirizar o povo.

Nisso tudo, a ovelha negra era eu. Estava muito radical. Tinha perdido um tempo enorme com essa aventura estúpida na política, e nem assim me corrigia! Ia acabar me desperdiçando na vida com a faculdade que tinha escolhido. Uma carreira de perdedor:

— Filosofia! Vai fazer o quê com isso! Não serve nem pra ser professor!

O cara dizia então ao Marquinho para falar comigo e me convencer a entrar numa faculdade decente. Eu devia tentar uma transferência para o curso de Direito. Era um sujeito com boa lábia. Um discípulo potencial de Vieira. Se pusesse a cabeça em ordem, e soubesse escolher a área certa, ainda poderia ganhar a grana que merecia. Nossa turma tinha um destino: subir na vida, deixar para trás o passado merda-pobre. Eu estava sendo infantil. Queria mudar o mundo porque tinha medo de fracassar na luta por me tornar alguém.

32

A bem da verdade, minha influência foi muito pequena sobre a mudança de opinião do poeta. Os fatos falaram por si mesmos. Já na segunda metade de 1982, enquanto eu me entregava de corpo e alma à política, Dom Marcos começou a ter problemas crescentes em comunicar-se com o Tavico. Suas cabeças estavam agora operando em freqüências totalmente distintas. Pouco a pouco, as conversas entre eles foram perdendo a inércia dos "tempos do colégio" e caindo no vazio da lavagem cerebral monetarista. Ou até pior:

— Cara, esse banco em que eu comecei a fazer estágio é o bicho! Tem uma carteira só de empresas grandonas e de gente com muita grana, muito dólar. O melhor de tudo é que tem mulher pra cacete dando mole. Todas elas querendo arrumar um cara do setor financeiro. Vou me dar muito bem! Outro dia, depois de deixar a Heloísa em casa, saí com duas gatas que eram um negócio de louco...

Não tardou muito até que pintasse a notícia da ruptura entre Tavico e Heloísa. Ao que parece, tudo ocorreu após esta última descobrir que não era a primeira, nem a única. O atleta mascarado, disseram-me, andava pulando a cerca mais que penetra em festival de rock. Quando soube dessa história, a Sandra ficou indignada. A solidariedade feminina bateu firme:

— Me recuso a continuar saindo com esse imbecil.

Dom Marcos ainda insistiu no erro. Teimou em dar uma chance ao amigo. Decisão insensata. Cerca de um mês mais tarde, o caldo entornou. Por ocasião de *cocktail party* na casa da nova namorada *socialite* do Tavico.

Já era tarde. O poeta ainda estava no laboratório, terminando de correr algum gel. Quando atinou com a hora, resolveu se mandar direto para a tal reunião. Nem pensou em mudar de roupa. Chegou lá na maior inocência, vestindo seu jeans surrado, tênis all-star (nacional) e camiseta do Joey Ramone. Bola fora. Todos os palhaços ali reunidos estavam fantasiados de gente grande. Sobreveio o desastre. Conta-se, disso fiquei sabendo apenas de forma indireta, que o Tavico demonstrou, de forma pra lá de ostensiva, sentir vergonha do amigo. Tratou o Marquinho mal e, pior, deixou que burguesinhos e burguesinhas voassem como abutres em cima dele:

— Esse estilo punk já saiu um pouco de moda — comentou um *boyzinho* engomado, desses com calça de prega e cinto de grife.

— Talvez não seja estilo — agregou outro paspalho, tirando do chão os saltos de seus mocassins flutuantes.

Muitas sobrancelhas levantadas. Risos reprimidos.

— O Marquinho acha graça em ser largadão — explicou o falecido.

— Talvez ele ache *de graça* ser assim — fustigou uma candidata a perua.

Mais sobrancelhas levantadas e risos já nem tão reprimidos.

— Vestir-se mal faz parte do ideário socialista. Vocês têm de entender...

— E é por isso que eles se reúnem na Conferência dos Não-Alinhados.

O deboche seguiu assim por algum tempo, ponteado por estalos de gelo e uísque gargalhando nos copos ao redor. Todos os comentários, a rigor, resumiam-se a uma única constatação:

— Olha só o amigo merda-pobre do Luís Otávio!

Dom Marcos agüentou a tudo calado, para ver até onde o falecido iria. Ao cabo de uma hora, saiu do apartamento — de alto luxo, varandão, três salas, quatro suítes, copa, cozinha, dependências, duas vagas na garagem e vista indevassável para a Lagoa Rodrigo de Freitas — maldizendo o dia em que conhecera semelhante babaca. Sentia-se traído de forma vil e repulsiva.

Desde então, o poeta ficou mais radical do que eu. Muito mais. Por um bom tempo, ele havia se recusado a escutar minhas queixas. Insistia em ser fiel ao Tavico. A amizade era imensa. O bode veio em igual tamanho:

— Que o Tavico resolva virar o capitalista mais escroto do mundo, eu não 'tou nem aí! Mas não posso aceitar que ele desça tão baixo a ponto de sentir vergonha de mim! Porra, quem ele pensa que é!

Entendi perfeitamente sua revolta. Resolvi não espezinhar, contudo. Achei mais adequado dizer algo em um tom moderadamente esperançoso:

— Talvez ele ainda mude, Marquinho. Isso tudo pode ser apenas uma longa crise. Quem sabe o Tavico não é uma espécie de filho pródigo? No dia em que ele decidir retornar à casa da verdadeira amizade, daremos um fabuloso banquete e nos encheremos de alegria.

33

Curioso. Bastou Dom Marcos se virar contra o Tavico, e eu imediatamente baixei a bola. Até então, o fato do poeta sempre estar disposto a defendê-lo me havia permitido dar maior vazão a minhas críticas. Desaparecida toda possibilidade de defesa do acusado, comecei a sentir um pouco de culpa por descarregar tanta bile sobre nosso antigo companheiro. Afinal, quem era eu para criticá-lo? Qual havia mesmo sido o motivo da nossa ruptura? Tudo estava muito confuso e distante.

O Tavico tinha abandonado seus sonhos e seu talento, preferindo entregar-se de braços abertos ao sistema. Assim eu costumava dizer. O contraste era evidente no meu caso, pois eu havia decidido combater a esse mesmo sistema de todas as formas possíveis. Chegou o momento em que essa minha auto-apologia já não fazia sentido. Acaso não havia eu também abandonado meus sonhos e talento nessa luta sem quartel contra a quimera da ditadura? No final das contas, não estaria eu, ainda que por caminhos tortuosos, fazendo exatamente o que ele havia feito? Como podia então criticá-lo?

Passei alguns dias repensando minhas críticas e queixas. Concluí que nada do que ocorrera tinha a ver com política ou decisões de carreira. Minha mágoa vinha de sentir-me renegado por aquele que havia sido meu irmão musical. Eu estava sozinho e perdido diante de um mundo adulto que me dava embrulhos no estômago. Tavico McCartney era a metade que eu perdera ao longo do caminho da vida e que me deixara capenga, sem saber ao certo como seguir adiante. Quantos erros não havia também eu cometido desde então? Que direito tinha de esperar que alguém ainda mais desorientado que eu me escorasse? Já não fazia sentido continuar me queixando vida afora. Eu precisava aprender a seguir meus próprios caminhos. Sozinho, sem parceiros ou muletas. Talvez assim, algum dia no futuro, pudesse enfim reconciliar-me com o amigo perdido da minha adolescência. Pois por piores que fossem seus erros, ele seria para sempre parte de mim.

Esse não era o ponto de vista de Dom Marcos. Após destilar alguns litros de bile, o poeta concluiu que nosso antigo líder era, e sempre havia sido, um homem oco. Gostávamos tanto dele porque adolescentes acham a babaquice um traço de caráter da maior importância. A ruptura decorrera de um destino previamente traçado e radicalmente inevitável. Enquanto ele, eu, Alex e PP fomos amadurecendo e, pouco a pouco, passando a novos estágios da vida, o Tavico permaneceu atolado em sua estupidez e medos juvenis:

— Nós partimos em busca da liberdade. Ele se entregou ao liberalismo.

No carnaval que passamos juntos em Lumiar, conversamos muito sobre esse assunto. Tendo ouvido a todos os relatos e reclames que eu e Marquinho tínhamos em estoque, Roberto garantiu que existia em todo morto-vivo a possibilidade de reencontrar-se consigo mesmo. Como semelhante ressurreição podia levar um bocado de tempo até manifestar-se, era melhor a gente não esquentar com isso. Talvez alguma boa surpresa nos buzinasse no futuro:

— A vida é uma chacrinha que só acaba quando termina.

Enfim, não adiantava muito nos exasperarmos porque na virada da adolescência para a maturidade um amigo tão próximo havia se desgarrado do bando e tomado rumos questionáveis:

— Essa coisa de lado branco e lado negro só existe em Star Wars. Na vida real, tudo é cinza. Não existe uma linha reta em direção ao melhor de nós mesmos. O caminho reto é o caminho torto. E o caminho torto é o caminho reto.

Dom Marcos pediu vênia para discordar do primo. No caso do Tavico, assim ponderou, o caminho torto era torto mesmo. Tudo nele estava apagado:

— Como se fosse agora um vaso sem conteúdo, ou um desses insetos que as aranhas devoram por dentro e deixam apenas a casca presa na teia.

O antigo guerrilheiro disse que também ele já havia pensado assim. E agregou que havia tido o desprazer de conhecer pessoas muito mais vazias e dominadas pelo "lado negro" que qualquer desafeto nosso:

— Eu já vi o mal cara a cara, negada, e ele é feio pra burro. Mas mesmo o pior mal não consegue ser um mal total, um mal incorruptível. Tudo muda o tempo todo, tudo evolui ou degenera, nada

fica estático, monolítico. O amigo de vocês talvez um dia caia em si e aproveite todo esse desvio pra se tornar alguém melhor. Ou talvez morra sem nunca ter a chance de se reencontrar. Quem é que vai saber?
    Eu não quis dar muita opinião naquela conversa. Gostava de ouvir as filosofias do Roberto, e o entardecer de Lumiar estava me enchendo de tranqüilidade. Talvez o guerrilheiro tivesse mesmo razão. O mundo era assim — essa zorra. Cabia a mim encontrar uma forma de fazer as pazes com tal realidade, por mais indigesta que fosse.

34

Ali no contorno do cemitério, em velocidade de cruzeiro, voltamos a esse assunto. O Tavico era agora mais um morto do lado de fora. Que teria ocorrido com o PP? Ele estivera ausente por mais de ano. Quanta coisa havia mudado para todos nós! Lembramos da carta do Alex. Cogitamos sobre as novas doideiras de Dom Pedro. Tiros ao léu. Água, água, água. Nada do que pensamos, contudo, nos propiciou sequer a uma pálida imagem do real vendaval.
Estacionamos o carro ali mesmo, em frente do Barbas. O lugar ainda não estava cheio. Melhor assim. Sentamos em uma das mesinhas e ficamos esperando. Enquanto a batata e o chopp não chegavam, expliquei a Dom Marcos que tinha pedido as contas e saído de vez do Partidão. Ele já sabia que aquilo aconteceria. Eu tinha largado as atividades políticas desde dezembro. Estava apenas sacramentando o corte. Precisava dizer à militância que meu afastamento era mais que um tempo. Era o tempo. O novo tempo.

— É isso aí, Johnny! A gente tem agora de fundar nosso próprio Partido.

O poeta. Um visionário. Mas quem nos proporcionou a verdadeira visão daquela noite foi o gigante que surgiu à nossa frente. Nem deu para acreditar. Calças vermelhas, casaco de general. Cheio de anéis! Uma argola vazando a parte superior da orelha esquerda. Os cabelos azuis cortados rente. Era outra pessoa:

— *Oh, minha Honey Baby!!*

De alguma forma, entendemos que aquela metamorfose havia sido natural. Estávamos todos mudados. O caso do Pedro era mais radical, por certo. Tanto melhor. Não restava dúvida de que sua transformação apontava na direção correta.

Era necessário rebatizar nosso amigo pós-crisálido. Pensamos em vários nomes. Olhamos com cuidado a peça. Nos intrigavam as iniciais gravadas em sua jaqueta militar. Não pareciam ter sido adicionadas recentemente. Estavam envelhecidas, desbotadas; li-

geiramente puídas, como todo o tecido ao redor. Perguntamos. Ele não sabia ao certo a origem do bordado com suas iniciais. Dissenos apenas que havia adquirido o pedaço de uniforme em uma loja de quinquilharias, em Portobello road.
— Fui lá atrás de uns livros velhos.
Estranhamos aquele inverossímil zelo intelectual. Mesmo a mais radical metamorfose respeita certos limites. Que Gregory Samsa tivesse virado uma barata, ainda podíamos entender. Mas que Pedro Paulo "Revistinha", a cabrocha, houvesse se convertido em bibliófilo, parecia um pouco demais. Recebemos a seguinte explicação:
— É que naquele filme "Se a minha cama voasse" uma tal moça lá, que cuidava de uns dois meninos e mais uma menina refugiados durante a segunda guerra por conta dos bombardeios a Londres, conseguiu encontrar numa loja assim pequenininha escondida em Portobello road a segunda metade de um livro de magia já usado bem velhão que ensinava a dar vida a objetos inanimados, e aí foi possível a eles quatro e mais um tal sujeito meio mambembe e picareta mas que no fundo era gente boa montarem um exército inteiro com as armaduras medievais que 'tavam guardadas no museu da cidadezinha sei lá qual, mas que era exatamente o ponto onde os alemães tinham decidido começar a invasão da Inglaterra...
— Pó pará!! — gritou Dom Marcos.
— Esse Pedro nunca vai crescer! — comentei.
O poeta respirou fundo, à espera de inspiração. Examinando atentamente nosso amigo-borboleta, constatou seu avançado estado de porrenlouquecimento. Considerou a seguir meus comentários, e parou o olhar nas letras escarlates do casaco militar: PP. Sem tensão, veio a grande sentença:
— Píter Punk!
Celebramos muito o achado. O próprio Píter adorou seu novo nome. Pensamos ainda em apodos alternativos: Paladino do Povo; Primaz dos Pagãos; Príncipe das Pistas; Pedrinho Parangolé; Patriarca da Porralouquice — qualquer conjunto de aliterações que desse conta das muitas facetas de sua personalidade plural e pós-psicodélica. Nós estávamos contentes. Era um dia de reencontro; enfim podíamos reorganizar os destroços de nossa turma de amigos:
— Píter Punk é o novo homem! — gritou o poeta.
— Sobre essa pedra construiremos nosso Partido! — emendei.

O Píter falou a noite inteira sem parar, contando histórias sobre sua estada na Inglaterra. Festas, pubs, viagens, turmas, drogas, metrô, trens, moda, eventos, idéias, personagens maiores que a vida. Tudo era excitante e surpreendente. Cada palavra sua vibrava como um acorde jamais tocado. Registrei com certidão passada e firma reconhecida a informação de que uma banda nova de Manchester prometia revolucionar o cenário musical:

— Grava esse nome, Joãozinho: The Smiths.

Falamos ainda por algumas horas sobre o rock de lá, o rock de cá, o novo renascimento e o que significava ser *dark* e gótico. Nada disso era assim tão essencial. Mais importante que qualquer revelação sobre os andares do mundo era ter de volta conosco o velho amigo redescoberto. Com o bar já a ponto de fechar, resolvemos fazer um último brinde:

— Uma garrafa de vinho, por favor!

Era preciso celebrar em grande estilo nossa reunião. Uma vez aberta a garrafa, imediatamente a consagramos como o Graal da nova aliança. Tocado pela musa, o poeta ergueu ao ar aquele santo cálice e proferiu o juramento do Partido:

— Juro transformar o errado em certo, alimentar os famintos, auxiliar os fracos, cumprir as leis e jamais recusar ajuda a uma mulher em aflição!

— Amém!

Foi minha vez de erguer a garrafa, e repetir o juramento:

— Juro transformar o errado em certo, alimentar os famintos, auxiliar os fracos, descumprir as leis e jamais recusar ajuda a uma mulher em aflição!

— Ficou realmente melhor.

— "Cumprir as leis" me pareceu supermané.

— 'Tamos todos de acordo.

— Amém!

O fabuloso Píter Punk encerrou então nosso divino sacramento:

— Juro transformar o errado em certo, alimentar os famintos, auxiliar os fracos, descumprir as leis e jamais recusar ajuda a uma pessoa em aflição!

— Por que "pessoa"?

— Cala a boca, Johnny!

— Amém!

E esse foi o começo do Partido. Uma agremiação com inesgotável afã de aventuras e fome de vida real. Com o tempo, diver-

sas pessoas se juntaram a nós, trazendo novos conhecimentos e frentes de ação, que expandiram imensamente nossa idéia original de um núcleo de rebeldia bem-humorada. Não tardaria muito até transformarmos o Partido em uma agremiação pós-tudo, cuja única ideologia era levar a cabo a política do delírio. Ou, como diria o poeta:
— Que nos guie o perdão da carne e a ressurreição dos pecados!

35

Três meses e meio mais tarde, como de costume, fui caminhando até a casa de Dom Marcos. Naquela cinzenta tarde de sábado, tudo o que eu queria era gravar algumas fitas e jogar conversa fora. Tinha também o intuito de acertar os detalhes da festa a que estaríamos indo mais à noite. Assim que adentrei seu quarto, o poeta tratou de me animar:
— A Biolorgia vai ser de arrasar. Vamos botar a Urca abaixo.
— Quem é que vai cuidar do som?
— Marconha e Ronaldão, o que garante um som esperto por toda a noite. Mas, na verdade, nada disso importa. O grande barato é que nós estamos a ponto de presenciar o milagre da transubstanciação.
Eu já tinha escutado os rumores. Havia no Fundão um aluno chamado Jeremias que gozava da reputação de saber mais de Química que todos os professores da UFRJ juntos. Ele havia ingressado no curso de Engenharia, um ano mais tarde passou para Física, logo em seguida se arrependeu, e então pulou para a Biologia, onde durou pouco, pois sua vocação real estava mesmo na Química, que agora cursava, em período indefinido. Durante sua passagem relâmpago pela Biologia, o mercurial cientista tornou-se amigo do Marquinho e de alguns dos futuros membros do Partido. Foi na fase ainda incipiente de soerguimento de nossa nova agremiação que se disseminou a boa nova:
— O Jerê sintetizou ácido — anunciou o Ronaldão, que de todos os milicianos era aquele mais próximo ao grande químico.
— Ácido mesmo, ou essas porcarias que os traficas vendem por aí? — perguntou-lhe o poeta, algo desconfiado de notícia assim tão auspiciosa.
— Ninguém ainda provou — explicou o arauto. — Marconha e Ronaldinho vão ser os primeiros a cobaiar. Eu 'tou levando a maior fé. O Jerê é um gênio. Mais que isso, até: ele é um Profeta!

Quando o Marquinho me contou sobre essa conversa, não cheguei a me animar muito. A história toda me parecia um pouco fantasiosa: um jovem cientista aloprado desce por três dias ao abismo labiríntico da biblioteca do Instituto de Bioquímica da UFRJ e, após decifrar a fórmula secreta do néctar lisérgico, se esconde por mais duas noites no laboratório de um conhecido seu para sintetizar mil tickets ao paraíso.

— 'Tá difícil de acreditar — comentei.

— Pois este é o momento de ter fé, meu caro Johnny. Se essa história se confirmar, vai ser um verdadeiro acontecimento: o milagre do profeta! Você já tentou imaginar o impacto de semelhante revelação? Mil papéis do mais puro LSD-25, a coisa-em-si! Que tal? Mil viagens garantidas ao País das Maravilhas! Mil epifanias! Mil frutos proibidos! É disso que o Partido precisa pra decolar de vez.

Limitei-me a sorrir. Se nada daquilo viesse a ocorrer, pelo menos valia a pena presenciar toda a animação do poeta. Na semana que se seguiu, quase não tocamos no assunto. Minha cabeça andava ocupada com traduções, aulas morosas, trabalhos de faculdade e uma ainda claudicante tentativa de resgate da minha vocação musical. Eu andava muito menos animado que o Marquinho com toda aquela onda de ampliar o Partido. Até onde eu via, nossa idéia havia sido apenas uma forma simbólica de celebrar o ressurgimento da velha gang de colégio, agora amadurecida por muitas e penosas vivências.

Dom Marcos, em contraste, vinha traçando planos hiperbólicos. Diria mesmo condoreiros. Ele queria fundar uma espécie de movimento, queria propagar o delírio, subverter todo tipo de ordem estabelecida. Eu achava suas elocuções grandiloqüentes um tanto cativantes, porém sem muito sentido no que dizia respeito à minha própria vida. Eu já havia superado o pior momento da minha desilusão com o mundo. Precisava agora encontrar um novo rumo. Como corrigir todos os desvios que tomara, e em meio aos quais me perdera nos últimos dois anos? Eu estava tateando a realidade, procurando senti-la palmo a palmo, como se ainda estivesse vivendo num vasto quarto escuro.

36

O delírio do poeta acabou se impondo sobre a realidade. Naquela tarde, enquanto preparávamos algumas fitas de reggae com a pilha de discos que o Roberto tornara a nos emprestar, o Marquinho se pôs a comentar a viagem teste das primeiras cobaias. Se os relatos fossem mesmo verdadeiros, então estava confirmado: Jerê era mesmo um enviado de Deus.

— Marconha e Ronaldinho garantiram que não existe nada no mundo que possa se comparar ao AC do profeta. Eles tomaram só meia dose e ficaram várias horas mucho locos.

Fiz uma certa cara de desconfiança. Eu não chegava a ter muita simpatia pelo tão celebrado Marconha, a quem já conhecia de outras encarnações. Quanto ao depoimento do Ronaldinho, um sujeito com quem tivera muito pouco contato, eu não tinha por que rejeitá-lo. Tampouco existiam razões suficientes para aceitá-lo ao pé da letra. Preferi manter meu ceticismo.

— Nem adianta fazer essa cara de gostoso, Johnny. Eu já acertei tudo com o Jerê. Ele vai aparecer lá na festa e distribuir uns ácidos pros dirigentes do Partido. Três deles, dose integral, estão reservados de antemão na minha quota. Hoje à noite vamos viajar nós três: eu, você e Píter.

Tanto insistiu nessa tecla o Marquinho, que comecei a me animar com a história. Mesmo que tudo não passasse de um grande exagero, ainda assim seria curioso passar por essa experiência. Especialmente em companhia dos demais membros do Triunvirato. Afinal, desde a mais tenra infância eu guardava esse desejo: voltar aos anos 60 e cair na doideira com a devida classe. *She said, I know what it is like to be dead.*[51] Paradas desse tipo. Eu tinha afinal toda uma existência na cola dos Beatles, Stones, Dylan, Mu-

---

51. "Ela disse, eu sei como é estar morta", da canção dos Beatles *She said, she said*.

tantes, Byrds, Brian Wilson, Van Morrison, Syd Barrett, Cream, Hendrix, Janis, Doors, The Who, Kinks, Yardbirds, Animals, Jefferson Airplane, Grateful Dead, Velvet Underground, Peter Green, Buffalo Springfield, CSN&Y, Joni Mitchell, Joe Cocker, Sly Stone, Allmann Brothers, Blind Faith, Derek and the Dominos — isso só para ficar nos sessenteiros mais conhecidos! Eu havia lido e escutado um milhão de histórias sobre viagens aciderais, embora nunca tivesse provado sequer uma cópia fajuta, tipo similar nacional, da tão celebrada coisa em si. Seria maravilhoso ver a luz de Lucy. Que é como um arco-íris.

— Mas onde é que a gente vai tomar esses ácidos? — perguntei, já preocupado com a logística do processo.

— Vamos definir agora. Tem duas alternativas. O Geraldo 'tá reunindo uma negada pra ir a Casimiro de Abreu, na casa de uns tios dele, que ficou liberada. A gente talvez possa se juntar à galera. O problema dessa alternativa é que talvez não tenha lugar pra todos nós, e eu também não combinei nada com a Sandra...

O Geraldo era uma figura simpática, biólogo marinho e mergulhador profissional. Eu o conhecia muito superficialmente. Quis saber mais detalhes:

— E a outra alternativa, qual é?

— A outra alternativa é nós dois irmos à casa do Píter. O irmão chateba dele 'tá viajando. O espaço todo daquele miniapartamento pode ficar liberado só pra gente. É grande o suficiente, e bem independente do resto da casa. Não tem erro. Píter Pai e Píter Mãe nem vão se dar conta de que nós 'tamos por lá. Acho que o arquiteto projetou aquela área com isolamento acústico ou algo assim, pra que ninguém ouvisse a TV do Píter ou o piano-efeite do irmão, que, aliás, até hoje, só você e o Tavico tocaram.

Da forma como o poeta apresentou a questão, não havia muito o que pensar. Tratando-se de primeira viagem rumo ao desconhecido, eu preferia mil vezes ficar restrito ao círculo perfeito da Santíssima Trindade. Não me agradava a idéia de arriscar uma carona desastrada no comboio do Geraldo, cujos membros estavam ainda indeterminados. Fechamos questão em torno da casa do Poderoso Punk, e imediatamente ligamos para ele, comunicando a decisão, centralista e democrática, do Comitê Central:

— E eu sou o último a ser consultado?! — reclamou o anfitrião designado.

— Não chega a ser uma consulta — explicou-lhe Dom Marcos.
— Trata-se mais de uma intimação sem direito a recurso.
— Se é assim, então eu aceito — acedeu o Primaz dos Pagãos. Ele obviamente estava achando toda a idéia magnífica. Desde sua chegada de Londres, o Píter topava qualquer programa. Quanto mais maluco, quanto mais sem sentido, melhor. Sua queixa havia sido meramente retórica. Quase histriônica, eu diria.
— Mas eu não vou poder ir à festa com vocês — explicou-nos Honey Baby. — Hoje é aniversário do meu pai, e eu 'tou indo com os velhos jantar fora. Nós devemos chegar de volta aí por meia-noite, meia-noite e meia. Se vocês aparecerem depois de uma da manhã, 'tá safo. Beleza pura.

37

Cheguei com Marquinho e Sandra à festa, conversei aqui e ali, dancei um pouco, peguei o telefone de uma menina bem bonitinha e fui ao jardim unir-me aos membros mais exaltados do Partido, que ora estavam a escutar de viva voz o relato dos já-iniciados sobre o milagre do profeta.

— Muita cor, muito som, muito movimento, tudo mudando o tempo todo, e tem também o toque, tudo fica muito bom de tocar — assegurou o Ronaldinho, tentando explicar com as mãos e o rosto o que suas palavras não alcançavam dizer.

— Ocorre de fato uma exacerbação dos sentidos — explicou o Marconha, emprestando sua densidade intelectual ao relato do companheiro de viagem. — Mas isso é só o começo. O mais importante vem depois, que é o mergulho no mundo arquetípico das formas primordiais.

Havendo ao redor alguns rostos indicando certa imprecisão na percepção do conceito, o palestrante buscou detalhar um pouco mais suas idéias:

— O que eu quero dizer é que não se trata apenas de uma viagem onírica ou de um artifício para trazer à tona o próprio inconsciente. Na verdade, o que eu acho que ocorre é a quebra das barreiras que nos afastam da realidade essencial. Cai o véu de Maya, o mundo verdadeiro se descortina como num satori.

Apesar dos ruídos de espanto na turba assistente, não cheguei a ficar muito impressionado com o que era dito. Já fazia um bom tempo que eu tinha lido *As Portas da Percepção* e outras literaturas do gênero. O que o Marconha dizia me soava excessivamente acadêmico e derivativo. Nada em sua explicação me indicava uma experiência pessoal e concreta dos efeitos da safra de papéis do profeta. Até o momento em que o Ronaldinho suplicou:

— Conta pra eles dos centauros!

E assim eu finalmente fui fisgado. Os dois cobaias, mesmo com suas cautelosas meias-doses, haviam travado contatos imediatos de terceiro grau com os filhos de Ixíon. Agora sim a conversa começava a ficar interessante.

— Eles não chegaram a falar nada. Apenas passaram ao largo, lentamente, como se estivessem nos estudando, e depois partiram num galope.

Tal depoimento bastou para convencer-nos da veracidade do milagre do profeta. Imediatamente, todos viramos os olhos a ele, implorando por nossas hóstias redentoras. Marquinho recebeu sua quota, acertou-se com a Sandra de que ela voltaria para casa com algumas amigas, e de repente, não mais que de repente, lá estávamos nós dois a caminho da casa de nosso *brother* imortal, portando conosco três bilhetes para viajar na Apolo 67.

38

Subimos os paralelepípedos da ladeira de Cabo Canaveral por volta de uma da manhã. Enfim chegamos ao porto de decolagem. O Píter estava de sobreaviso. Abriu a porta da garagem antes mesmo de desligarmos o carro. Tinha receio de que a gente tocasse a buzina e acordasse seus velhos. Vida com pais, vida sem paz. Em silêncio, subimos as escadas até os aposentos do Poderoso Punk. Era um miniapartamento, com dois quartos e um banheiro, isolados do resto da casa por porta bem-aventurada. Trancamos o mundo do lado de fora.

Tudo parecia sob controle. Pusemos os papéis debaixo da língua. Sabor a nada. Nos entreolhamos.

— É pra mastigar ou não? — perguntei.

— Deixa o papel quieto na boca — instruiu o poeta.

Em tese, o ácido começaria a surtir efeito dentro de cinqüenta minutos. Tédio. Não havia por ali discos ou aparelho de som. O quarto do Píter era completamente dominado por uma Philco gigante. Nunca vi ninguém gostar tanto de televisão. Desde pequeno, o cara tinha se criado vendo tudo que era lixo.

— Pois não é sem motivo que você pirou de vez — comentei, meio ao acaso. Ninguém entendeu muito do que eu estava falando. Paciência.

Enquanto a onda do AC não batia, pedi ao Marquinho que mandasse ver numa das suas histórias — daquelas bem compridas e intrincadas, que se desdobravam como um sutra caleidoscópico. Ele respondeu que estava muito cansado para semelhantes divagações. Sugeriu, como alternativa, que o Píter nos contasse sobre o livro que repousava sobre sua cabeceira:

— E esse tal de *Senhor dos Anéis*, que porra é essa?

— É a biografia do Ringo Starr! — brinquei.

Mas logo voltei a ficar quieto. E também o poeta. Queríamos apenas escutar a voz vibrante e cheia de cores do Paladino do Povo.

Tão logo começou a narrativa, nos esparramamos no chão do quarto qual fôramos velhos marinheiros reunidos em uma praia banhada de estrelas. Hobbits, elfos, anões, homens do oeste, orcos, trolos, magos, espíritos do mal. A todo esse mundo mágico ele nos introduziu. Falou em seguida do grande inimigo, dos anéis do poder e do anel que a todos controlava, aquele que tinha de ser destruído. Vieram as histórias da Confraria e de sua marcha rumo às terras de Mordor. Assim que nosso bardo entrou a contar sobre a grande guerra que se preparava, sua voz foi morrendo, como restos de grito na garganta de um vale distante.

Um certo incômodo apertou-me então a boca do estômago. Debruçando-me sobre a almofada, olhei fixamente o relógio digital. Demorei algum tempo até entender o significado daqueles números. Eles falavam de tantas coisas. Pus-me de pé e caminhei até a varanda com uma dificuldade que me surpreendeu. Algo havia mudado, minhas pernas já não me pertenciam. Cheguei ao balcão. Diante de mim, a noite da Gávea. Morros a bombordo e estibordo, tudo começou a mexer:

— 'Stamos em pleno mar! — exclamei, amparando-me no parapeito.

E logo icei velas, lançando-me destemido por sobre as ondas bravias, em vôo prateado pelos céus do Rio.

39

Total sintonia. Assim que regressei ao chão de estrelas em que meus companheiros jaziam naufragados, nem precisei contar-lhes sobre meu vôo marítimo pela vastidão argêntea da cidade adormecida. Telepatia. Naquela noite, ninguém precisou terminar qualquer frase. Bastava uma, duas sílabas, uma certa entonação de voz, um maneirismo do rosto, e logo um tratado filosófico se transmitia.

— Só! — disse o poeta, e aquilo resumiu todo nosso espanto. Momento transcendental. Três amigos, uma só essência. Eu era eles e eles eram eu, pois, como diria a morsa: *I am he, as you are he, as you are me, and we are all together*[52]. Um sentimento de imensidão, de estar-se fundindo com o Universo. A cabeça juntando todos os pedaços da realidade. Passado e futuro unidos ali. O peito arfando um vento de Deus. E nós falando a língua dos sorrisos.

Nos sentamos juntos no chão, em círculo fechado, como três índios. Sem nenhum sinal, fomos unindo nossas mãos e antebraços numa corrente. Era bom sentir. O toque, a escuta, a visão: tudo como pela primeira vez. O quarto inteiro nos abraçava. O chão, a cama, as paredes tinham vida. Braços de mãe embalando o recém-chegado. Puro prazer. Jamais senti algo igual. Estar invadido pelo infinito.

Quando desfizemos a mandala mágica, o paraíso rompeu-se. Lembro-me de rumar em direção ao banheiro e ver meu rosto warholizar-se no espelho: linhas coloridas em contorno impreciso bruxuleando sua intenção de evadir-se. Veio novamente uma sensação desagradável na barriga. Aproximei-me do vaso e decidi esvaziar o estômago. Era difícil dobrar os joelhos sem mergulhar

---

52. "Eu sou ele, como você é ele, como você sou eu, e nós somos todos juntos", da canção dos Beatles *I'm the walrus*.

naquele imenso lago. Deixei-me ficar, contemplando o vômito caleidoscópio em sua dança aquática. Queria chamar meus amigos para que vissem o espetáculo. Não pude. Estava hipnotizado. Somente logrei sair do transe quando vi o monstro se aproximar de mim. Inseto imenso, gigantesco — Levitã leviatômico. Por que seu tamanho variava sem parar? O pulsar da barata, barato repugnante. Arrastei-me então para fora do banheiro. Ali não voltei pelo resto da noite.

No quarto cósmico, haviam ligado o rio das cores. Imagens apenas, sem som. Flutuava na correnteza a vida de Chopin, em tintas de aquarela. Ficamos rindo da fajutice dos cenários moventes. Como podia ser? Aquelas suíças estavam crescendo, tomando proporções simiescas. Estendi o braço, apontando a tela. Tentei falar. Antes de dizer qualquer palavra, todos já tinham descoberto que o pianista vivia no Planeta dos Macacos. Lá fora, os seres da noite eram derretidos e tornavam a se erguer: prédios, casas, carros, morros, antenas de televisão. O mundo parecia um museu de cera em permanente reforma. Eu pensava cada vez mais rápido e nebulosamente. Estava me despedindo de mim mesmo. Antes de partir em definitivo, proferi a única frase completa que lembro haver dito:

— Qualquer ponto do universo é o centro do infinito.

O que se passou depois, fica até difícil de contar, assim na mais completa caretice. Com esse meu jeito divagante e praieiro, corro o risco de banalizar a viagem, pondo a perder o perfume de sua essência, o brilho de sua aura de magia. Melhor dar um tempo, acender unzinho e deixar a memória falar por si mesma. *Turn off your mind, relax, and float downstream*[53]. Você 'tá servido?

Magic Erebus

Cansei de ficar ali em vida circense. Pensei na câmara escura onde estava o piano. A escala maior. Tinha de ouvi-la. Saí. O corredor separando os dois quartos era longo, sem fim. Havia muita água. Parecia um rio. E logo um oceano. Icei velas. Deitei braços aos remos. Enfrentei as ondas por tempo que não saberia dizer. Finalmente, lá cheguei.

---

53. "Desligue a mente, relaxe, e se deixe levar pela correnteza", da canção dos Beatles *Tomorrow never knows*.

Mal podia ver, tamanha a escuridão. Entrei com cuidado. Havia uma selva espessa. Fiz-me onça. Mais à frente, o quarto se inclinou e tive de subi-lo como a uma montanha. Eu era agora um leão. Quando cheguei ao alto, fazia muito frio. Tornei-me lobo. Pude enfim ver o piano. Havia alguns carneiros ao seu redor. Mergulhei os dentes em suas gargantas. Muito sangue correu. Uma poça se formou. Voltei então à minha selvagem condição humana. Juntei as carcaças e as queimei. Olhei novamente o instrumento-rei. A porta do teclado dizia: não há retorno para quem cruza esta fronteira. Abri. Toquei os sete acordes. Uma multidão de fantasmas saiu da caixa de ressonância: noivas; jovens solteiros; velhos arrasados; donzelas arrebatadas pelo amor; guerreiros mortos em combate, suas armaduras ainda manchadas de sangue.

Todos queriam beber do sangue acumulado a meus pés. Eu lhes disse que somente o fariam após um espírito da luz vir responder às perguntas que tinha por fazer. Sentei-me imperturbável às margens daquele mar rubro. Com dois dedos de minha mão direita toquei o chão. A turba afastou-se, temerosa. Apenas um fantasma permaneceu diante de mim. Estava confuso. Parecia não entender o que se passava. Levantei os olhos e contemplei seu rosto plúmbeo. Mal pude acreditar. Era Tavico.

Perguntei-lhe o que fazia naquele local tenebroso. Respondeu-me não saber onde estava. Contou que fora acometido por estranho mal. Com freqüência, perdia a consciência e sonhava estar vagando por uma terra devastada, habitada apenas por vultos esquálidos. As crises foram-se tornando mais freqüentes e as visões mais desoladoras. Havia sempre uma escada. Quanto mais tentava subi-la, mais baixava na escuridão. Sabia disso e, no entanto, não podia evitar o impulso de galgar seus degraus. Certo dia, decidira subir a escada com tamanho ímpeto que ela subitamente desapareceu, fazendo que mergulhasse em um precipício sem fim:

— Sigo caindo. Não toquei ainda o fundo do abismo.

Tinha medo, confidenciou-me. Temia nunca mais voltar. Talvez estivesse morto. Uma morte inglória, incompleta, ímpia. Não tivera ritos fúnebres. Com o rosto crispado de angústia, pediu-me que zelasse por seu corpo insepulto. Meus olhos se encheram de lágrimas. Sentei-me ao piano. Tentei tocar algumas de nossas canções. Nenhum som se produziu. O teclado estava mudo. O espírito de meu amigo falou que nenhuma melodia pudera ouvir desde sua queda. Na morte não havia música.

Perguntou-me então como chegara ao reino afônico de Perséfone. Relatei a jornada que havia empreendido juntamente com Marquinho e PP. Falei de como sentíamos a falta de Alex, nosso companheiro exilado nas frias estepes do norte. Como estaria ele agora, ainda cercado de livros e angústia? Que deidade maléfica teria decidido separar-nos assim de forma tão drástica, destruindo impiedosamente nosso grupo inseparável de sonhadores?

— Pois também a ti perdemos!

Vendo que seu rosto tornara-se ainda mais sombrio, busquei animá-lo contando-lhe de meu passeio em embarcação alada pelos céus de prata da noite do Rio. Seus olhos secos quase sorriram. Segui adiante com a narrativa, relatando-lhe tudo que se passou a seguir. Cheguei enfim ao momento em que fora tomado pela urgência de escutar o som primordial do instrumento apolíneo: a escala maior — seqüência solar. Em lugar da luz, encontrara apenas as trevas.

Baixando os olhos, calei-me. O vulto de meu parceiro começou então a se desfazer diante de mim. Antes de sumir por completo, ele me suplicou que de tudo fizesse para não repetir seu erro:

— *I couldn't walk, and I tried to run*[54]— murmurou, e logo desapareceu por completo.

Novamente vultos incorpóreos se aproximaram do sumo rubro dos cordeiros sacrificados. Notei que a meu lado havia agora uma espada. Com um rápido gesto, tomei-a com a mão direita e cravei-a no chão, sinalizando minha determinação às almas sedentas. Vi então que um dos fantasmas rompeu entre a multidão e veio postar-se junto à espada. Seu rosto estava coberto, e pude apenas notar que trazia uma criança inerte em seus braços. Quando o vulto se debruçou para alcançar o líquido rubro, alçando seu véu com um leve gesto, fui tomado por grande sobressalto. Era minha avó.

— És tu então o espírito iluminado?

Houve silêncio. Nenhuma resposta ouvi. O vulto olhou em torno e pareceu desconhecer-me. Queria abraçá-la e gritar seu nome. Não pude. Sabia que nem mesmo ela poderia ainda aproximar-se da vida derramada sobre a terra marrom. Agarrei o punho da espada e a levantei. A lâmina se iluminou e um trovão rugiu no

---

54. "Eu não podia andar, e tentei correr".

ar. O vulto se afastou. Tornei a ferir a terra com a espada. Sentei-me no chão e me pus a chorar.

— *No cry, oh child, weep no more*[55]— disse uma voz plena.

Levantei os olhos e vi que a espada desaparecera. Diante de mim estava um vulto negro. Ajoelhando-se, ele estendeu suas mãos em concha e recolheu um bocado do sangue. Após cerrar palmas, tornou a abri-las. O líquido espesso se havia transformado em um amontoado de ervas secas. Colocando a matéria verde sobre a terra, o misterioso vulto murmurou uma oração. Ao terminar seu cântico, tocou a pira, e ela se acendeu:

— *Excuse me while I light my spliff, I gotta take a lift from reality*[56] — ele explicou-me, sorrindo.

A fumaça doce subiu no ar. Disse-lhe eu então que estava ali para fazer perguntas. Expliquei que já não tinha casa, que me sentia longe de meu lar, que não sabia como voltar. Questionei-o sobre o porquê de tão árdua jornada.

— *Just like a tree planted by the river of water bringeth forth fruits in due season, everything in life got its purpose.*[57]

Baixei a cabeça. Onde havia perdido meu rumo? Minha vida não fazia nenhum sentido. Estava sendo jogado a esmo pelo destino, como se houvesse nascido já sem chances de escapar à roda infernal. Sentindo-me colapsar, escondi o rosto em meus braços. Mesmo sem ver o que diziam meus olhos, o espírito escutou-me os pensamentos.

— *Time alone, oooh time will tell. You think you are in heaven, but you live in a hell. Open your eyes, and look within. Are you satisfied with the life you are living?*[58]

Sim. Desde que deixara para trás os portais edênicos de meu colégio, sentia-me vagando por um mundo estranho e atroz. Tentara preencher-me com lutas políticas e apenas ampliara o vazio dentro de mim. Todo amor e toda paixão me haviam abandonado;

---

55. "Chore não, criança, enxugue seu pranto."
56. "Com sua licença, vou aqui acender o meu, e dar um tempo na realidade".
57. "Assim como a árvore plantada junto ao rio dá frutos na estação correta, tudo na vida tem o seu propósito."
58. "Somente o tempo, oooh somente o tempo dirá. Você pensa que chegou ao paraíso, mas no inferno você está. Abra os olhos, e olhe para dentro. Veja bem se te agrada a vida que está vivendo."

o fruto de minhas entranhas perdera sua luta pela vida; e até mesmo a música de mim se afastara. Tudo estava errado ao meu redor, e nada restava a fazer.

— *You running and you running and you running away. You running and you running, but you can't run away from yourself.*[59] Nada me era claro, contudo. Queria entender por que Tavico havia morrido, por que deixara de ser meu grande companheiro, por que se desfizera de todo seu talento, por que abandonara a seus amigos e a si mesmo.

— *Which man can save his brother's soul? Oh man, it's just self control. Don't gain the world and lose your soul. Wisdom is better than silver and gold.*[60]

Tais palavras não me bastavam. Tudo à minha volta estava errado. Nada fazia sentido. Mesmo tendo estado feliz com meus amigos e voado livre pelos ares do Rio, acabara ali, afogado em uma oceânica tristeza. Já não podia pensar em nada de bom, apenas em minha vida desprovida de sentido. Tudo parecia errado comigo. Eu havia chegado ao limite de minha existência de fracassos. Era o fim de mim mesmo.

— *You think it's the end, but it's just the beginning.*[61]

Não entendi o que me dizia. Era estranha a figura daquele espírito. Longos cachos de lã escura em lugar de cabelos. "Carneiro de Deus", escutei o eco em minha mente, como se alguém pensasse por mim. Sabia conhecer aquele rosto e aquela voz, mas não conseguia me lembrar ao certo de onde. Em minha memória passavam imagens de praias, morros, favelas e música. Não era o Rio, contudo. Tratava-se de outra terra. Por mais que tentasse pensar, não podia compreender o que diziam as palavras daquele espírito.

— *In the abundance of water the fool is thirsty.*[62]

Tornei a pensar no que ele dizia. Não fazia sentido para mim. Era inútil tentar aplacar minha sede naquele mar de lágrimas. O mundo anoitecia, tudo em mim fizera-se decrepitude. Minha vida

---

59. "Você corre e corre e foge para longe. Você corre e foge, mas já não pode fugir de si mesmo."
60. "Quem pode salvar a alma de seu próprio irmão? Rapaz, tome pé da situação. Não adianta ganhar o mundo e perder o coração. Perto da sabedoria, o ouro e a prata não valem nem um tostão."
61. "Você pensa que chegou ao fim, mas isto é só o começo."
62. "Na abundância de água, o tolo continua sedento."

chegava ao fim. Nem mesmo o espírito conseguia mostrar-me uma saída. Em nada podia encontrar consolo. Ao meu redor havia somente escuridão. À plena luz do dia, a escuridão. Sob o brilho dos trópicos, a escuridão. Em cada raio do sol de verão, via apenas a noite imensa e sem fim.

— You just can't live that negative way. You know what I mean. Make way for the positive day![63]

Queria acreditar na verdade daquelas palavras. Não pude. Seu fogo nada podia contra as muralhas de minha tristeza. Como resgatar a serenidade, se é impossível toda volta à inocência? Não havia respostas. O desespero resumia todo meu saber.

— Emancipate yourself from mental slavery, none but ourselves can free our own minds[64] — foram suas últimas palavras antes de sumir.

Veio novamente minha avó. Ela se aproximou da poça de sangue, tomou e bebeu. Somente então pôde me reconhecer. Perguntou-me o que fazia ali naquele mundo fora do mundo. Disse-lhe que não sabia bem. Havia-me perdido no meio do caminho da vida, quando a estrada era estreita:

— Desde que tu partiste, tudo tem estado escuro, como se eu estivesse habitando um mundo de pura solidão.

Sua mão sem peso pousou sobre minha cabeça. Com a voz embargada, lamentei não estar ao seu lado na hora em que morrera. Ela perguntou por meu irmão e minha mãe. Respondi que não havia mais quem pudesse apaziguar seus espíritos torturados. Ela me pediu que zelasse por eles. Respondi que não tinha forças.

— Busque primeiro seus próprios rumos. Fortaleça a si mesmo, para que possa um dia ajudá-los — ela assim me disse e, entregando-me a criança que tinha em seus braços, desapareceu.

Com o peito agitado, afastei cuidadosamente as cobertas que lhe tapavam o rosto. Assim que seus olhos negros se abriram, pude ver que a criança era eu mesmo. Não foi preciso que de sua boca brotasse qualquer som — logo soube que devia deixá-la sobre o chão.

---

63. "Você não pode viver nessa onda negativa. Você entende, não é. Abra caminho pra alvorada positiva."
64. "Emancipe-se da escravidão mental, cabe a nós mesmos libertarmos nossas mentes."

Nem bem acabara de pousar o diminuto corpo sobre o solo escuro, já a criança havia crescido e era capaz de colocar-se de pé. Ela dirigiu-se então à poça de sangue, bebeu da fonte de vida e começou a correr e saltar ao meu redor, rindo-se numa alegria que escapava ao meu entendimento. Interrompendo sem motivo aparente sua dança jovial, a criança se afastou. Por pouco tempo estive só. Sem muito tardar ela retornou, rodeada por uma vintena de espíritos. Eram guerreiros ilustres, vitimados de morte nas muitas batalhas da guerra sempiterna pela arte verdadeira. Durante horas estive a conversar com eles. Um a um, contaram-me suas histórias de busca e de dor. Histórias despojadas e sem floreios, de homens e mulheres que viveram, amaram e sofreram, como todo simples mortal. Chegou o momento em que os espíritos se foram, e também a criança de mim mesmo com eles partiu. Fiquei ali sozinho.

    Pondo-me de pé, comecei a andar. Somente havia desolação ao meu redor. A escuridão aumentava e aumentava, até o ponto em que nada mais pude ver. Tornei a me sentar, e logo deixei-me cair de costas sobre o chão. Acossado pelo frio, encolhi todo o corpo, abraçando os joelhos.

    Acabei por perder a noção de onde estava. Vi-me então tomado por um sentimento de desamparo profundo. Sentia como se flutuasse em um mar negro. Desespero. Náusea. A consciência de mim mesmo desaparecera. Somente restava o sofrimento. Uma dor sem ferida. Uma dor sem porquê. Uma dor sem dono e sem objeto. A dor que sente a si mesma. Eu deixara de existir e passara a ser parte daquele tormento. Eu não estava morto. Eu era a morte.

    Impossível dizer quanto durou tudo aquilo. Não havia tempo. Três dias e três noites. Talvez trinta e três anos. O certo é que, em algum momento impreciso, a morte escolheu abandonar-me. Aos poucos, fui recuperando a vida. Comecei por lembrar quem eu era. E pude enfim ver que se desfazia a escuridão. Reconheci o piano, o chão, as paredes, o quarto ao meu redor. Lembrei que estava na casa de meu amigo. A dor tornou-se suportável. Levantando-me, abri a porta de vidro que dava para uma pequena varanda. O dia vinha nascendo. Os paralelepípedos da rua alternavam tons verdes e amarelos. As árvores estavam vivas; pude notar que conversavam com o vento. O ar era fresco, o mundo respirava. A manhã me disse que ainda tinha forças para mudar meu destino:

— *Wake up and live, now!*[65]
Pensei nos meus amigos. Quis saber se haviam morrido ou não. Voltei ao quarto onde jaziam naufragados. A televisão continuava ligada. Píter e Marquinho assistiam a pontos pretos, brancos e cinzentos que passavam ligeiros na tela. Cheguei a cabeça perto do aparelho, olhando com atenção, na tentativa de decifrar o que ali acontecia. Os dois reclamaram com grunhidos.
— Quem está ganhando a corrida? — perguntei.
— O Emerson!
Sentei-me junto a eles. Vibramos com o desempenho do cavaleiro da Lotus negra. Subitamente, interrompeu-se a transmissão. Em vão, tentamos entender o que se passava. Não acabariam nunca aqueles comerciais coloridos? A mão invisível do mal. O capitalismo arruína tudo que há de belo no mundo.

---

65 "Acorde e viva, agora!"

EPÍLOGO

Hoje, olhando para trás, vejo claramente que aquela manhã colorida representou o fim de um longo ciclo e o início de uma nova fase na minha vida. Outra vez pude tirar minha guitarra de sua hibernação, voltei a compor com afinco e comecei a tocar o projeto de formar uma banda que desse rosto ao som que desde o ginásio eu escutava na minha cabeça. De quebra, descolei um empreguinho de meio expediente, juntei a grana para comprar uma moto e, graças a um desses acasos da sorte, pude me mudar com o poeta para um apartamento que havia sido entregue à mãe dele no bojo de um inventário oportuno.

Foi assim, em meio a essa conjunção de aspectos favoráveis, que cheguei a um daqueles sábados de praia em que o mundo parece abençoado por Deus e bonito por natureza. Estávamos em bando, no Posto 9. A nata do Partido, enobrecida por uns tantos agregados ilustres, como o Roberto e sua sempre misteriosa Gisele.

Nosso papo havia já cruzado vários oceanos e percorrido as muitas eras da humanidade. Sabe-se lá como, caímos no tema da epopéia em que o Roberto se lançou quando soube da morte de Bob Marley. Instado pela malta miúda a contar mais uma vez suas aventuras, o velho guerrilheiro começou dizendo que, naquela jornada diangústia, ele não teve muito tempo de sentir nada. Correu a jato para o primeiro telefone e ficou tentando conseguir um vôo para a Jamaica:

— Eu tinha de ver o funeral.

Os problemas, no entanto, começaram a se multiplicar. Estar na lista negra do consulado norte-americano não ajudava em nada. Sem visto, era impossível tomar vôos com conexões que passassem por Miami. Foi necessário buscar itinerários alternativos. Acabou sendo bilhetado um trajeto infernal: Rio-São Paulo-Manaus-Caracas-Curaçao-Montego Bay. Daí não foi possível passar. Havia um país inteiro parado entre ele e a festa de despedida do Leão de Judá:

— Mas valeu. Só de estar ali, pisando em solo sagrado, eu me sentia reconfortado. Consegui uma carona pra Negril, me instalei por lá e curti um solzinho beleza, até ficar com a pele em luto.

O Roberto nos contou então sobre o misto de tristeza e alegria que tomou conta da ilha. Nos funerais, em Kingston, o povo veio carregando o caixão divino maravilhoso através da cidade quando, de repente, decidiu-se parar tudo para que fosse jogada uma partida de futebol. Somente depois disso o cortejo seguiu adiante.

Após concluir o relato de sua aventura, o mestre decidiu perguntar-nos o que havia acontecido com cada um de nós no dia da morte de Bob Marley. A pergunta era difícil. Ninguém se lembrava de nada. O Ronaldão quis saber qual havia sido a data exata da tragédia. Talvez ajudasse a refrescar nossa memória. A resposta veio imediata: 11 de maio de 1981.

— Ih! Bem no aniversário do Joãozinho — surpreendeu-se o Píter.

De fato, até aquele momento, ninguém havia atentado para a coincidência. Rememoramos então as circunstâncias do arremedo de farra noturna em que minhas 17 primaveras haviam sido bebemoradas até a última gota. As memórias nos encheram de nostalgia. Pelo filósofo, que andava tão longe. Pelo Tavico, que se tornara ainda mais ausente. Por todos nós, que havíamos perdido para sempre a inocência daqueles tempos.

— O Johnny ficou tão bebum — lembrou Dom Marcos— que chegou a subir em cima de um carro pra imitar o Tim Maia cantando a música do Universo em Desencanto.

— *Uh, uh, uh, que beleza!* — eu e Píter entoamos em coro.

Cada um de nós havia feito ao menos um número musical naquela noite. Sobre o PP e sua inigualável reinvenção de Magall, já foi dito o necessário. Também o resto do quarteto, de bom grado ou à ponta de faca, havia posto o gogó para vibrar. O poeta mandou ver em uma versão cheia de *soul* do Cassiano, feita em grande estilo, já que ele e a lua, por direito de ofício, sempre tiveram uma relação toda especial. E a grande surpresa da noite coube sem dúvida ao filósofo, que degolou dois coelhos com uma só cartolada, imitando o 14 Bis em versão cover dos irmãos Gibb, numa verdadeira metralhadora de falsetes, responsável pelo estouro de metade das vidraças da vizinhança.

De Bob Marley mesmo ninguém havia falado naquela noite. A notícia de sua morte passou despercebida por nós quatro, ou talvez simplesmente não tenha chegado a nossos ouvidos. Quanto ao resto dos militantes presentes no delta da Montenegro, eles sequer tinham histórias engraçadas para contar sobre o dia (ou a noite) de tão grande perda. Ninguém ali lembrava de nada relacionado à morte do Natty Dread. A ausência de memórias nos deixava consternados. Afinal, Bob Marley e a mística rasta eram cada vez mais importantes na nossa formação ideoilógica. Procurando aliviar o constrangimento generalizado, anunciei:

— Aí, negada, na falta de melhor opção, posso sempre contar o que Bob Marley estava fazendo no dia em que eu morri.

A salva de vaias era de praxe. Mas eu nem ligava. Durante a noite de todas as noites me despedira da existência em viagem funesta ao reino da escuridão. Agora, imerso na tarde de Ipanema, já me sentia outro, pois era outra vez eu mesmo. Estava feliz como um chafariz. Meus olhos se enchiam de Rio de Janeiro, e um futuro imenso se descortinava diante de mim.

You think it's **THE END**
but it's just the beginning

INFORMAÇÕES SOBRE NOSSAS PUBLICAÇÕES
E ÚLTIMOS LANÇAMENTOS

Visite nosso site:
www.novoseculo.com.br

NOVO SÉCULO EDITORA
Rua Aurora Soares Barbosa, 405
Vila Campesina — Osasco/SP
CEP 06023-010
Tel.: (11) 3699-7107
Fax: (11) 3699-7323

e-mail: atendimento@novoseculo.com.br

Ficha Técnica

Formato	14x21 cm
Mancha	10,7x18,5 cm
Tipologia	Trump Mediaeval
Corpo	10
Entrelinha	12,5
Total de páginas	312

CTP•Impressão•Acabamento
Com arquivos fornecidos pelo Editor

EDITORA e GRÁFICA
VIDA & CONSCIÊNCIA

R. Agostinho Gomes, 2312 • Ipiranga • SP
Fone/fax: (11) 6161-2739 / 6161-2670
e-mail:grafica@vidaeconsciencia.com.br
site: www.vidaeconsciencia.com.br